《故乡》评析

刘少影　主编

辽海出版社

图书在版编目（CIP）数据

《故乡》评析／刘少影主编. －－沈阳：辽海出版社，2019．3

ISBN 978－7－5451－5267－8

Ⅰ．①故… Ⅱ．①刘… Ⅲ．①鲁迅小说－小说评论 Ⅳ．①I210．97

中国版本图书馆 CIP 数据核字（2019）第 039580 号

责任编辑：柳海松
责任校对：顾 季
装帧设计：廖 海
成品尺寸：145mm×210mm
印 张：8
字 数：193 千字
出版时间：2019 年 3 月第 1 版
印刷时间：2019 年 3 月第 1 次印刷

出 版 者：辽海出版社
印 刷 者：北京中振源印务有限公司

ISBN 978－7－5451－5267－8 定 价：38.00 元

目　录

故　乡

　　我冒着严寒,回到相隔二千余里,别了二十余年的故乡去。

　　时候既然是深冬,渐近故乡时,天气又阴晦了,冷风吹进船舱中,呜呜的响,从篷隙向外一望,苍黄的天底下,远近横着几个萧索的荒村,没有一些活气。我的心禁不住悲凉起来了。

　　阿!这不是我二十年来时时记得的故乡?

　　我所记得的故乡全不如此。我的故乡好得多了。但要我记起他的美丽,说出他的佳处来,却又没有影像,没有言辞了。仿佛也就如此。于是我自己解释说:故乡本也如此,——虽然没有进步,也未必有如我所感的悲凉,这只是我自己心情的改变罢了,因为我这次回乡,本没有什么好心绪。

　　我这次是专为了别他而来的。我们多年聚族而居的老屋,已经公同卖给别姓了,交屋的期限,只在本年,所以必须赶在正月初一以前,永别了熟识的老屋,而且远离了熟识的故乡,搬家到我在谋食的异地去。

　　第二日清早晨我到了我家的门口了。瓦楞上许多枯草的断茎当风抖着,正在说明这老屋难免易主的原因。几房的本家大约已经搬走了,所以很寂静。我到了自家的房外,我的母亲早已迎着出来了,接着便飞出了八岁的侄儿宏儿。

　　我的母亲很高兴,但也藏着许多凄凉的神情,教我坐下,歇息,喝茶,且不谈搬家的事。宏儿没有见过我,远远地对面站着只是看。

但我们终于谈到搬家的事。我说外间的寓所已经租定了，又买了几件家具，此外须将家里所有的木器卖去，再去增添。母亲也说好，而且行李也略已齐集，木器不便搬运的，也小半卖去了，只是收不起钱来。

"你休息一两天，去拜望亲戚本家一回，我们便可以走了。"母亲说。

"是的。"

"还有闰土，他每到我家来时，总问起你，很想见你一回面。我已经将你到家的大约日期通知他，他也许就要来了。"

这时候，我的脑里忽然闪出一幅神异的图画来：深蓝的天空中挂着一轮金黄的圆月，下面是海边的沙地，都种着一望无际的碧绿的西瓜，其间有一个十一二岁的少年，项带银圈，手捏一柄钢叉，向一匹猹尽力地刺去，那猹却将身一扭，反从他的胯下逃走了。

这少年便是闰土。我认识他时，也不过十多岁，离现在将有三十年了；那时我的父亲还在世，家景也好，我正是一个少爷。那一年，我家是一件大祭祀的值年①。这祭祀，说是三十多年才能轮到一回，所以很郑重；正月里供祖像，供品很多，祭器很讲究，拜的人也很多，祭器也很要防偷去。我家只有一个忙月（我们这里给人做工的分三种：整年给一定人家做工的叫长年；按日给人做工的叫短工；自己也种地，只在过年过节以及收租时候来给一定的人家做工的称忙月），忙不过来，他便对父亲说，可以叫他的儿子闰土来管祭器的。

我的父亲允许了；我也很高兴，因为我早听到闰土这名字，而且知道他和我仿佛年纪，闰月生的，五行缺土，所以他的父亲叫他

---

　　①　大祭祀的值年：旧时大家族各房每年轮流主持祖先祭祀活动，轮到的年份称为"值年"。

2

闰土。他是能装弶捉小鸟雀的。

我于是日日盼望新年,新年到,闰土也就到了。好容易到了年末,有一日,母亲告诉我,闰土来了,我便飞跑地去看。他正在厨房里,紫色的圆脸,头戴一顶小毡帽,颈上套一个明晃晃的银项圈,这可见他的父亲十分爱他,怕他死去,所以在神佛面前许下愿心,用圈子将他套住了。他见人很怕羞,只是不怕我,没有旁人的时候,便和我说话,于是不到半日,我们便熟识了。

我们那时候不知道谈些什么,只记得闰土很高兴,说是上城之后,见了许多没有见过的东西。

第二日,我便要他捕鸟。他说:

"这不能。须大雪下了才好。我们沙地上,下了雪,我扫出一块空地来,用短棒支起一个大竹匾,撒下秕谷,看鸟雀来吃时,我远远地将缚在棒上的绳子只一拉,那鸟雀就罩在竹匾下了。什么都有:稻鸡,角鸡,鹁鸪,蓝背……"

我于是又很盼望下雪。

闰土又对我说:

"现在太冷,你夏天到我们这里来。我们日里到海边捡贝壳去,红的绿的都有,鬼见怕也有,观音手也有。晚上我和爹管西瓜去,你也去。"

"管贼么?"

"不是。走路的人口渴了摘一个瓜吃,我们这里是不算偷的。要管的是獾猪,刺猬,猹。月亮地下,你听,啦啦地响了,猹在咬瓜了。你便捏了胡叉,轻轻地走去……"

我那时并不知道这所谓猹的是怎么一件东西——便是现在也没有知道——只是无端的觉得状如小狗而很凶猛。"他不咬人么?""有胡叉呢。走到了,看见猹了,你便刺。这畜生很伶俐,倒向你奔来,反从胯下窜了。他的皮毛是油一般的滑……"

我素不知道天下有这许多新鲜事:海边有如许五色的贝壳;西瓜有这样危险的经历,我先前单知道他在水果店里出卖罢了。

"我们沙地里,潮汛要来的时候,就有许多跳鱼儿只是跳,都有青蛙似的两个脚……"

阿!闰土的心里有无穷无尽的稀奇的事,都是我往常的朋友所不知道的。他们不知道一些事,闰土在海边时,他们都和我一样只看见院子里高墙上的四角的天空。

可惜正月过去了,闰土须回家里去,我急得大哭,他也躲到厨房里,哭着不肯出门,但终于被他父亲带走了。他后来还托他的父亲带给我一包贝壳和几支很好看的鸟毛,我也曾送他一两次东西,但从此没有再见面。

现在我的母亲提起了他,我这儿时的记忆,忽而全都闪电似的苏生过来,似乎看到了我的美丽的故乡了。我应声说:

"这好极!他,——怎样?……"

"他?……他景况也很不如意……"母亲说着,便向房外看,"这些人又来了。说是买木器,顺手也就随便拿走的,我得去看看。"

母亲站起身,出去了。门外有几个女人的声音,我便招宏儿走近面前,和他闲话:问他可会写字,可愿意出门。

"我们坐火车去么?"

"我们坐火车去。"

"船呢?"

"先坐船,……"

"哈!这模样了!胡子这么长了!"一种尖利的怪声突然大叫起来。

我吃了一吓,赶忙抬起头,却见一个凸颧骨,薄嘴唇,五十岁上下的女人站在我面前,两手搭在髀间,没有系裙,张着两脚,正像一个画图仪器里细脚伶仃的圆规。

我愕然了。

"不认识了么？我还抱过你咧！"

我愈加愕然了。幸而我的母亲也就进来，从旁说："他多年出门，统忘却了。你该记得罢，"便向着我说："这是斜对门的杨二嫂，……开豆腐店的。"

哦，我记得了。我孩子时候，在斜对门的豆腐店里确乎终日坐着一个杨二嫂，人都叫伊"豆腐西施"。但是擦着白粉，颧骨没有这么高，嘴唇也没有这么薄，而且终日坐着，我也从没有见过这圆规式的姿势。那时人说：因为伊，这豆腐店的买卖非常好。但这大约因为年龄的关系，我却并未蒙着一毫感化，所以竟完全忘却了。然而圆规很不平，显出鄙夷的神色，仿佛嗤笑法国人不知道拿破仑，美国人不知道华盛顿似的，冷笑说：

"忘了？这真是贵人眼高……"

"那有这事……我……"我惶恐着，站起来说。

"那么，我对你说。迅哥儿，你阔了，搬动又笨重，你还要什么这些破烂木器，让我拿去罢。我们小户人家，用得着。"

"我并没有阔哩。我须卖了这些，再去……"

"阿呀呀，你放了道台①了，还说不阔？你现在有三房姨太太；出门便是八抬的大轿，还说不阔？吓，什么都瞒不过我。"

我知道无话可说了，便闭了口，默默地站着。

"阿呀阿呀，真是愈有钱，便愈是一毫不肯放松，愈是一毫不肯放松，便愈有钱……"圆规一面愤愤的回转身，一面絮絮的说，慢慢向外走，顺便将我母亲的一副手套塞在裤腰里，出去了。

此后又有近处的本家和亲戚来访问我。我一面应酬，偷空便

---

① 道台：清代官职称呼。

收拾些行李,这样的过了三四天。

一日是天气很冷的午后,我吃过午饭,坐着喝茶,觉得外面有人进来了,便回头去看。我看时,不由的非常出惊,慌忙站起身,迎着走去。

这来的便是闰土。虽然我一见便知道是闰土,但又不是我这记忆上的闰土了。他身材增加了一倍;先前的紫色的圆脸,已经变作灰黄,而且加上了很深的皱纹;眼睛也像他父亲一样,周围都肿得通红,这我知道,在海边种地的人,终日吹着海风,大抵是这样的。他头上是一顶破毡帽,身上只一件极薄的棉衣,浑身瑟索着;手里提着一个纸包和一支长烟管,那手也不是我所记得的红活圆实的手,却又粗又笨而且开裂,像是松树皮了。

我这时很兴奋,但不知道怎么说才好,只是说:

"阿!闰土哥,——你来了?……"

我接着便有许多话,想要连珠一般涌出:角鸡,跳鱼儿,贝壳,猹……但又总觉得被什么挡着似的,单在脑里面回旋,吐不出口外去。

他站住了,脸上现出欢喜和凄凉的神情;动着嘴唇,却没有作声。他的态度终于恭敬起来了,分明地叫道:

"老爷!……"

我似乎打了一个寒噤;我就知道,我们之间已经隔了一层可悲的厚障壁了,我也说不出话。

他回过头去说:"水生,给老爷磕头。"便拖出躲在背后的孩子来,这正是一个二十年前的闰土,只是黄瘦些,颈子上没有银圈罢了。"这是第五个孩子,没有见过世面,躲躲闪闪……"

母亲和宏儿下楼来了,他们大约也听到了声音。

"老太太。信是早收到了。我实在喜欢的了不得,知道老爷回来……"闰土说。

"阿,你怎的这样客气起来。你们先前不是哥弟称呼么?还是照旧:迅哥儿。"母亲高兴地说。

"阿呀,老太太真是……这成什么规矩。那时是孩子,不懂事……"闰土说着,又叫水生上来打拱,那孩子却害羞,紧紧地只贴在他背后。

"他就是水生?第五个?都是生人,怕生也难怪的;还是宏儿和他去走走。"母亲说。

宏儿听得这话,便来招水生,水生却松松爽爽同他一路出去了。母亲叫闰土坐,他迟疑了一会,终于就了座,将长烟管靠在桌旁,递过纸包来,说:

"冬天没有什么东西了。这一点干青豆倒是自家晒在那里的,请老爷……"

我问问他的景况。他只是摇头。

"非常难。第六个孩子也会帮忙了,却总是吃不够……又不太平……什么地方都要钱,没有定规……收成又坏。种出东西来,挑去卖,总要捐几回钱,折了本;不去卖,又只能烂掉……"

他只是摇头;脸上虽然刻着许多皱纹,却全然不动,仿佛石像一般。他大约只是觉得苦,却又形容不出,沉默了片时,便拿起烟管来默默地吸烟了。

母亲问他,知道他的家里事务忙,明天便得回去;又没有吃过午饭,便叫他自己到厨下炒饭吃去。

他出去了;母亲和我都叹息他的景况:多子,饥荒,苛税,兵,匪,官,绅,都苦得他像一个木偶人了。母亲对我说,凡是不必搬走的东西,尽可以送他,可以听他自己去拣择。

下午,他拣好了几件东西:两条长桌,四个椅子,一副香炉和烛台,一杆抬秤。他又要所有的草灰(我们这里煮饭是烧稻草的,那灰,可以做沙地的肥料),待我们启程的时候,他用船来载去。

夜间,我们又谈些闲天,都是无关紧要的话;第二天早晨,他就领了水生回去了。

又过了九日,是我们启程的日期。闰土早晨便到了,水生没有同来,却只带着一个五岁的女儿管船只。我们终日很忙碌,再没有谈天的工夫。来客也不少,有送行的,有拿东西的,有送行兼拿东西的。待到傍晚我们上船的时候,这老屋里的所有破旧大小粗细东西,已经一扫而空了。

我们的船向前走,两岸的青山在黄昏中,都装成了深黛颜色,连着退向船后梢去。

宏儿和我靠着船窗,同看外面模糊的风景,他忽然问道:

"大伯!我们什么时候回来?"

"回来?你怎么还没有走就想回来了。"

"可是,水生约我到他家玩去咧……"他睁着大的黑眼睛,痴痴地想。

我和母亲也都有些惘然,于是又提起闰土来。母亲说,那豆腐西施的杨二嫂,自从我家收拾行李以来,本是每日必到的,前天伊在灰堆里,掏出十多个碗碟来,议论之后,便定说是闰土埋着的,他可以在运灰的时候,一齐搬回家里去;杨二嫂发见了这件事,自己很以为功,便拿了那狗气杀(这是我们这里养鸡的器具,木盘上面有着栅栏,内盛食料,鸡可以伸进颈子去啄,狗却不能,只能看着气死),飞也似的跑了,亏伊装着这么高底的小脚,竟跑得这样快。

老屋离我愈远了;故乡的山水也都渐渐远离了我,但我却并不感到怎样的留恋。我只觉得我四面有看不见的高墙,将我隔成孤身,使我非常气闷;那西瓜地上的银项圈的小英雄的影像,我本来十分清楚,现在却忽地模糊了,又使我非常的悲哀。

母亲和宏儿都睡着了。

我躺着,听船底潺潺的水声,知道我在走我的路。我想:我竟与闰土隔绝到这地步了,但我们的后辈还是一气,宏儿不是正在想念水生么。我希望他们不再像我,又大家隔膜起来……然而我又不愿意他们因为要一气,都如我的辛苦辗转而生活,也不愿意他们都如闰土的辛苦麻木而生活,也不愿意都如别人的辛苦恣睢①而生活。他们应该有新的生活,为我们所未经生活过的。

我想到希望,忽然害怕起来了。闰土要香炉和烛台的时候,我还暗地里笑他,以为他总是崇拜偶像,什么时候都不忘却。现在我所谓希望,不也是我自己手制的偶像么? 只是他的愿望切近,我的愿望茫远罢了。

我在朦胧中,眼前展开一片海边碧绿的沙地来,上面深蓝的天空中挂着一轮金黄的圆月。我想:希望是本无所谓有,无所谓无的。这正如地上的路,其实地上本没有路,走的人多了,也便成了路。

一九二一年一月

【评析:《故乡》是现代文学家鲁迅于 1921 年创作的一篇短篇小说。小说以"我"回故乡的活动为线索,按照"回故乡"——"在故乡"——"离故乡"的情节安排,依据"我"的所见所闻所忆所感,着重描写了闰土和杨二嫂的人物形象,从而反映了辛亥革命前后农村破产、农民痛苦生活的现实;同时深刻指出了由于受封建社会传统观念的影响,劳苦大众所受的精神上的束缚,造成纯真的人性的扭曲,造成人与人之间的冷漠、隔膜,表达了作者对现实的强烈不满和改造旧社会、创造新生活的强烈愿望。】

---

① 恣睢(zì suī):放纵、放任,任意胡为。

热 风

题 记

现在有谁经过西长安街一带的,总可以看见几个衣履破碎的穷苦孩子叫卖报纸。记得三四年前,在他们身上偶而还剩有制服模样的残余;再早,就更体面,简直是童子军的拟态。

那是中华民国八年,即西历一九一九年,五月四日北京学生对于山东问题的示威运动以后,因为当时散传单的是童子军,不知怎的竟惹了投机家的注意,童子军式的卖报孩子就出现了。其年十二月,日本公使小幡酉吉抗议排日运动,情形和今年大致相同;只是我们的卖报孩子却穿破了第一身新衣以后,便不再做,只见得年不如年地显出穷苦。

我在《新青年》的《随感录》中做些短评,还在这前一年,因为所评论的多是小问题,所以无可道,原因也大都忘却了。但就现在的文字看起来,除几条泛论之外,有的是对于扶乩,静坐,打拳而发的;有的是对于所谓"保存国粹"而发的;有的是对于那时旧官僚的以经验自豪而发的;有的是对于上海《时报》的讽刺画而发的。记得当时的《新青年》是正在四面受敌之中,我所对付的不过一小部分;其他大事,则本志具在,无须我多言。

五四运动之后,我没有写什么文字,现在已经说不清是不做,还是散失消灭的了。但那时革新运动，表面上却颇有些成功，于是主张革新的也就蓬蓬勃勃，而且有许多还就是在先讥笑，嘲骂《新青年》的人们，但他们却是另起了一个冠冕堂皇的名目：新文化运动。这也就是后来又将这名目反套在《新青年》身上，而又加以嘲骂讥笑的，正如笑骂白话文的人，往往自称最得风气之先，早经主张过白话文一样。

再后，更无可道了。只记得一九二一年中的一篇是对于所谓"虚无哲学"而发的；更后一年则大抵对于上海之所谓"国学家"而发，不知怎的那时忽而有许多人都自命为国学家了。

自《新青年》出版以来，一切应之而嘲骂改革，后来又赞成改革，后来又嘲骂改革者，现在拟态的制服早已破碎，显出自身的本相来了，真所谓"事实胜于雄辩"，又何待于纸笔喉舌的批评。所以我的应时的浅薄的文字，也应该置之不顾，一任其消灭的；但几个朋友却以为现状和那时并没有大两样，也还可以存留，给我编辑起来了。这正是我所悲哀的。我以为凡对于时弊的攻击，文字须与时弊同时灭亡，因为这正如白血轮之酿成疮疖一般，倘非自身也被排除，则当它的生命的存留中，也即证明着病菌尚在。

但如果凡我所写，的确都是冷的呢？则它的生命原来就没有，更谈不到中国的病证究竟如何。然而，无情的冷嘲和有情的讽刺相去本不及一张纸，对于周围的感受和反应，又大概是所谓"如鱼饮水冷暖自知"的；我却觉得周围的空气太寒冽了，我自说我的话，所以反而称之曰《热风》。

一九二五年十一月三日之夜，鲁迅

随感录一①

近日看到几篇某国②志士做的说被异族虐待的文章,突然记起了自己从前的事情。

那时候不知道因为境遇和时势或年龄的关系呢,还是别的原因,总最愿听世上爱国者的声音,以及探究他们国里的情状。波兰、印度,文籍较多;中国人说起他的也最多;我也留心最早,却很替他们抱着希望。其时中国才征新军③,在路上时常遇着几个军士,一面走,一面唱道:"印度波兰马牛奴隶性……"我便觉得脸上和耳轮同时发热,背上渗出了许多汗。

那时候又有一种偏见,只要皮肤黄色的,便又特别关心:现在的某国,当时还没有亡;所以我最注意的是芬兰、菲律宾、越南的事,以及匈牙利的旧事④。匈牙利和芬兰文人最多,声音也最大;菲律宾只得了一本烈赛尔⑤的小说;越南搜不到文学上的作品,单见

---

① 本篇据手稿编入,当作于 1918 年 4 月至 1919 年 4 月间,未曾发表过。

② 某国当指朝鲜。

③ 新军:1895 年,中日战争失败后,清政府为挽救其垂危的统治,利用袁世凯、张之洞在中央和地方同时编练新式陆军。

④ 芬兰于 1809 年沦为沙皇俄国统治下的一个大公国,1917 年 12 月宣布独立。菲律宾于 1865 年沦为西班牙殖民地,1898 年美西战争后,又被美国占领,1946 年获得独立。越南于 1884 年沦为法国殖民地,1945 年独立。匈牙利从 16 世纪起,先后受土耳其侵略,被奥地利并吞,1918 年才得到独立。

⑤ 烈赛尔(1861—1896):通译黎萨,菲律宾作家。曾参加反对西班牙殖民主义者的民族解放运动,后被西班牙当局杀害。著有长篇小说《起义者》《不许犯我》等。

过一种他们自己做的亡国史①。

听这几国人的声音,自然都是真挚壮烈悲凉的;但又有一些区别:一种是希望着光明的将来,讴歌那簇新的复活,真如时雨灌在新苗上一般,可以兴起人无限清新的生意。一种是絮絮叨叨叙述些过去的荣华,皇帝百官如何安富尊贵,小民如何不识不知;末后便痛斥那征服者不行仁政。譬如两个病人,一个是热望那将来的健康,一个是梦想着从前的耽乐②,而这些耽乐又大抵便是他致病的原因。

我因此以为世上固多爱国者,但也羼③着些爱亡国者。爱国者虽偶然怀旧,却专重在现世以及将来。爱亡国者便只是悲叹那过去,而且称赞着所以亡的病根。其实被征服的苦痛,何止在征服者的不行仁政,和旧制度的不能保存呢? 倘以为这是大苦,便未必是真心领得;不能真心领得苦痛,也便难有新生的希望。

【评析:随感录记述了鲁迅对于人生诸多方面所思所想的文字,全面呈现了一位伟大的思想家、文学家的复杂宏大的人生观。如何面对生命中的沉重,如何带着伤痛昂扬前行?鲁迅用或温情或犀利的文字,为读者点亮一盏引路的明灯。】

---

① 指《越南亡国史》,越南维新派知识分子潘福珠口述,《新民丛报》社社员编辑、1914 年由上海广智书局出版。

② 耽乐:过分享乐。

③ 羼(chàn):掺杂。

随感录三十五[①]

从清朝末年,直到现在,常常听人说"保存国粹"这一句话。

前清末年说这话的人,大约有两种:一是爱国志士,一是出洋游历的大官。他们在这题目的背后,各各藏着别的意思。志士说保存国粹,是光复旧物的意思;大官说保存国粹,是教留学生不要去剪辫子的意思。

现在成了民国了。以上所说的两个问题,已经完全消灭。所以我不能知道现在说这话的是那一流人,这话的背后藏着什么意思了。

可是保存国粹的正面意思,我也不懂。

什么叫"国粹"?照字面看来,必是一国独有,他国所无的事物了。换一句话,便是特别的东西。但特别未必定是好,何以应该保存?

譬如一个人,脸上长了一个瘤,额上肿出一颗疮,的确是与众不同,显出他特别的样子,可以算他的"粹"。然而据我看来,还不如将这"粹"割去了,同别人一样的好。

倘说:中国的国粹,特别而且好;又何以现在糟到如此情形,新派摇头,旧派也叹气。

倘说:这便是不能保存国粹的缘故,开了海禁的缘故,所以必

---

① 本篇发表于 1918 年 11 月 15 日《新青年》,署名唐俟。鲁迅之弟周作人在 1953 年出版的《鲁迅的故家》一书中也曾作过解释,说:"洪宪发作以前,北京空气恶劣,知识阶级多已预感危险,鲁迅那时自号'俟堂',本来也就是古人的'待死堂'的意思,或者要引经传,说出于'君子居易以俟命'亦无不可,实在却没有那么曲折,只是说'我等着,任凭什么都请来吧。'后来在《新青年》上发表东西,小说署名'鲁迅',诗与杂感则署'唐俟'。"

须保存。但海禁未开以前,全国都是"国粹",理应好了;何以春秋战国五胡十六国闹个不休,古人也都叹气。

倘说:这是不学成汤文武周公的缘故;何以真正成汤文武周公时代,也先有桀纣暴虐,后有殷顽作乱;后来仍旧弄出春秋战国五胡十六国闹个不休,古人也都叹气。

我有一位朋友说得好:"要我们保存国粹,也须国粹能保存我们。"

保存我们,的确是第一义。只要问他有无保存我们的力量,不管他是否国粹。

一九一八年

【评析:"随感录三十五"发表于 1918 年 11 月 15 日《新青年》第五卷第五号上。在新文化运动开展之际,针对"国粹"派对新文化的责难而写的,在新旧思想的激战中就"国粹"的存废展开讨论。

文章首先考察了辛亥革命前,倡言保存国粹的两股势力的心理动机:一是"爱国志士"诸如章太炎等民族主义者,在推翻满清政府时倡言保存国粹,用传统文化激励人们为光复旧物而革命,在国粹旗帜下是革命的激情;二是"出洋游历的大官"即洋务派官僚,他们叫留学生不要剪辫子,即是维持封建专制制度,学了西洋的现代科学知识,来保存封建传统文化及专制制度,即所谓的"中体西用",鲁迅概括为辫子问题。

鲁迅提出:文化的保存是以人的生存为前提的,而且文化的更新发展也是在人的生存发展中而发展的。正是在这一点上鲁迅有了纵观古今,全揽中西的开放的文化视野。旗帜鲜明的为新文化运动扫清道路。

这篇文章充分显示出鲁迅杂感寸铁杀人、一刀见血的特点,这在于他既有关照全局的开阔视野,又能集中视点,抓住关键,一刀

置论敌与死命,警拔而悍炼,是鲁迅杂感的本色。】

随感录三十六[①]

现在许多人有大恐惧;我也有大恐惧。

许多人所怕的,是"中国人"这名目要消灭;我所怕的,是中国人要从"世界人"中挤出。

我以为"中国人"这名目,决不会消灭;只要人种还在,总是中国人。譬如埃及犹太人,无论他们还有"国粹"没有,现在总叫他埃及犹太人,未尝改了称呼。可见保存名目,全不必劳力费心。

但是想在现今的世界上,协同生长,挣一地位,即须有相当的进步的智识,道德,品格,思想,才能够站得住脚:这事极须劳力费心。而"国粹"多的国民,尤为劳力费心,因为他的"粹"太多。粹太多,便太特别。太特别,便难与种种人协同生长,挣得地位。

有人说:"我们要特别生长;不然,何以为中国人!"

于是乎要从"世界人"中挤出。

于是乎中国人失了世界,却暂时仍要在这世界上住! ——这便是我的大恐惧。

一九一八年

【评析:从文中"想在现今的世界上,协同生长,挣一地位,即须有相当的进步的智识,道德,品格,思想,才能够站得住脚"可以看出,作者认为,中国人要在现代世界挣得地位,最重要的是具有进步意识。】

---

① 本篇发表于 1918 年 11 月 15 日《新青年》第 5 卷,署名俟。

随感录三十八①

中国人向来有点自大。——只可惜没有"个人的自大",都是"合群的爱国的自大"。这便是文化竞争失败之后,不能再见振拔改进的原因。

"个人的自大",就是独异,是对庸众宣战。除精神病学上的夸大狂外,这种自大的人,大抵有几分天才——照 Nordau② 等说,也可说就是几分狂气,他们必定自己觉得思想见识高出庸众之上,又为庸众所不懂,所以愤世疾俗,渐渐变成厌世家,或"国民之敌"。但一切新思想,多从他们出来,政治上宗教上道德上的改革,也从他们发端。所以多有这"个人的自大"的国民,真是多福气! 多幸运!

"合群的自大","爱国的自大",是党同伐异,是对少数的天才宣战——至于对别国文明宣战,却尚在其次。他们自己毫无特别才能,可以夸示于人,所以把这国拿来做个影子;他们把国里的习惯制度抬得很高,赞美得了不得;他们的国粹,既然这样有荣光,他们自然也有荣光了! 倘若遇见攻击,他们也不必自去应战,因为这种蹲在影子里张目摇舌的人,数目极多,只须用 mob③ 的长技,一阵乱嗥,便可制胜。胜了,我是一群中的人,自然也胜了;若败了时,一群中有许多人,未必是我受亏:大凡聚众滋事时,多具这种心理,也就是他们的心理。他们举动,看似猛烈,其实却很卑怯。至于所

---

① 本篇发表于 1918 年 11 月 15 日《新青年》第 5 卷,署名迅。

② Nordau:诺尔道(1849—1923),出生于匈牙利的医生,政论家、作家。著有政论《退化》、小说《感情的喜剧》等。

③ mob:英语,乌合之众。

生结果,则复古,尊王,扶清灭洋等,已领教得多了。所以多有这"合群的爱国的自大"的国民,真是可哀,真是不幸!

不幸中国偏只多这一种自大:古人所作所说的事,没一件不好,遵行还怕不及,怎敢说到改革?这种爱国的自大的意见,虽各派略有不同,根柢总是一致,计算起来,可分作下列五种:

甲云:"中国地大物博,开化最早;道德天下第一。"这是完全自负。

乙云:"外国物质文明虽高,中国精神文明更好。"

丙云:"外国的东西,中国都已有过;某种科学,即某子所说的云云。"这两种都是"古今中外派"的支流;依据张之洞的格言,以"中学为体,西学为用"的人物。

丁云:"外国也有叫化子——(或云)也有草舍——娼妓,——臭虫"这是消极的反抗。

戊云:"中国便是野蛮的好。"又云:"你说中国思想昏乱,那正是我民族所造成的事业的结晶。从祖先昏乱起,直要昏乱到子孙;从过去昏乱起,直要昏乱到未来……(我们是四万万人)你能把我们灭绝么?"这比"丁"更进一层,不去拖人下水,反以自己的丑恶骄人;至于口气的强硬,却很有《水浒传》中牛二①的态度。

五种之中,甲乙丙丁的话,虽然已很荒谬,但同戊比较,尚觉情有可原,因为他们还有一点好胜心存在。譬如衰败人家的子弟,看见别家兴旺,多说大话,摆出大家架子;或寻求人家一点破绽,聊给自己解嘲。这虽然极是可笑,但比那一种掉了鼻子,还说是祖传老病,夸示于众的人,总要算略高一步了。

---

① 牛二:小说《水浒》中的人物。他以蛮横无理的态度强迫杨志卖刀给他。

戊派的爱国论最晚出，我听了也最寒心；这不但因其居心可怕，实因他所说的更为实在的缘故。昏乱的祖先，养出昏乱的子孙，正是遗传的定理。民族根性造成之后，无论好坏，改变都不容易的。法国 G. Le Bon[①] 著《民族进化的心理》中，说及此事道（原文已忘，今但举其大意）——"我们一举一动，虽似自主，其实多受死鬼的牵制。将我们一代的人，和先前几百代的鬼比较起来，数目上就万不能敌了。"我们几百代的祖先里面，昏乱的人，定然不少：有讲道学的儒生，也有讲阴阳五行的道士，有静坐炼丹的仙人，也有打脸[②]打把子的戏子。所以我们现在虽想好好做"人"，难保血管里的昏乱分子不来作怪，我们也不由自主，一变而为研究丹田脸谱的人物：这真是大可寒心的事。但我总希望这昏乱思想遗传的祸害，不至于有梅毒那样猛烈，竟至百无一免。即使同梅毒一样，现在发明了六百零六，肉体上的病，既可医治；我希望也有一种七百零七的药，可以医治思想上的病。这药原来也已发明，就是"科学"一味。只希望那班精神上掉了鼻子的朋友，不要又打着"祖传老病"的旗号来反对吃药，中国的昏乱病，便也总有全愈的一天。祖先的势力虽大，但如从现代起，立意改变：扫除了昏乱的心思，和助成昏乱的物事（儒道两派的文书），再用了对症的药，即使不能立刻奏效，也可把那病毒略略屡淡。如此几代之后待我们成了祖先的时候，就可以分得昏乱祖先的若干势力，那时便有转机，Le Bon 所说的事，也不足怕了。

　　以上是我对于"不长进的民族"的疗救方法；至于"灭绝"一条，那是全不成话，可不必说。"灭绝"这两个可怕的字，岂是我们人类

应说的？只有张献忠这等人曾有如此主张，至今为人类唾骂；而且于实际上发生出什么效验呢？但我有一句话，要劝戊派诸公。"灭绝"这句话，只能吓人，却不能吓倒自然。他是毫无情面：他看见有自向灭绝这条路走的民族，便请他们灭绝，毫不客气。我们自己想活，也希望别人都活；不忍说他人的灭绝，又怕他们自己走到灭绝的路上，把我们带累了也灭绝，所以在此着急。倘使不改现状，反能兴旺，能得真实自由的幸福生活，那就是做野蛮也很好——但可有人敢答应说"是"么？

一九一八年

【评析：十余年前，有人曾专门撰文说，鲁迅也用过"物质文明"和"精神文明"这两字眼，时间是在 1918 年，出处是《随感录·三十八》。当时感到有点张冠李戴，以后查原文证实，《随感灵·三十八》说的是这样一种论调："外国的物质文明虽然高，中国的精神文明更好"，这里说的"精神文明"，其实倒是中国的国粹，作者是将此论当作一种"合群的爱国自大"的一种表现的。】

随感录四十八

中国人对于异族，历来只有两样称呼：一样是禽兽，一样是圣上。从没有称他朋友，说他也同我们一样的。

古书里的弱水①，竟是骗了我们：闻所未闻的外国人到了；交手几回，渐知道"子曰诗云"似乎无用，于是乎要维新。

维新以后，中国富强了，用这学来的新，打出外来的新，关上大

---

① 弱水：古代神话传说中称险恶难渡的河海。这里说"竟是骗了我们"，是说"不可越"的弱水并没有阻挡住外国人的到来。

门,再来守旧。

可惜维新单是皮毛,关门也不过一梦。外国的新事理,却愈来愈多,愈优胜,"子曰诗云"也愈挤愈苦,愈看愈无用。于是从那两样旧称呼以外,别想了一样新号:"西哲",或曰"西儒"。

他们的称号虽然新了,我们的意见却照旧。因为"西哲"的本领虽然要学,"子曰诗云"也更要昌明。换几句话,便是学了外国本领,保存中国旧习。本领要新,思想要旧。要新本领旧思想的新人物,驮了旧本领旧思想的旧人物,请他发挥多年经验的老本领。一言以蔽之:前几年谓之"中学为体,西学为用",这几年谓之"因时制宜,折衷至当"。

其实世界上决没有这样如意的事。即使一头牛,连生命都牺牲了,尚且祀了孔便不能耕田,吃了肉便不能榨(zhà)乳。何况一个人先须自己活着,又要驮了前辈先生活着;活着的时候,又须恭听前辈先生的折衷:早上打拱,晚上握手;上午"声光化电",下午"子曰诗云"呢?

社会上最迷信鬼神的人,尚且只能在赛会这一日抬一回神舆。不知那些学"声光化电"的"新进英贤",能否驮着山野隐逸,海滨遗老,折衷一世?

"西哲"易卜生盖以为不能,以为不可。所以借了 Brand 的嘴说:"All or nothinq!①"

一九一九年

【评析:鲁迅先生是新文化运动的领头人。他领导广大知识分子拨开封建思想的迷雾,带领国人一步步走向光明。在这篇文章

的开头鲁迅先生毫不避讳地说出了千年封建政治对于国民个性和国家文化的摧残。他说，国人对于异族，历来只有两种称呼：一为禽兽，二位圣上。这冰冷的匕首直刺封建思想的深处，它划破了统治者虚伪的面孔，露出了它吃人的本性。这不是奉天行事，替天行道的盛世之举，而是为了达到统治者个人的兽欲而吞噬了人与人之间的一切情感只留下金钱与权力的无耻之举。

接下来的几段中，鲁迅先生为我们阐述了他的观点。用一句古话来说，即鱼与熊掌不可兼得也。几千年封建文化的沉积，与工业革命后先进的外国技术，国人既不想推翻他们祖先所立下的制度，又渴望与欧洲大国平起平坐，不管是普通国人，还是那些改革者，都渴望找到一个契合点，他们努力着。可鲁迅先生跳出了这个圆圈，他站在一个新的高度，明确地说，不可能！就是可以，也不过是用先进的技术服务于落后的制度，不过是统治者的工具，最终实现不了富强。

最后，鲁迅先生引用易卜生的话说，落后的封建思想最终不可能与先进的技术并存，思想必定统治技术，国人仍旧无法摆脱被奴役的地位，中国亦无法实现真正的富强。如果两种并存，我们不如用我们的双手去推翻落后的制度，建立一个新的社会，虚心向外国学习，真正实现国之富强。】

随感录四十九

凡有高等动物，倘没有遇着意外的变故，总是从幼到壮，从壮到老，从老到死。

我们从幼到壮，既然毫不为奇的过去了；自此以后，自然也该毫不为奇的过去。

可惜有一种人，从幼到壮，居然也毫不为奇的过去了；从壮到老,便有点古怪;从老到死,却更奇想天开,要占尽了少年的道路,吸尽了少年的空气。

少年在这时候,只能先行萎黄,且待将来老了,神经血管一切变质以后,再来活动。所以社会上的状态,先是"少年老成";直待弯腰曲背时期,才更加"逸兴遄飞",似乎从此以后,才上了做人的路。

可是究竟也不能自忘其老;所以想求神仙。大约别的都可以老,只有自己不肯老的人物,总该推中国老先生算一甲一名。

万一当真成了神仙,那便永远请他主持,不必再有后进,原也是极好的事。可惜他又究竟不成,终于个个死去,只留下造成的老天地,教少年驼着吃苦。

这真是生物界的怪现象!

我想种族的延长——便是生命的连续——的确是生物界事业里的一大部分。何以要延长呢?不消说是想进化了。但进化的途中总须新陈代谢。所以新的应该欢天喜地地向前走去,这便是壮,旧的也应该欢天喜地的向前走去,这便是死;各各如此走去,便是进化的路。

老的让开道,催促着,奖励着,让他们走去。路上有深渊,便用那个死填平了,让他们走去。

少的感谢他们填了深渊,给自己走去;老的也感谢他们从我填平的深渊上走去——远了远了。

明白这事,便从幼到壮到老到死,都欢欢喜喜地过去;而且一步一步,多是超过祖先的新人。

这是生物界正当开阔的路!人类的祖先,都已这样做了。

【评析:"五·四"以前,中国大抵是一个尊老国度,至少几千年的舆论导向是那个调子。以至于鲁迅先生发牢骚,说青年人低眉顺眼、暮气沉沉，老人倒是活得逸兴遄飞。

《进化论》在中国传播以后，这种情况大为改变。一时间，《新青年》《少年中国》《新潮》成了中国的希望，而老大中国成为落后保守的代名词。那时文人论辩，说对方"老了"是最刺激性的话，比如创造社说"鲁迅老了"，而鲁迅听了也真是格外生气。当然后来人们对于保守与进步的认识就不这么简单化了。但经过"五·四"，中国关于青年与老人的认识是大大进步了，与世界文明接了轨——因为发现了"人"。所以这里选的两位名家谈老年的文章虽是写于半个世纪前，识见却是现代眼光。】

随感录五十八　人心很古

慷慨激昂的人说："世道浇漓，人心不古，国粹将亡，此吾所为仰天扼腕切齿三叹息者也！"

我初听这话，也曾大吃一惊；后来翻翻旧书，偶然看见《史记》《赵世家》里面记着公子成反对主父改胡服的一段话：

> 臣闻中国者，盖聪明徇智之所居也，万物财用之所聚也，贤圣之所教也，仁义之所施也，《诗》《书》《礼》《乐》之所用也，异敏技能之所试也，远方之所观赴也，蛮夷之所义行也；今王舍此而袭远方之服，变古之教，易古之道，逆人之心，而怫学者，离中国，故臣愿王图之也。

这不是与现在阻抑革新的人的话，丝毫无异么？后来又在《北史》里看见记周静帝的司马后的话：

后性尤妒忌,后宫莫敢进御。尉迟迥女孙有美色,先在宫中,帝于仁寿宫见而悦之,因得幸。后伺帝听朝,阴杀之。上大怒,单骑从苑中出,不由径路,入山谷间三十余里;高颎(jiǒng)、杨素等追及,扣马谏:帝太息曰:"吾贵为天子,不得自由。"

这又不是与现在信口主张自由和反对自由的人,对于自由所下的解释,丝毫无异么? 别的例证,想必还多,我见闻狭隘,不能多举了。但即此看来,已可见虽然经过了这许多年,意见还是一样。现在的人心,实在古得很呢。

中国人倘能努力再古一点,也未必不能有古到三皇五帝以前的希望,可惜时时遇着新潮流新空气激荡着,没有工夫了。

在现存的旧民族中,最合中国式理想的,总要推锡兰岛的 Vedda①族。他们和外界毫无交涉,也不受别民族的影响,还是原始的状态,真不愧所谓"羲皇上人"。

但听说他们人口年年减少,现在快要没有了:这实在是一件万分可惜的事。

一九一九年

【评析:文中说:"在现存的旧民族中,最合中国式理想的,总要推锡兰岛的 Vedda 族。他们和外界毫无交涉,也不受别民族的影响,还是原始的状态,真不愧所谓'羲皇上人'"。理想虽不等于现实,却是现实的折射和内心的升华,也是潜意识深层欲望的达成。有怎么样的文化才有怎么样的理想,对中国式理想的批判就是对

----

① Vedda 族:维达族,锡兰岛上的一个种族,住在山林里,大都过着狩猎生活。

26

中国文化原始主义倾向的批判。】

随感录六十二　恨恨而死

古来很有几位恨恨而死的人物。他们一面说些"怀才不遇""天道宁论①"的话,一面有钱的便狂嫖滥赌,没钱的便喝几十碗酒——因为不平的缘故,于是后来就恨恨而死了。

我们应该趁他们活着的时候问他:诸公! 您知道北京离昆仑山几里,弱水去黄河几丈么? 火药除了做鞭爆,罗盘除了看风水,还有什么用处么? 棉花是红的还是白的? 谷子是长在树上,还是长在草上? 桑间濮上②如何情形,自由恋爱怎样态度? 您在半夜里可忽然觉得有些羞,清早上可居然有点悔么? 四斤的担,您能挑么? 三里的道,您能跑么?

他们如果细细地想,慢慢地悔了,这便很有些希望。万一越发不平,越发愤怒,那便"爱莫能助"——于是他们终于恨恨而死了。

中国现在的人心中,不平和愤恨的分子太多了。不平还是改造的引线,但必须先改造了自己,再改造社会,改造世界;万不可单是不平。至于愤恨,却几乎全无用处。

愤恨只是恨恨而死的根苗,古人有过许多,我们不要蹈他们的覆辙。

我们更不要借了"天下无公理,无人道"这些话,遮盖自暴自弃

---

① 天道宁论:语见梁朝江淹《恨赋》:"人生到此,天道宁论! 于是仆本恨人,心惊不已。"意思是天道扶善惩恶之说难以凭信。

② 桑间濮(pú)上:桑间在濮水之上。春秋时卫国男女幽会之所,指淫靡风气盛行处。

的行为,自称"恨人",一副恨恨而死的脸孔,其实并不恨恨而死。

一九一九年

【评析:"恨恨而死"是指一些人因社会环境等因素所限,使其能力不得施展或抱负不能实现,从而十分愤慨,直到死时都抱恨不已。同时,《恨恨而死》也是劝诫当时的"愤青",直到现在也很有教育意义。】

随感录六十五　暴君的臣民

从前看见清朝几件重案的记载,"臣工"拟罪很严重,"圣上"常常减轻,便心里想:大约因为要博仁厚的美名,所以玩这些花样罢了。后来细想,殊不尽然。

暴君治下的臣民,大抵比暴君更暴;暴君的暴政,时常还不能餍(yàn)足暴君治下的臣民的欲望。

中国不要提了罢。在外国举一个例:小事件则如 Gogol① 的剧本《按察使》,众人都禁止他,俄皇却准开演;大事件则如巡抚想放耶稣,众人却要求将他钉上十字架。

暴君的臣民,只愿暴政暴在他人的头上,他却看着高兴,拿"残酷"做娱乐,拿"他人的苦"做赏玩,做慰安。

自己的本领只是"幸免"。

从"幸免"里又选出牺牲,供给暴君治下的臣民的渴血的欲望,但谁也不明白。死的说"阿呀",活的高兴着。

一九一九年

----

① 　Gogol:果戈里(1809—1852),俄国小说家、剧作家。

随感录六十六　生命的路

想到人类的灭亡是一件大寂寞大悲哀的事；然而若干人们的灭亡，却并非寂寞悲哀的事。

生命的路是进步的，总是沿着无限的精神三角形的斜面向上走，什么都阻止他不得。

自然赋与人们的不调和还很多，人们自己萎缩堕落退步的也还很多，然而生命决不因此回头。无论什么黑暗来防范思潮，什么悲惨来袭击社会，什么罪恶来亵渎人道，人类的渴仰完全的潜力，总是踏了这些铁蒺藜向前进。

生命不怕死，在死的面前笑着跳着，跨过了灭亡的人们向前进。

什么是路？就是从没路的地方践踏出来的，从只有荆棘的地方开辟出来的。

以前早有路了，以后也该永远有路。

人类总不会寂寞，因为生命是进步的，是乐天的。

昨天，我对我的朋友 L① 说："一个人死了，在死者自身和他的眷属是悲惨的事，但在一村一镇的人看起来不算什么；就是一省一国一种……"

L 很不高兴，说："这是 Natur（自然）的话，不是人们的话。你应该小心些。"

我想，他的话也不错。

---

① 这里和下文的"L"，最初发表时都作"鲁迅"。

【评析:1919 年 11 月,鲁迅在《新青年》6 卷 6 号上发表了随感录六十六,题为《生命的路》。这是鲁迅"随感录"系列的最后一篇,它以作者"唐俟"与"我的朋友鲁迅"对话的方式,展开了对生命"进化"之路的讨论:想到人类的灭亡是一件大寂寞大悲哀的事;然而若干人们的灭亡,却并非寂寞悲哀的事。生命的路是进步,总是沿着无限的精神三角形的斜面向上走,什么都阻止他不得。】

即小见大

北京大学的反对讲义收费风潮①,芒硝火焰似的起来,又芒硝火焰似的消灭了,其间就是开除了一个学生冯省三。

这事很奇特,一回风潮的起灭,竟只关于一个人。倘使诚然如此,则一个人的魄力何其太大,而许多人的魄力又何其太无呢。

现在讲义费已经取消,学生是得胜了,然而并没有听得有谁为那做了这次的牺牲者祝福。

即小见大,我于是竟悟出一件长久不解的事来,就是:三贝子花园里面,有谋刺良弼和袁世凯而死的四烈士坟②,其中有三块墓碑,何以直到民国十一年还没有人去刻一个字。

凡有牺牲在祭坛前沥血之后,所留给大家的,实在只有"散胙③"这一件事了。

---

① 北京大学的反对讲义收费风潮:1922 年 10 月,北京大学部分学生反对学校征收讲义费,发生风潮。

② 四烈士坟:1912 年 1 月 16 日,革命党人杨禹昌、张先培、黄之萌 3 人炸袁世凯,未成被杀;同年 1 月 26 日,彭家珍炸清禁卫军协统兼训练大臣良弼,功成身死。后来民国政府将他们合葬于北京三贝子花园,称为四烈士墓。

③ 散胙:旧时祭祀以后,分发祭肉,叫作"散胙"。

【评析:鲁迅的一生是为中华民族的生存和发展挣扎奋斗的一生,他用自己的笔坚持社会正义,反抗强权,保护青年,培育新生力量。他的《热风·即小见大》是指"即小见大,我于是竟悟出一件长久不解的事来"。

本篇最初发表于一九二二年十一月十八日《晨报副刊》。】

而已集

题　辞

这半年我又看见了许多血和许多泪，
然而我只有杂感而已。

泪揩了，血消了；
屠伯们逍遥复逍遥，
用钢刀的，用软刀的。
然而我只有"杂感"而已。

连"杂感"也被"放进了应该去的地方"时，
我于是只有"而已"而已！

以上的八句话，是在一九二六年十月十四夜里，编完那年那时
为止的杂感集后，写在末尾的，现在便取来作为一九二七年的杂感
集的题辞。

一九二八年十月三十日，鲁迅校讫记

略论中国人的脸

大约人们一遇到不大看惯的东西，总不免以为他古怪。我还记得初看见西洋人的时候，就觉得他脸太白，头发太黄，眼珠太淡，鼻梁太高。虽然不能明明白白地说出理由来，但总而言之：相貌不应该如此。至于对于中国人的脸，是毫无异议；即使有好丑之别，然而都不错的。

我们的古人，倒似乎并不放松自己中国人的相貌。周的孟轲就用眸子来判胸中的正不正，汉朝还有《相人》①二十四卷。后来闹这玩艺儿的尤其多；分起来，可以说有两派罢：一是从脸上看出他的智愚贤不肖；一是从脸上看出他过去，现在和将来的荣枯。于是天下纷纷，从此多事，许多人就都战战兢兢地研究自己的脸。我想，镜子的发明，恐怕这些人和小姐们是大有功劳的。不过近来前一派已经不大有人讲究，在北京上海这些地方捣鬼的都只是后一派了。

我一向只留心西洋人。留心的结果，又觉得他们的皮肤未免太粗；毫毛有白色的，也不好。皮上常有红点，即因为颜色太白之故，倒不如我们之黄。尤其不好的是红鼻子，有时简直像是将要熔化的蜡烛油，仿佛就要滴下来，使人看得栗栗危惧，也不及黄色人种的较为隐晦，也见得较为安全。总而言之：相貌还是不应该如此的。

后来，我看见西洋人所画的中国人，才知道他们对于我们的相

---

① 《相人》：谈论相术的书。

貌也很不敬。那似乎是《天方夜谈》或者《安兑生童话》①中的插画,现在不很记得清楚了。头上戴着拖花翎的红缨帽,一条辫子在空中飞扬,朝靴的粉底非常之厚。但这些都是满洲人连累我们的。独有两眼歪斜,张嘴露齿,却是我们自己本来的相貌。不过我那时想,其实并不尽然,外国人特地要奚落我们,所以格外形容得过度了。

但此后对于中国一部分人们的相貌,我也逐渐感到一种不满,就是他们每看见不常见的事件或华丽的女人,听到有些醉心的说话的时候,下巴总要慢慢挂下,将嘴张了开来。这实在不大雅观;仿佛精神上缺少着一样什么机件。据研究人体的学者们说,一头附着在上颚骨上,那一头附着在下颚骨上的"咬筋",力量是非常之大的。我们幼小时候想吃核桃,必须放在门缝里将它的壳夹碎。但在成人,只要牙齿好,那咬筋一收缩,便能咬碎一个核桃。有着这么大的力量的筋,有时竟不能收住一个并不沉重的自己的下巴,虽然正在看得出神的时候,倒也情有可原,但我总以为究竟不是十分体面的事。

日本的长谷川如是闲②是善于做讽刺文字的。去年我见过他的一本随笔集,叫作《猫·狗·人》;其中有一篇就说到中国人的脸。大意是初见中国人,即令人感到较之日本人或西洋人,脸上总欠缺着一点什么。久而久之,看惯了,便觉得这样已经尽够,并不缺少东西;倒是看得西洋人之流的脸上,多余着一点什么。这多余着的东西,他就给它一个不大高妙的名目:兽性。中国人的脸上没有这个,是人,则加上多余的东西,即成了

---

① 即《安徒生童话》。
② 长谷川(1875—1969):日本评论家。著有《日本的性格》《现代社会批判》等。

34

下列的算式：

人 + 兽性 = 西洋人

他借了称赞中国人，贬斥西洋人，来讥刺日本人的目的，这样就达到了，自然不必再说这兽性的不见于中国人的脸上，是本来没有的呢，还是现在已经消除。如果是后来消除的，那么，是渐渐净尽而只剩了人性的呢，还是不过渐渐成了驯顺。野牛成为家牛，野猪成为猪，狼成为狗，野性是消失了，但只是使牧人喜欢，于本身并无好处。人不过是人，不再夹杂着别的东西，当然再好没有了。倘不得已，我以为还不如带些兽性，如果合于下列的算式倒是不很有趣的：

人 + 家畜性 = 某一种人

中国人的脸上真可有兽性的记号的疑案，暂且中止讨论罢。我只要说近来却在中国人所理想的古今人的脸上，看见了两种多余。一到广州，我觉得比我所从来的厦门丰富得多的，是电影，而且大半是"国片"，有古装的，有时装的。因为电影是"艺术"，所以电影艺术家便将这两种多余加上去了。

古装的电影也可以说是好看，那好看不下于看戏；至少，决不至于有大锣大鼓将人的耳朵震聋。在"银幕"上，则有身穿不知何时何代的衣服的人物，缓慢地动作；脸正如古人一般死，因为要显得活，便只好加上些旧式戏子的昏庸。

时装人物的脸，只要见过清朝光绪年间上海的吴友如的《画报》的，便会觉得神态非常相像。《画报》所画的大抵不是流氓拆梢①，便是歌女吃醋，所以脸相都狡猾。这精神似乎至今不变，国产影片中的人物，虽是作者以为善人杰士者，眉宇间也总带些上海洋

---

① 拆梢：上海一带方言，指流氓制造事端诈取财物的行为。

场式的狡猾。可见不如此，是连善人杰士也做不成的。

听说，国产影片之所以多，是因为华侨欢迎，能够获利，每一新片到，老的便带了孩子去指点给他们看道："看哪，我们的祖国的人们是这样的。"在广州似乎也受欢迎，日夜四场，我常见看客坐得满满。

广州现在也如上海一样，正在这样地修养他们的趣味。

可惜电影一开演，电灯一定熄灭，我不能看见人们的下巴。

一九二七年四月六日

【评析:《略论中国人的脸》实在是太妙，前头先是说了下中国人长相如何，西洋人长相如何，双方眼中的形象如何，又是日本人如何讽刺等等，后头居然论了下中国电影。这篇文是1927年发表的，可是写的东西居然现如今都适用。

"独有两眼歪斜，张嘴露齿，却是我们自己本来的相貌"这就是中国人本来的脸么？当然不是，中国人从来都是炎黄子孙，龙的传人，血液中的棱角、骄傲怎么会轻易改变？只有中国人的民族意识被唤起来了，只有我们自信了、团结了，我们才能真正站起来，才能让自信、坚强、生命力、傲气等重新回到中国人的脸上!】

魏晋风度及文章与药及酒之关系

——九月间在广州夏期学术演讲会讲

我今天所讲的，就是黑板上写着的这样一个题目。

中国文擘史，研究起来，可真不容易，研究古的，恨材料太少，研究今的，材料又太多，所以到现在，中国较完全的文学史尚未出现。今天讲的题目是文学史上的一部分，也是材料太少，研究起来很有困难的地方。因为我们想研究某一时代的文学,至少要知道作者的环境,经历和著作。

汉末魏初这个时代是很重要的时代,在文学方面起一个重大的变化,因当时正在黄巾和董卓大乱之后,而且又是党锢①的纠纷之后,这时曹操出来了——不过我们讲到曹操,很容易就联想起《三国志演义》,更而想起戏台上那一位花面的奸臣,但这不是观察曹操的真正方法。现在我们再看历史,在历史上的记载和论断有时也是极靠不住的,不能相信的地方很多,因为通常我们晓得,某朝的年代长一点,其中必定好人多;某朝的年代短一点,其中差不多没有好人。为什么呢? 因为年代长了,做史的是本朝人,当然恭维本朝的人物,年代短了,做史的是别朝人,便很自由地贬斥其异朝的人物,所以大秦朝,差不多在史的记载上半个好人也没有。曹操在史上年代也是颇短的,自然也逃不了被后一朝人说坏话的公例。其实,曹操是一个很有本事的人,至少是一个英雄,我虽不是曹操一党,但无论如何,总是非常佩服他。

研究那时的文学,现在较为容易了,因为已经有人做过工作:在文集一方面有清严可均辑的《全上古三代秦汉三国晋南北朝文》。其中于此有用的,是《全汉文》《全三国文》《全晋文》。

在诗一方面有丁福保辑的《全汉三国晋南北朝诗》——丁福保是做医生的,现在还在。

辑录关于这时代的文学评论有刘师培编的《中国中古文学史》。这本书是北大的讲义,刘先生已死,此书由北大出版。

---

① 亦作"党固"。东汉桓帝时宦官专权,士大夫联合太学生猛烈抨击宦官集团。宦官诬告他们结为朋党,诽谤朝廷,200余人被逮捕,后虽释放,但终身不许做官。现泛指古代禁止某些政治上的朋党参政的现象。

上面三种书对于我们的研究有很大的帮助。能使我们看出这时代的文学的确有点异彩。

　　我今天所讲,倘若刘先生的书里已详的,我就略一点;反之,刘先生所略的,我就较详一点。

　　董卓之后,曹操专权。在他的统治之下,第一个特色便是尚刑名。他的立法是很严的,因为当大乱之后,大家都想做皇帝,大家都想叛乱,故曹操不能不如此。曹操曾自己说过:"倘无我,不知有多少人称王称帝!"这句话他倒并没有说谎,因此之故,影响到文章方面,成了清峻的风格——就是文章要简约严明的意思。

　　此外还有一个特点,就是尚通脱。他为什么要尚通脱呢?自然也与当时的风气有莫大的关系。因为在党锢之祸以前,凡党中人都自命清流,不过讲"清"讲得太过,便成固执。所以在汉末,清流的举动有时便非常可笑了。

　　比方有一个有名的人,普通的人去拜访他,先要说几句话,倘这几句话说得不对,往往会遭倨傲的待遇,叫他坐到屋外去,甚而至于拒绝不见。

　　又如有一个人,他和他的姊夫是不对的,有一回他到姊姊那里去吃饭之后,便要将饭钱算回给姊姊。她不肯要,他就于出门之后,把那些钱扔在街上,算是付过了。

　　个人这样闹闹脾气还不要紧,若治国平天下也这样闹起执拗的脾气来,那还成什么话?所以深知此弊的曹操要起来反对这种习气,力倡通脱。通脱即随便之意。此种提倡影响到文坛,便产生大量想说什么便说什么的文章。

　　更因思想通脱之后,废除固执,遂能充分容纳异端和外来的思想,故孔教以外的思想源源引入。

　　总括起来,我们可以说汉末魏初的文章是清峻,通脱。在曹操本身,也是一个改造文章的祖师,可惜他的文章传的很少。他胆子很大,文章从通脱得力不少,做文章时又没有顾忌,想写的便写出来。

所以曹操征求人才时也是这样说,不忠不孝不要紧,只要有才便可以。这又是别人所不敢说的。曹操做诗,竟说是"郑康成行酒伏地气绝"①,他引出离当时不久的事实,这也是别人所不敢用的。还有一样,比方人死时,常常写点遗令,这是名人的一件极时髦的事。当时的遗令本有一定的格式,且多言身后当葬于何处何处,或葬于某某名人的墓旁;操独不然,他的遗令不但没有依着格式,内容竟讲到遗下的衣服和伎女怎样处置等问题。

陆机虽然评曰"贻尘谤于后王",然而我想他无论如何是一个精明人,他自己能做文章,又有手段,把天下的方士文士统统搜罗起来,省得他们跑在外面给他捣乱。所以他帷幄里面,方士文士就特别地多。

魏文帝曹丕,以长子而承父业,篡汉而即帝位。他也是喜欢文章的。其弟曹植,还有明帝曹叡②,都是喜欢文章的。不过到那个时候,于通脱之外,更加上华丽。丕著有《典论》,现已失散无全本,那里面说:"诗赋欲丽","文以气为主"。《典论》的零零碎碎,在唐宋类书中;一篇整的《论文》,在《文选》中可以看见。

后来有一般人很不以他的见解为然。他说诗赋不必寓教训,反对当时那些寓训勉于诗赋的见解,用近代的文学眼光看来,曹丕的一个时代可说是"文学的自觉时代",或如近代所说是为艺术而艺术(Art for Art's Sake)的一派。所以曹丕做的诗赋很好,更因他

---

① 见《三国志·魏书·袁绍传》:"德行不亏缺,变故自难常。郑康成行酒伏地气绝,郭景图命尽于园桑。"

② 曹叡(204—239):字元仲,曹丕的儿子,即魏明帝。

以"气"为主,故于华丽以外,加上壮大。归纳起来,汉末,魏初的文章,可说是:"清峻,通脱,华丽,壮大。"在文学的意见上,曹丕和曹植表面上似乎是不同的。曹丕说文章事可以留名声于千载;但子建却说文章小道,不足论的。据我的意见,子建大概是违心之论。这里有两个原因,第一,子建的文章做得好,一个人大概总是不满意自己所做而羡慕他人所为的,他的文章已经做得好,于是他便敢说文章是小道;第二,子建活动的目标在于政治方面,政治方面不甚得志,遂说文章是无用了。

曹操曹丕以外,还有下面的七个人:孔融,陈琳,王粲,徐干,阮瑀,应玚,刘桢,都很能做文章,后来称为"建安七子"。七人的文章很少流传,现在我们很难判断;但大概都不外是"慷慨""华丽"罢。华丽即曹丕所主张,慷慨就因当天下大乱之际,亲戚朋友死于乱者特多,于是为文就不免带着悲凉,激昂和"慷慨"了。

七子之中,特别的是孔融,他专喜和曹操捣乱。曹丕《典论》里有论孔融的,因此他也被拉进"建安七子"一块儿去。其实不对,很两样的。不过在当时,他的名声可非常之大。孔融作文,喜用讥嘲的笔调,曹丕很不满意他。孔融的文章现在传的也很少,就他所有的看起来,我们可以瞧出他并不大对别人讥讽,只对曹操。比方操破袁氏兄弟,曹丕把袁熙的妻甄氏拿来,归了自己,孔融就写信给曹操,说当初武王伐纣,将妲己给了周公了。操问他的出典,他说,以今例古,大概那时也是这样的。又比方曹操要禁酒,说酒可以亡国,非禁不可,孔融又反对他,说也有以女人亡国的,何以不禁婚姻?

其实曹操也是喝酒的。我们看他的"何以解忧?惟有杜康"的诗句,就可以知道。为什么他的行为会和议论矛盾呢?此无他,因曹操是个办事人，所以不得不这样做;孔融是旁观的人，所以容易说些自由话。曹操见他屡屡反对自己，后来借故把他杀了。他杀孔融的罪状大概是不孝。因为孔融有下列的两个主张。

第一，孔融主张母亲和儿子的关系是如瓶之盛物一样，只要在瓶内把东西倒了出来，母亲和儿子的关系便算完了。第二，假使有天下饥荒的一个时候，有点食物，给父亲不给呢? 孔融的答案是:倘若父亲是不好的，宁可给别人——曹操想杀他，便不惜以这种主张为他不忠不孝的根据，把他杀了。倘若曹操在世，我们可以问他，当初求才时就说不忠不孝也不要紧，为何又以不孝之名杀人呢? 然而事实上纵使曹操再生，也没人敢问他，我们倘若去问他，恐怕他把我们也杀了!

与孔融一同反对曹操的尚有一个祢衡，后来给黄祖杀掉了。祢衡的文章也不错，而且他和孔融早是"以气为主"来写文章的了。故在此我们又可知道，汉文慢慢壮大起来，是时代使然，非专靠曹操父子之功的。但华丽好看，却是曹丕提倡的功劳。

这样下去一直到明帝的时候，文章上起了个重大的变化，因为出了一个何晏。

何晏的名声很大，位置也很高，他喜欢研究《老子》和《易经》。至于他是怎样的一个人呢? 那真相现在可很难知道，很难调查。因为他是曹氏一派的人，司马氏很讨厌他，所以他们的记载对何晏大不满。因此产生许多传说，有人说何晏的脸上是搽粉的，又有人说他本来生得白，不是搽粉的。但究竟何晏搽粉不搽粉呢? 我也不知道。

但何晏有两件事我们是知道的。第一，他喜欢空谈，是空谈的祖师;第二，他喜欢吃药，是吃药的祖师。

此外，他也喜欢谈名理。他身子不好，因此不能不服药。他吃的不是寻常的药，是一种名叫"五石散"的药。

"五石散"是一种毒药，是何晏吃开头的。汉时，大家还不敢吃，何晏或者将药方略加改变，便吃开头了。五石散的基本，大概是五样药：石钟乳，石硫黄，白石英，紫石英，赤石脂；另外怕还配点别样的药。但现在也不必细细研究它，我想各位都是不想吃它的。

从书上看起来，这种药是很好的，人吃了能转弱为强。因此之故，何晏有钱，他吃起来了；大家也跟着吃。那时五石散的流毒就同清末的鸦片的流毒差不多，看吃药与否以分阔气与否的。现在由隋巢元方做的《诸病源候论》的里面可以看到一些。据此书，可知吃这药是非常麻烦的，穷人不能吃，假使吃了之后，一不小心，就会毒死。先吃下去的时候，倒不怎样的，后来药的效验既显，名曰"散发"。倘若没有"散发"，就有弊而无利。因此吃了之后不能休息，非走路不可，因走路才能"散发"，所以走路名曰"行散"。比方我们看六朝人的诗，有云："至城东行散"，就是此意。后来做诗的人不知其故，以为"行散"即步行之意，所以不服药也以"行散"二字入诗，这是很笑话的。

走了之后，全身发烧，发烧之后又发冷。普通发冷宜多穿衣，吃热的东西。但吃药后的发冷刚刚要相反：衣少，冷食，以冷水浇身。倘穿衣多而食热物，那就非死不可。因此五石散一名寒食散。只有一样不必冷吃的，就是酒。

吃了散之后，衣服要脱掉，用冷水浇身；吃冷东西；饮热酒。这样看起来，五石散吃的人多，穿厚衣的人就少；比方在广东提倡，一年以后，穿西装的人就没有了。因为皮肉发烧之故，不能穿窄衣。为预防皮肤被衣服擦伤，就非穿宽大的衣服不可。现在有许多人以为晋人轻裘缓带，宽衣，在当时是人们高逸的表现，其实不知他们是吃药的缘故。一班名人都吃药，穿的衣都宽大，于是不吃药的也跟着名人，把衣服宽大起来了！

还有，吃药之后，因皮肤易于磨破，穿鞋也不方便，故不穿鞋袜而穿屐。所以我们看晋人的画像或那时的文章，见他衣服宽大，不鞋而屐，以为他一定是很舒服，很飘逸的了，其实他心里都是很苦的。

更因皮肤易破，不能穿新的而宜于穿旧的，衣服便不能常洗。因不洗，便多虱。所以在文章上，虱子的地位很高，"扪虱而谈①"，当时竟传为美事。比方我今天在这里演讲的时候，扪起虱来，那是不大好的。但在那时不要紧，因为习惯不同之故。这正如清朝是提倡抽大烟的，我们看见两肩高耸的人，不觉得奇怪。现在就不行了，倘若多数学生，他的肩成为一字样，我们就觉得很奇怪了。

此外可见服散的情形及其他种种的书，还有葛洪的《抱朴子》。

到东晋以后，作假的人就很多，在街旁睡倒，说是"散发"以示阔气。就像清时尊读书，就有人以墨涂唇，表示他是刚才写了许多字的样子。故我想，衣大，穿屐，散发等等，后来效之，不吃也学起来，与理论的提倡实在是无关的。

又因"散发"之时，不能肚饿，所以吃冷物，而且要赶快吃，不论时候，一日数次也不可定。因此影响到晋时"居丧无礼"——本来魏晋时，对于父母之礼是很繁多的。比方想去访一个人，那么，在未访之前，必先打听他父母及其祖父母的名字，以便避讳。否则，嘴上一说出这个字音，假如他的父母是死了的，主人便会大哭起

---

① 扪虱而谈(mén shī ér tán)：王猛一边捉虱子，一边议论当世之事，旁若无人。后遂用"扪虱而谈、扪虱倾谈、扪虱"等形容言谈不凡，态度从容不迫，无所畏忌；又以"虱空扪"指有才无处施展。

来——他记得父母了——给你一个大大的没趣。晋礼居丧之时，也要瘦，不多吃饭，不准喝酒。但在吃药之后，为生命计，不能管得许多，只好大嚼，所以就变成"居丧无礼"了。

居丧之际，饮酒食肉，由阔人名流倡之，万民皆从之，因为这个缘故，社会上遂尊称这样的人叫作名士派。

吃散发源于何晏，和他同志的，有王弼①和夏侯玄②两个人，与晏同为服药的祖师。有他三人提倡，有多人跟着走。他们三人多是会做文章，除了夏侯玄的作品流传不多外，王何二人现在我们尚能看到他们的文章。他们都是生于正始的，所以又名曰"正始名士"。但这种习惯的末流，是只会吃药，或竟假装吃药，而不会做文章。

东晋以后，不做文章而流为清谈，由《世说新语》③一书里可以看到。此中空论多而文章少，比较他们三个差得远了。三人中王弼二十余岁便死了，夏侯何二人皆为司马懿所杀。因为他二人同曹操有关系，非死不可，犹曹操之杀孔融，也是借不孝做罪名的。

二人死后，论者多因其与魏有关而骂他，其实何晏值得骂的就是因为他是吃药的发起人。这种服散的风气，魏，晋，直到隋，唐，还存在着，因为唐时还有"解散方"，即解五石散的药方，可以证明还有人吃，不过少点罢了。唐以后就没有人吃，其原因尚未详，大概因其弊多利少，和鸦片一样罢？

晋名人皇甫谧作一书曰《高士传》，我们以为他很高超。但他是服散的，曾有一篇文章，自说吃散之苦。因为药性一发，稍不留

---

① 王弼（226—249）：字辅嗣，魏国山阳（今河南焦作）人。

② 夏侯玄（209—254）：字太初，早期玄学领袖，沛国谯（今安徽亳县）人。

③ 《世说新语》：南朝宋刘义庆作品。内容是记述东汉至东晋间一般文士学士的言谈风貌轶事等。

心,即会丧命,至少也会受非常的苦痛,或要发狂;本来聪明的人,因此也会变成痴呆。所以非深知药性,会解救,而且家里的人多深知药性不可。晋朝人多是脾气很坏,高傲,发狂,性暴如火的,大约便是服药的缘故。比方有苍蝇扰他,竟至拔剑追赶;就是说话,也要胡胡涂涂地才好,有时简直是近于发疯。但在晋朝更有以痴为好的,这大概也是服药的缘故。

魏末,何晏他们以外,又有一个团体新起,叫作"竹林名士",也是七个,所以又称"竹林七贤"。正始名士服药,竹林名士饮酒。竹林的代表是嵇康和阮籍。但究竟竹林名士不纯粹是喝酒的,嵇康也兼服药,而阮籍则是专喝酒的代表。但嵇康也饮酒,刘伶也是这里面的一个。他们七人中差不多都是反抗旧礼教的。

这七人中,脾气各有不同。嵇阮二人的脾气都很大;阮籍老年时改得很好,嵇康就始终都是极坏的。

阮年青时,对于访他的人有加以青眼和白眼的分别。白眼大概是全然看不见眸子的,恐怕要练习很久才能够。青眼我会装,白眼我却装不好。

后来阮籍竟做到"口不臧否人物"的地步,嵇康却全不改变。结果阮得终其天年,而嵇竟丧于司马氏之手,与孔融何晏等一样,遭了不幸的杀害。这大概是因为吃药和吃酒之分的缘故:吃药可以成仙,仙是可以骄视俗人的;饮酒不会成仙,所以敷衍了事。

他们的态度,大抵是饮酒时衣服不穿,帽也不带。若在平时,有这种状态,我们就说无礼,但他们就不同。居丧时不一定按例哭泣;子之于父,是不能提父的名,但在竹林名士一流人中,子都会叫父的名号。旧传下来的礼教,竹林名士是不承认的。即如刘伶——他曾做过一篇《酒德颂》,谁都知道——他是不承认世界上从前规定的道理的,曾经有这样的事,有一次有客见他,他不穿衣服。人责问他;他答人说,天地是我的房屋,房屋就是我的衣服,你们为什么进我的裤子中来？至于阮籍,就更甚了,他连上下古今也不承认,在《大人先生传》①里有说:"天地解兮六合开,星辰陨兮日月颓,我腾而上将何怀?"他的意思是天地神仙,都是无意义,一切都不要,所以他觉得世上的道理不必争,神仙也不足信,既然一切都是虚无,所以他便沉湎于酒了。然而他还有一个原因,就是他的饮酒不独由于他的思想,大半倒在环境。其时司马氏已想篡位,而阮籍名声很大,所以他讲话就极难,只好多饮酒,少讲话,而且即使讲话讲错了,也可以借醉得到人的原谅。只要看有一次司马懿求和阮籍结亲,而阮籍一醉就是两个月,没有提出的机会,就可以知道了。

阮籍作文章和诗都很好,他的诗文虽然也慷慨激昂,但许多意思都是隐而不显的。宋的颜延之②已经说不大能懂,我们现在自然更很难看得懂他的诗了。他诗里也说神仙,但他其实是不相信的。嵇康的论文,比阮籍更好,思想新颖,往往与古时旧说反对。孔子说:"学而时习之,不亦说乎?"嵇康做的《难自然好学论》,却道,人是并不好学的,假如一个人可以不做事而又有饭吃,就随便闲游不喜欢读书了,所以现在人之好学,是由于习惯和不得已。还有管叔蔡叔,是疑心周公,率殷民叛,因而被诛,一向公认为坏人的。而嵇康做的《管蔡论》,就也反对历代传下来的意思,说这两个人是忠臣,他们的怀疑周公,是因为地方相距太远,消息不灵通。

---

① 《大人先生传》:阮籍借"大人先生"之口来抒写自己胸怀的一篇文章。这里所引的三句是"大人先生"所作的歌。

② 颜延之(384—456):字延年,琅琊临沂(今山东临沂)人,南朝宋诗人。

但最引起许多人的注意,而且于生命有危险的,是《与山巨源绝交书》①中的"非汤武而薄周孔"。司马懿因这篇文章,就将嵇康杀了。非薄了汤武周孔,在现时代是不要紧的,但在当时却关系非小。汤武是以武定天下的;周公是辅成王的;孔子是祖述尧舜,而尧舜是禅让天下的。嵇康都说不好,那么,教司马懿篡位的时候,怎么办才是好呢? 没有办法。在这一点上,嵇康于司马氏的办事上有了直接的影响,因此就非死不可了。嵇康的见杀,是因为他的朋友吕安不孝,连及嵇康,罪案和曹操的杀孔融差不多。魏晋,是以孝治天下的,不孝,故不能不杀。为什么要以孝治天下呢? 因为天位从禅让,即巧取豪夺而来,若主张以忠治天下,他们的立脚点便不稳,办事便棘手,立论也难了,所以一定要以孝治天下。但倘只是实行不孝,其实那时倒不很要紧的,嵇康的害处是在发议论;阮籍不同,不大说关于伦理上的话,所以结局也不同。

但魏晋也不全是这样的情形,宽袍大袖,大家饮酒。反对的也很多。在文章上我们还可以看见裴頠(wěi)的《崇有论》,孙盛的《老子非大贤论》,这些都是反对王侯们的。在史实上,则何曾劝司马懿杀阮籍有好几回,司马懿不听他的话,这是因为阮籍的饮酒,与时局的关系少些的缘故。

然而后人就将嵇康阮籍骂起来,人云亦云,一直到现在,一千六百多年。季札说:"中国之君子,明于礼义而陋于知人心。"这是确的,大凡明于礼义,就一定要陋于知人心的,所以古代有许多人受了很大的冤枉。例如嵇阮的罪名,一向说他们毁坏礼教。但据我个人的意见,这判断是错的。魏晋时代,崇奉礼教的看来似乎很

---

① 《与山巨源绝交书》:山巨源,即"竹林七贤"之一的山涛(205—283),河内怀(今河南武陟)人。他在魏元帝(曹奂)景元年间投靠司马昭,曾任选曹郎,离职前,举荐嵇康代任,嵇康写信拒绝,并表示和他绝交。

不错，而实在是毁坏礼教，不信礼教的。表面上毁坏礼教者，实则倒是承认礼教，太相信礼教。因为魏晋时所谓崇奉礼教，是用以自利，那崇奉也不过偶然崇奉，如曹操杀孔融，司马懿杀嵇康，都是因为他们和不孝有关，但实在曹操司马懿何尝是著名的孝子，不过将这个名义，加罪于反对自己的人罢了。于是老实人以为如此利用，亵渎了礼教，不平之极，无计可施，激而变成不谈礼教，不信礼教，甚至于反对礼教——但其实不过是态度，至于他们的本心，恐怕倒是相信礼教，当作宝贝，比曹操司马懿们要迂执得多。现在说一个容易明白的比喻罢，譬如有一个军阀，在北方——在广东的人所谓北方和我常说的北方的界限有些不同，我常称山东山西直隶河南之类为北方——那军阀从前是压迫民党的，后来北伐军势力一大，他便挂起了青天白日旗，说自己已经信仰三民主义了，是总理的信徒。这样还不够，他还要做总理的纪念周。这时候，真的三民主义的信徒，去呢，不去呢？不去，他那里就可以说你反对三民主义，定罪，杀人。但既然在他的势力之下，没有别法，真的总理的信徒，倒会不谈三民主义，或者听人假惺惺地谈起来就皱眉，好像反对三民主义模样。所以我想，魏晋时所谓反对礼教的人，有许多大约也如此。他们倒是迂夫子，将礼教当作宝贝看待的。

还有一个实证，凡人们的言论，思想，行为，倘若自己以为不错的，就愿意天下的别人，自己的朋友都这样做。但嵇康阮籍不这样，不愿意别人来模仿他。竹林七贤中有阮咸，是阮籍的侄子，一样的饮酒。阮籍的儿子阮浑也愿加入时，阮籍却道不必加入，吾家已有阿咸在，够了。假若阮籍自以为行为是对的，就不当拒绝他的儿子，而阮籍却拒绝自己的儿子，可知阮籍并不以他自己的办法为然。至于嵇康，一看他的《绝交书》，就知道他的态度很骄傲的；有一次，他在家打铁，他的性情是很喜欢打铁的。钟会来看他了，他

只打铁,不理钟会。钟会没有意味,只得走了。其时嵇康就问他:
"何所闻而来,何所见而去?"钟会答道:"闻所闻而来,见所见而
去。"这也是嵇康杀身的一条祸根。但我看他做给他的儿子看的
《家诫》,当嵇康被杀时,其子方十岁,算来当他做这篇文章的时候,
他的儿子是未满十岁的——就觉得宛然是两个人。他在《家诫》中
教他的儿子做人要小心,还有一条一条的教训。有一条是说长官
处不可常去,亦不可住宿;官长送人们出来时,你不要在后面,因为
恐怕将来官长惩办坏人时,你有暗中密告的嫌疑。又有一条是说
宴饮时候有人争论,你可立刻走开,免得在旁批评,因为两者之间
必有对与不对,不批评则不像样,一批评就总要是甲非乙,不免受
一方见怪。还有人要你饮酒,即使不愿饮也不要坚决地推辞,必须
和和气气地拿着杯子。我们就此看来,实在觉得很稀奇:嵇康是那
样高傲的人,而他教子就要他这样庸碌。因此我们知道,嵇康自己
对于他自己的举动也是不满足的。所以批评一个人的言行实在
难,社会上对于儿子不像父亲,称为"不肖",以为是坏事,殊不知世
上正有不愿意他的儿子像自己的父亲哩。试看阮籍嵇康,就是如
此。这是,因为他们生于乱世,不得已,才有这样的行为,并非他们
的本态。但又于此可见魏晋的破坏礼教者,实在是相信礼教到固
执之极的。

不过何晏王弼阮籍嵇康之流,因为他们的名位大,一般的人们
就学起来,而所学的无非是表面,他们实在的内心,却不知道。因
为只学他们的皮毛,于是社会上便很多了没意思的空谈和饮酒。
许多人只会无端的空谈和饮酒,无力办事,也就影响到政治上,弄
得玩"空城计",毫无实际了。在文学上也这样,嵇康阮籍的纵酒,
是也能做文章的,后来到东晋,空谈和饮酒的遗风还在,而万言的
大文如嵇阮之作,却没有了。刘勰(xié)说:"嵇康师心以遣论,阮

籍使气以命诗。"这"师心"和"使气",便是魏末晋初的文章的特色。正始名士和竹林名士的精神灭后,敢于师心使气的作家也没有了。

到东晋,风气变了。社会思想平静得多,各处都夹入了佛教的思想。再至晋末,乱也看惯了,篡也看惯了,文章便更和平。代表平和的文章的人有陶潜。他的态度是随便饮酒,乞食,高兴的时候就谈论和作文章,无尤无怨。所以现在有人称他为"田园诗人",是个非常和平的田园诗人。他的态度是不容易学的,他非常之穷,而心里很平静。家常无米,就去向人家门口求乞。他穷到有客来见,连鞋也没有,那客人给他从家丁取鞋给他,他便伸了足穿上了。虽然如此,他却毫不为意,还是"采菊东篱下,悠然见南山"。这样的自然状态,实在不易模仿。他穷到衣服也破烂不堪,而还在东篱下采菊,偶然抬起头来,悠然地见了南山,这是何等自然。现在有钱的人住在租界里,雇花匠种数十盆菊花,便做诗,叫作"秋日赏菊效陶彭泽体",自以为合于渊明的高致,我觉得不大像。

陶潜之在晋末,是和孔融于汉末与嵇康于魏末略同,又是将近易代的时候。但他没有什么慷慨激昂的表示,于是便博得"田园诗人"的名称。但《陶集》里有《述酒》一篇,是说当时政治的。这样看来,可见他于世事也并没有遗忘和冷淡,不过他的态度比嵇康阮籍自然得多,不至于招人注意罢了。还有一个原因,先已说过,是习惯。因为当时饮酒的风气相沿下来,人见了也不觉得奇怪,而且汉魏晋相沿,时代不远,变迁极多,既经见惯,就没有大感触,陶潜之比孔融嵇康和平,是当然的。例如看北朝的墓志,官位升进,往往详细写着,再仔细一看,他是已经经历过两三个朝代了,但当时似乎并不为奇。

据我的意思,即使是从前的人,那诗文完全超于政治的所谓

"田园诗人""山林诗人",是没有的。完全超出于人间世的,也是没有的。既然是超出于世,则当然连诗文也没有。诗文也是人事,既有诗,就可以知道于世事未能忘情。譬如墨子兼爱,杨子为我。墨子当然要著书;杨子就一定不著,这才是"为我"。因为若做出书来给别人看,便变成"为人"了。

由此可知陶潜总不能超于尘世,而且,于朝政还是留心,也不能忘掉"死",这是他诗文中时时提起的。用别一种看法研究起来,恐怕也会成一个和旧说不同的人物罢。

自汉末至晋末文章的一部分的变化与药及酒之关系,据我所知的大概是这样。但我学识太少,没有详细地研究,在这样的热天和雨天费去了诸位这许多时光,是很抱歉的。现在这个题目总算是讲完了。

【评析:魏晋有名士,魏晋自风流。嵇康阮籍刘伶陶潜,数不胜数,他们的出现,照亮了之后千年的历史夜空。然而鲁迅先生要讲的,不是风度风流,也不是洒脱不羁,而是魏晋权贵阶层流行的吃药饮酒。

魏晋南北朝是中国历史上政权更迭最频繁的时期。由于长期的封建割据和连绵不断的战争,使这一时期中国文化的发展受到特别严重的影响。其突出表现则是玄学的兴起、道教的勃兴。在从魏至隋的三百余年间,以及在三十余个大小王朝交替兴灭过程中,上述诸多新的文化因素互相影响,交相渗透的结果。

鲁迅 1928 年 12 月 30 日致陈浚信:"在广州之谈魏晋事,盖实有慨而言"。文章所作的时间是 1927 年,彼时国民大革命失败,中国又处于内战中,面对这种战乱的局面,鲁迅不免想起同是战乱不断的魏晋时期,心中有慨而发。】

卢梭和胃口

做过《民约论》的卢梭,自从他还未死掉的时候起,便受人们的责备和迫害,直到现在,责备终于没有完。连在和"民约"没有什么关系的中华民国,也难免这一幕了。

例如商务印书馆出版的《爱弥尔》中文译本的序文上,就说——

> ……本书的第五编即女子教育,他的主张非但不彻底,而且不承认女子的人格,与前四编的尊重人类相矛盾……所以在今日看来,他对于人类正当的主张,可说只树得一半……

然而复旦大学出版的《复旦旬刊》创刊号上梁实秋教授的意思,却"稍微有点不同"了。其实岂但"稍微"而已耶,乃是"卢梭论教育,无一是处,唯其论女子教育,的确精当"。因为那是"根据于男女的性质与体格的差别而来"的。而近代生物学和心理学研究的结果,又证明着天下没有两个人是无差别。怎样的人就该施以怎样的教育。所以,梁先生说——

> 我觉得"人"字根本的该从字典里永远注销,或由政府下令永禁行使。因为"人"字的意义太糊涂了。聪明绝顶的人,我们叫他做人,蠢笨如牛的人,也一样的叫作人,弱不禁风的女子,叫作人,粗横强大的男人,也叫做人,人里面的三流九等,无一非人。近代的德谟克拉西的思想,平等的观念,其起源即由于不承认人类的差别。近代所

谓的男女平等运动,其起源即由于不承认男女的差别。人格是一个抽象名词,是一个人的身心各方面的特点的总和。人的身心各方面的特点既有差别,实即人格上亦有差别。所谓侮辱人格的,即是不承认一个人特有的人格,卢梭承认女子有女子的人格,所以卢梭正是尊重女子的人格。抹杀女子所特有之特性者,才是侮辱女子人格。

于是势必至于得到这样的结论——

　　……正当的女子教育应该是使女子成为完全的女子。

那么,所谓正当的教育者,也应该是使"弱不禁风"者,成为完全的"弱不禁风","蠢笨如牛"者,成为完全的"蠢笨如牛",这才免于侮辱各人——此字在未经从字典里永远注销,政府下令永禁行使之前,暂且使用——的人格了。卢梭《爱弥尔》前四编的主张不这样,其"无一是处",于是可以算无疑。

但这所谓"无一是处"者,也只是对于"聪明绝顶的人"而言;在"蠢笨如牛的人",却是"正当"的教育。因为看了这样的议论,可以使他更渐近于完全"蠢笨如牛"。这也就是尊重他的人格。

然而这种议论还是不会完结的。为什么呢? 一者,因为即使知道说"自然的不平等",而不容易明白真"自然"和"因积渐的人为而似自然"之分。二者,因为凡有学说,往往"合吾人之胃口者则容纳之,且从而宣扬之"也。

上海一隅,前二年大谈亚诺德①,今年大谈白璧德②,恐怕也就是胃口之故罢。

许多问题大抵发生于"胃口",胃口的差别,也正如"人"字一样的——其实这两字也应该呈请政府"下令永禁行使"。我且抄一段同是美国的 Upton Sinclair③ 的,以尊重另一种人格罢——

> 无论在那一个卢梭的批评家,都有首先应该解决的唯一的问题。为什么你和他吵闹的?要为他的到达点的那自由,平等,调协开路么?还是因为畏惧卢梭所发向世界上的新思想和新感情的激流呢?使对于他取了为父之劳的个人主义运动的全体怀疑,将我们带到子女服从父母,奴隶服从主人,妻子服从丈夫,臣民服从教皇和皇帝,大学生毫不发生疑问,而佩服教授的讲义的善良的古代去,乃是你的目的么?
>
> 阿巍(yí)夫人曰:"最后的一句,好像是对于白璧德教授的一箭似的。"
>
> "奇怪呀,"她的丈夫说。"斯人也而有斯姓也……那一定是上帝的审判了。"

不知道和原意可有错误,因为我是从日本文重译的。书的原名是《Mammonart》,在 California 的 Pasadena 作者自己出版,胃口相

---

① 亚诺德(1822—1888):通译阿诺德,英国诗人、文艺批评家。梁实秋在所著《文学批评辩》《文学的纪律》等文里常引用他的意见。

② 白璧德:美国文学评论家,人文主义的领军人物,反对浪漫主义,相信伦理道德是人类行为的基础。

③ Upton Sinclair:珂通·辛克莱(1878—1968),美国小说家。

近的人们自己弄来看去罢。Mammon①是希腊神话里的财神,art 谁都知道是艺术。可以译作"财神艺术"罢。日本的译名是"拜金艺术",也行。因为这一个字是作者生造的,政府既没有下令颁行,字典里也大概未曾注入,所以姑且在这里加一点解释。

一九二七年十二月二十一日

【评析:1926 年,梁实秋先生发表了《卢梭论女子教育》一文,他认为,"卢梭论教育一无是处,唯其论女子教育的确精当。"因为那是根据男女的性质与体格的差别得出的,……什么样的人就应该施以什么样的教育。"近代所谓的男女平等运动,其起源即由于不承认男女的差别。……卢梭承认女子有女子的人格,所以卢梭正是尊重女子的人格。抹杀女子所特有之特性者,才是侮辱女子人格。"鲁迅先生发表了题为《卢梭与胃口》的文章,直接针对梁实秋的文章,指责卢梭歧视女性,把女性看成是男性的附庸,引起学界一时"争鸣"。卢梭的女子教育观是保守的,他认为女子教育应以培养贤妻良母为目标。妇女不应妄想作为学者或社会活动家,而应擅长治家之道,具有讲求贞洁的妇德。尽管如此,这对于当时贵族妇女不事家务、奢侈放荡的风气来说,也不啻是一种反叛。】

文学和出汗

上海的教授对人讲文学,以为文学当描写永远不变的人性,否则便不久长。例如英国,莎士比亚和别的一两个人所写的是永久不变的人性,所以至今流传,其余的不这样,就都消灭了云。

---

① Mammon:这个词来源于古代西亚的阿拉米语,经过希腊语移植到近代西欧各国语言中,指财富或财神,后转义为好利贪财的恶魔。

这真是所谓"你不说我倒还明白,你越说我越糊涂"了。英国有许多先前的文章不流传,我想,这是总会有的,但竟没有想到它们的消灭,乃因为不写永久不变的人性。现在既然知道了这一层,却更不解它们既已消灭,现在的教授何从看见,却居然断定它们所写的都不是永久不变的人性了。

只要流传的便是好文学,只要消灭的便是坏文学;抢得天下的便是王,抢不到天下的便是贼。莫非中国式的历史论,也将沟通了中国人的文学论欤?

而且,人性是永久不变的么?

类人猿,类猿人,原人,古人,今人,未来的人……如果生物真会进化,人性就不能永久不变。不说类猿人,就是原人的脾气,我们大约就很难猜得着的,则我们的脾气,恐怕未来的人也未必会明白。要写永久不变的人性,实在难哪。

譬如出汗罢,我想,似乎于古有之,于今也有,将来一定暂时也还有,该可以算得较为"永久不变的人性"了。然而"弱不禁风"的小姐出的是香汗,"蠢笨如牛"的工人出的是臭汗。不知道倘要做长留世上的文字,要充长留世上的文学家,是描写香汗好呢,还是描写臭汗好?这问题倘不先行解决,则在将来文学史上的位置,委实是"岌岌乎殆哉"。

听说,例如英国,那小说,先前是大抵写给太太小姐们看的,其中自然是香汗多;到十九世纪后半,受了俄国文学的影响,就很有些臭汗气了。那一种的命长,现在似乎还在不可知之数。

在中国,从道士听论道,从批评家听谈文,都令人毛孔痉挛,汗不敢出。然而这也许倒是中国的"永久不变的人性"罢。

一九二七年十二月二十三日

【评析:《文学和出汗》这篇文章,可以看成是一篇针对"文学当描写永远不变的人性"的文学评论。

不管文学也好,哲学也好,作者的观念立根于其社会理想的立场。也就是说,一篇文章会表达一个人的立场,一篇文章的胜利实际上也是立场的胜利。鲁迅先生的立场在这些文章中很明确:文学要为大众服务。他反对那些"闲适"为文的小品文观念,反对那些描写所谓不变人性的说法。也可以说,他反对那些自顾优裕生活,不顾大众死活的人。

在劳苦大众被剥夺的年代,鲁迅有他的敌人。实际上,在我们这个和平年代,鲁迅也有他的敌人。民族的劣根性、劳苦大众的剥夺者、各种掩饰着的嘴脸,都是他落笔如投匕的对象。】

文艺和革命

欢喜维持文艺的人们,每在革命地方,便爱说"文艺是革命的先驱"。

我觉得这很可疑。或者外国是如此的罢;中国自有其特别国情,应该在例外。现在妄加编排,以质同志——

1. 革命军。先要有军,才能革命,凡已经革命的地方,都是军队先到的:这是先驱。大军官们也许到得迟一点,但自然也是先驱,无须多说。

(这之前,有时恐怕也有青年潜入宣传,工人起来暗助,但这些人们大抵已经死掉,或则无从查考了,置之不论。)

2. 人民代表。军官们一到,便有人民代表群集车站欢迎,手执国旗,嘴喊口号,"革命空气,非常浓厚":这是第二先驱。

3. 文学家。于是什么革命文学,民众文学,同情文学,飞腾文学都出来了,伟大光明的名称的期刊也出来了,来指导青年的:这是——可惜得很,但也不要紧——第三先驱。

外国是革命军兴以前,就有被迫出国的卢梭,流放极边的珂罗连珂……

好了。倘若硬要乐观,也可以了。因为我们常听到所谓文学家将要出国的消息,看见新闻上的记载,广告;看见诗;看见文。虽然尚未动身,却也给我们一种"将来学成归国,了不得呀!"的豫感——希望是谁都愿意有的。

一九二七年十二月二十四夜零点一分五秒

【评析:鲁迅后期从进化论转向阶级论,对于其一向钟爱和从事的文艺工作,在认识上也有所发展。这从他在大革命前后有关文艺与革命之关系的论述中表现出来。鲁迅对文艺与革命之关系的考察,比较集中的是1927-1928年间的几篇文章。

《文艺与革命》是20世纪20年代后期无产阶级"革命文学"运动的重要文献之一。早在1925年"五卅"前后,随着革命运动的高涨,一些革命文艺家已经发出倡导"革命文学"的呼声。蒋光赤1925年初发表《现代中国社会与革命文学》,茅盾1925年作《论无产阶级艺术》、《文学者的新使命》,郭沫若1926年作《文艺家的觉悟》、《革命与文学》等,或认为"现代中国社会真是制造革命文学家的最好场所",或提出文学应该"表现被压迫民族与阶级的革命运动",或号召青年文艺家"到兵间去,民间去,工厂间去,革命的漩涡中去"等等。】

坟

题　记

　　将这些体式上截然不同的东西,集合了做成一本书样子的缘由,说起来是很没有什么冠冕堂皇的。首先就因为偶尔看见了几篇将近二十年前所做的所谓文章。这是我做的么? 我想。看下去,似乎也确是我做的。那是寄给《河南》的稿子;因为那编辑先生有一种怪脾气,文章要长,愈长,稿费便愈多。所以如《摩罗诗力说》那样,简直是生凑。倘在这几年,大概不至于那么做了。又喜欢做怪句子和写古字,这是受了当时的《民报》的影响;现在为排印的方便起见,改了一点,其余的便都由他。这样生涩的东西,倘是别人的,我恐怕不免要劝他"割爱",但自己却总还想将这存留下来,而且也并不"行年五十而知四十九年非①"愈老就愈进步。其中所说的几个诗人,至今没有人再提起,也是使我不忍抛弃旧稿的一个小原因。他们的名,先前是怎样地使我激昂呵,民国告成以后,我便将他们忘却了,而不料现在他们竟又时时在我的眼前出现。

----

　　①　语出《淮南子·原道训》:"蘧(qú)伯玉年五十而知四十九年非。"意即活到五十岁,才发现四十九年来的过失。蘧伯玉,春秋时名人,为人勤于改过。

60

其次，自然因为还有人要看，但尤其是因为又有人憎恶着我的文章。说话说到有人厌恶，比起毫无动静来，还是一种幸福。天下不舒服的人们多着，而有些人们却一心一意在造专给自己舒服的世界。这是不能如此便宜的，也给他们放一点可恶的东西在眼前，使他有时小不舒服，知道原来自己的世界也不容易十分美满。苍蝇的飞鸣，是不知道人们在憎恶他的；我却明知道，然而只要能飞鸣就偏要飞鸣。我的可恶有时自己也觉得，即如我的戒酒，吃鱼肝油，以望延长我的生命，倒不尽是为了我的爱人，大大半乃是为了我的敌人，——给他们说得体面一点，就是敌人罢——要在他的好世界上多留一些缺陷。君子之徒①曰：你何以不骂杀人不眨眼的军阀呢？斯亦卑怯也已！但我是不想上这些诱杀手段的当的。木皮道人②说得好，"几年家软刀子割头不觉死"，我就要专指斥那些自称"无枪阶级"而其实是拿着软刀子的妖魔。即如上面所引的君子之徒的话，也就是一把软刀子。假如遭了笔祸了，你以为他就尊你为烈士了么？不，那时另有一番风凉话。倘不信，可看他们怎样评论那死于三一八惨杀的青年。

此外，在我自己，还有一点小意义，就是这总算是生活的一部分的痕迹。所以虽然明知道过去已经过去，神魂是无法追蹑的，但总不能那么决绝，还想将糟粕收敛起来，造成一座小小的新坟，一

---

① 这里的君子之徒和下文的所谓正人君子，当指当时现代评论派的人们。

② 木皮道人：应作"木皮散人"，是明代遗民贾凫(fú)西(约1592—1674)的别号。这里所引的话，见于他所著的《木皮散人鼓词》中关于周武王灭商纣王的一段："多亏了散宜生定下胭粉计，献上个兴周灭商的女娇娃……他爷们(按指周文王、武王父子等)昼夜商量行仁政，那纣王糊里糊涂在黑影爬；几年家软刀子割头不觉死，只等得太白旗悬才知道命有差。"鲁迅在这里借用"软刀子"来比喻现代评论派的言论。

面是埋藏,一面也是留恋。至于不远的踏成平地,那是不想管,也无从管了。

我十分感谢我的几个朋友,替我搜集,抄写,校印,各费去许多追不回来的光阴。我的报答,却只能希望当这书印钉成工时,或者可以博得各人的真心愉快的一笑。别的奢望,并没有什么;至多,但愿这本书能够暂时躺在书摊上的书堆里,正如博厚的大地,不至于容不下一点小土块。再进一步,可就有些不安分了,那就是中国人的思想,趣味,目下幸而还未被所谓正人君子所统一,譬如有的专爱瞻仰皇陵,有的却喜欢凭吊荒冢,无论怎样,一时大概总还有不惜一顾的人罢。只要这样,我就非常满足了;那满足,盖不下于取得富家的千金云。

一九二六年十月三十大风之夜,鲁迅记于厦门

我之节烈观①

"世道浇漓,人心日下,国将不国"这一类话,本是中国历来的叹声。不过时代不同,则所谓"日下"的事情,也有迁变:从前指的是甲事,现在叹的或是乙事。除了"进呈御览"的东西不敢妄说外,其余的文章议论里,一向就带这口吻。因为如此叹息,不但针砭世人,还可以从"日下"之中,除去自己。所以君子固然相对慨叹,连杀人放火嫖妓骗钱以及一切鬼混的人,也都乘作恶余暇,摇着头说道:"他们人心日下了。"

世风人心这件事,不但鼓吹坏事,可以"日下";即使未曾鼓吹,只是旁观,只是赏玩,只是叹息,也可以叫他"日下"。所以近一年来,居然也有几个不肯徒托空言的人,叹息一番之后,还要想法子

---

① 本篇发表于 1918 年 8 月北京《新青年》月刊,署名唐俟。

来挽救。第一个是康有为，指手画脚的说"虚君共和"才好，陈独秀便斥他不兴；其次是一班灵学派的人，不知何以起了极古奥的思想，要请"孟圣矣乎"的鬼来画策；陈百年钱玄同刘半农又道他胡说。

这几篇驳论，都是《新青年》里最可寒心的文章。时候已是二十世纪了；人类眼前，早已闪出曙光。假如《新青年》里，有一篇和别人辩地球方圆的文字，读者见了，怕一定要发怔。然而现今所辩，正和说地体不方相差无几。将时代和事实，对照起来，怎能不教人寒心而且害怕？

近来虚君共和是不提了，灵学似乎还在那里捣鬼，此时却又有一群人，不能满足；仍然摇头说道，"人心日下"了。于是又想出一种挽救的方法：他们叫作"表彰节烈"！①

这类妙法，自从君政复古时代以来，上上下下，已经提倡多年；此刻不过是竖起旗帜的时候。文章议论里，也照例时常出现，都嚷道"表彰节烈"！要不说这件事，也不能将自己提拔，出于"人心日下"之中。

节烈这两个字，从前也算是男子的美德，所以有过"节士""烈士"的名称。然而现在的"表彰节烈"，却是专指女子，并无男子在内。据时下道德家的意见，来定界说，大约节是丈夫死了，决不再嫁，也不私奔，丈夫死得愈早，家里愈穷，他便节得愈好。烈可是有两种：一种是无论已嫁未嫁，只要丈夫死了，他也跟着自尽；一种是有强暴来污辱他的时候，设法自戕，或者抗拒被杀，都无不可。这

---

① 表彰节烈：1914年3月，袁世凯颁布旨在维护封建礼教的《褒扬条例》，规定"妇女节烈贞操，可以风世者"，给予匾额、题字、褒奖等奖励；直到"五四"前后，报刊上还常登有颂扬"节妇""烈女"的纪事和诗文。

也是死得愈惨愈苦，他便烈得愈好，倘若不及抵御，竟受了污辱，然后自戕，便免不了议论。万一幸而遇着宽厚的道德家，有时也可以略迹原情，许他一个烈字。可是文人学士，已经不甚愿意替他作传；就令勉强动笔，临了也不免加上几个"惜夫惜夫"了。

总而言之：女子死了丈夫，便守着，或者死掉；遇了强暴，便死掉；将这类人物，称赞一通，世道人心便好，中国便得救了。大意只是如此。

康有为借重皇帝的虚名，灵学家全靠着鬼话。这表彰节烈，却是全权都在人民，大有渐进自力之意了。然而我仍有几个疑问，须得提出。还要据我的意见，给他解答。我又认定这节烈救世说，是多数国民的意思；主张的人，只是喉舌。虽然是他发声，却和四支五官神经内脏，都有关系。所以我这疑问和解答，便是提出于这群多数国民之前。

首先的疑问是：不节烈(中国称不守节作"失节"，不烈却并无成语，所以只能合称他"不节烈")的女子如何害了国家？照现在的情形，"国将不国"，自不消说：丧尽良心的事故，层出不穷；刀兵盗贼水旱饥荒，又接连而起。但此等现象，只是不讲新道德新学问的缘故，行为思想，全钞旧账；所以种种黑暗，竟和古代的乱世仿佛，况且政界军界学界商界等等里面，全是男人，并无不节烈的女子夹杂在内。也未必是有权力的男子，因为受了他们蛊惑，这才丧了良心，放手作恶。至于水旱饥荒，便是专拜龙神，迎大王，滥伐森林，不修水利的祸祟，没有新知识的结果；更与女子无关。只有刀兵盗贼，往往造出许多不节烈的妇女。但也是兵盗在先，不节烈在后，并非因为他们不节烈了，才将刀兵盗贼招来。

其次的疑问是：何以救世的责任，全在女子？照着旧派说起来，女子是"阴类"，是主内的，是男子的附属品。然则治世救国，正须责成阳类,全仗外子,偏劳主体。决不能将一个绝大题目,都阁在阴类肩上。倘依新说,则男女平等,义务略同。纵令该担责任,也只得分担。其余的一半男子,都该各尽义务。不特须除去强暴,还应发挥他自己的美德。不能专靠惩劝女子,便算尽了天职。

其次的疑问是:表彰之后,有何效果?据节烈为本,将所有活着的女子,分类起来,大约不外三种:一种是已经守节,应该表彰的人(烈者非死不可,所以除出);一种是不节烈的人;一种是尚未出嫁,或丈夫还在,又未遇见强暴,节烈与否未可知的人。第一种已经很好,正蒙表彰,不必说了。第二种已经不好,中国从来不许忏悔,女子做事一错,补过无及,只好任其羞杀,也不值得说了。最要紧的,只在第三种,现在一经感化,他们便都打定主意道:"倘若将来丈夫死了,决不再嫁;遇着强暴,赶紧自裁!"试问如此立意,与中国男子做主的世道人心,有何关系?这个缘故,已在上文说明。更有附带的疑问是:节烈的人,既经表彰,自是品格最高。但圣贤虽人人可学,此事却有所不能。假如第三种的人,虽然立志极高,万一丈夫长寿,天下太平,他便只好饮恨吞声,做一世次等的人物。

以上是单依旧日的常识,略加研究,便已发见了许多矛盾。若略带二十世纪气息,便又有两层:

一问节烈是否道德?道德这事,必须普遍,人人应做,人人能行,又于自他两利,才有存在的价值。现在所谓节烈,不特除开男子,绝不相干;就是女子,也不能全体都遇着这名誉的机会。所以决不能认为道德,当作法式。上回《新青年》登出的《贞操论》①里,已经说过理由。不过贞是丈夫还在,节是男子已死的区别,道理却

---

① 《贞操论》:周作人有感于对待男女采取不同的道德标准而翻译了日本女作家与谢野晶子的《贞操论》。文中列举了在贞操问题上的种种相互矛盾的观点与态度,认为贞操不应该作为一种道德标准。

可类推。只有烈的一件事，尤为奇怪，还须略加研究。

照上文的节烈分类法看来，烈的第一种，其实也只是守节，不过生死不同。因为道德家分类，根据全在死活，所以归入烈类。性质全异的，便是第二种。这类人不过一个弱者（现在的情形，女子还是弱者），突然遇着男性的暴徒，父兄丈夫力不能救，左邻右舍也不帮忙，于是他就死了；或者竟受了辱，仍然死了；或者终于没有死。久而久之，父兄丈夫邻舍，夹着文人学士以及道德家，便渐渐聚集，既不羞自己怯弱无能，也不提暴徒如何惩办，只是七口八嘴，议论他死了没有？受污没有？死了如何好，活着如何不好。于是造出了许多光荣的烈女，和许多被人口诛笔伐的不烈女。只要平心一想，便觉不像人间应有的事情，何况说是道德。

二问多妻主义的男子，有无表彰节烈的资格？替以前的道德家说话，一定是理应表彰。因为凡是男子，便有点与众不同，社会上只配有他的意思。一面又靠着阴阳内外的古典，在女子面前逞能。然而一到现在，人类的眼里；不免见到光明，晓得阴阳内外之说，荒谬绝伦；就令如此，也证不出阳比阴尊贵，外比内崇高的道理。况且社会国家，又非单是男子造成。所以只好相信真理，说是一律平等。既然平等，男女便都有一律应守的契约。男子决不能将自己不守的事，向女子特别要求。若是买卖欺骗贡献的婚姻，则要求生时的贞操，尚且毫无理由。何况多妻主义的男子，来表彰女子的节烈。

以上，疑问和解答都完了。理由如此支离，何以直到现今，居然还能存在？要对付这问题，须先看节烈这事，何以发生，何以通行，何以不生改革的缘故。

古代的社会，女子多当作男人的物品。或杀或吃，都无不可；男人死后，和他喜欢的宝贝，日用的兵器，一同殉葬，更无不可。后来殉

66

葬的风气,渐渐改了,守节便也渐渐发生。但大抵因为寡妇是鬼妻,亡魂跟着,所以无人敢娶,并非要他不事二夫。这样风俗,现在的蛮人社会里还有。中国太古的情形,现在已无从详考。但看周末虽有殉葬,并非专用女人,嫁否也任便,并无什么裁制,便可知道脱离了这宗习俗,为日已久。由汉至唐也并没有鼓吹节烈。直到宋朝,那一班"业儒①"的才说出"饿死事小失节事大"的话,看见历史上"重适②"两个字,便大惊小怪起来。出于真心,还是故意,现在却无从推测。其时也正是"人心日下,国将不国"的时候,全国士民,多不像样。或者"业儒"的人,想借女人守节的话,来鞭策男子,也不一定。但旁敲侧击,方法本嫌鬼祟,其意也太难分明,后来因此多了几个节妇,虽未可知,然而吏民将卒,却仍然无所感动。于是"开化最早,道德第一"的中国终于归了"长生天气力里大福荫护助里③"的什么"薛禅皇帝,完泽笃皇帝,曲律皇帝"了。此后皇帝换过了几家,守节思想倒反发达。皇帝要臣子尽忠,男人便愈要女人守节。到了清朝,儒者真是愈加利害。看见唐人文章里有公主改嫁的话,也不免勃然大怒道:"这是什么事!你竟不为尊者讳,这还了得!"假使这唐人还活着,一定要斥革功名,"以正人心而端风俗"了。

　　国民将到被征服的地位,守节盛了;烈女也从此着重。因为女子既是男子所有,自己死了,不该嫁人,自己活着,自然更不许被夺。然而自己是被征服的国民,没有力量保护,没有勇气反抗了,只好别出心裁,鼓吹女人自杀。或者妻女极多的阔人,婢妾成行的富翁,乱离时候,照顾不到,一遇"逆兵"(或是"天兵"),就无法可想。只得救了自己,请别人都做烈女;变成烈女,"逆兵"便不要了。他便待事定以

---

①　业儒:以儒为业,指那些崇奉孔孟学说,提倡礼教的道学家。

②　重适:即再嫁。

③　元代以蒙古语为国语,当时皇帝在谕旨前必用此语,此为蒙古文,意为"仰仗苍天的力量,大福荫的庇佑,即类似于后世的'奉天承运'"。

后,慢慢回来,称赞几句。好在男子再娶,又是天经地义,别讨女人,便都完事。因此世上遂有了"双烈合传""七姬墓志①",甚而至于钱谦益的集中,也布满了"赵节妇""钱烈女"的传记和歌颂。

只有自己不顾别人的民情,又是女应守节男子却可多妻的社会,造出如此畸形道德,而且日见精密苛酷,本也毫不足怪。但主张的是男子,上当的是女子。女子本身,何以毫无异言呢?原来"妇者服也",理应服事于人。教育同可不必,连开口也都犯法。他的精神,也同他体质一样,成了畸形。所以对于这畸形道德,实在无甚意见。就令有了异议,也没有发表的机会。做几首"闺中望月""园里看花"的诗,尚且怕男子骂他怀春,何况竟敢破坏这"天地间的正气"?只有说部书上,记载过几个女人,因为境遇上不愿守节,据做书的人说:可是他再嫁以后,便被前夫的鬼捉去,落了地狱;或者世人个个唾骂,做了乞丐,也竟求乞无门,终于惨苦不堪而死了!

如此情形,女子便非"服也"不可。然而男子一面,何以也不主张真理,只是一味敷衍呢?汉朝以后,言论的机关,都被"业儒"的垄断了。宋元以来,尤其利害。我们几乎看不见一部非业儒的书,听不到一句非士人的话。除了和尚道士,奉旨可以说话的以外,其余"异端"的声音,决不能出他卧房一步。况且世人大抵受了"儒者柔也"的影响;不述而作,最为犯忌。即使有人见到,也不肯用性命来换真理。即如失节一事,岂不知道必须男女两性,才能实现。他却专责女性;至于破人节操的男子,以及造成不烈的暴徒,便都含糊过去。男子究竟较女性难惹,惩罚也比表

---

① 七姬墓志:元末明初张士诚的女婿潘绍被徐达打败,担心七个妾被夺,潘遂令她们自缢。七人死后合葬于苏州,明代张羽为作墓志,称为《七姬权厝志》。

彰为难。其间虽有过几个男人,实觉于心不安,说些室女①不应守志殉死的平和话,可是社会不听;再说下去,便要不容,与失节的女人一样看待。他便也只好变了"柔也",不再开门了。所以节烈这事,到现在不生变革。

(此时,我应声明:现在鼓吹节烈派的里面,我颇有知道的人。敢说确有好人在内,居心也好。可是救世的方法是不对,要向西走了北了。但也不能因为他是好人,便竟能从正西直走到北。所以我又愿他回转身来。)

其次还有疑问:

节烈难么? 答道,很难。男子都知道极难,所以要表彰他。社会的公意,向来以为贞淫与否,全在女性。男子虽然诱惑了女人,却不负责任。譬如甲男引诱乙女,乙女不允,便是贞节,死了,便是烈;甲男并无恶名,社会可算淳古。倘若乙女允了,便是失节;甲男也无恶名,可是世风被乙女败坏了! 别的事情,也是如此。所以历史上亡国败家的原因,每每归咎女子。糊糊涂涂的代担全体的罪恶,已经三千多年了。男子既然不负责任,又不能自己反省,自然放心诱惑;文人著作,反将他传为美谈。所以女子身旁,几乎布满了危险。除却他自己的父兄丈夫以外,便都带点诱惑的鬼气。所以我说很难。

节烈苦么? 答道,很苦。男子都知道很苦,所以要表彰他。凡人都想活;烈是必死,不必说了。节妇还要活着。精神上的惨苦,也姑且弗论。单是生活一层,已是大宗的痛楚。假使女子生计已能独立,社会也知道互助,一人还可勉强生存。不幸中国情形,却

---

① 室女:即未嫁的女子。

正相反。所以有钱尚可,贫人便只能饿死。直到饿死以后,间或得了旌表,还要写入志书。所以各府各县志书传记类的末尾,也总有几卷"烈女"。一行一人,或是一行两人,赵钱孙李,可是从来无人翻读。就是一生崇拜节烈的道德大家,若问他贵县志书里烈女门的前十名是谁?也怕不能说出。其实他是生前死后,竟与社会漠不相关的。所以我说很苦。

照这样说,不节烈便不苦么?答道,也很苦。社会公意,不节烈的女人,既然是下品;他在这社会里,是容不住的。社会上多数古人模模糊糊传下来的道理,实在无理可讲;能用历史和数目的力量,挤死不合意的人。这一类无主名无意识的杀人团里,古来不晓得死了多少人物;节烈的女子,也就死在这里。不过他死后间有一回表彰,写入志书。不节烈的人,便生前也要受随便什么人的唾骂,无主名的虐待。所以我说也很苦。

女子自己愿意节烈么?答道,不愿。人类总有一种理想,一种希望。虽然高下不同,必须有个意义。自他两利固好,至少也得有益本身。节烈很难很苦,既不利人,又不利己。说是本人愿意,实在不合人情。所以假如遇着少年女人,诚心祝赞他将来节烈,一定发怒;或者还要受他父兄丈夫的尊拳。然而仍旧牢不可破,便是被这历史和数目的力量挤着。可是无论何人,都怕这节烈。怕他竟钉到自己和亲骨肉的身上。所以我说不愿。

我依据以上的事实和理由,要断定节烈这事是:极难,极苦,不愿身受,然而不利自他,无益社会国家,于人生将来又毫无意义的行为,现在已经失了存在的生命和价值。

临了还有一层疑问:
节烈这事,现代既然失了存在的生命和价值;节烈的女人,岂非白苦一番么？可以答他说:还有哀悼的价值。他们是可怜人;不幸上了历史和数目的无意识的圈套,做了无主名的牺牲。可以开一个追悼大会。

我们追悼了过去的人,还要发愿:要自己和别人,都纯洁聪明勇猛向上。要除去虚伪的脸谱。要除去世上害己害人的昏迷和强暴。

我们追悼了过去的人,还要发愿:要除去于人生毫无意义的苦痛。要除去制造并赏玩别人苦痛的昏迷和强暴。

我们还要发愿:要人类都受正当的幸福。

一九一八年七月

娜拉走后怎样①

在北京女子高等师范学校文艺会讲

我今天要讲的是"娜拉走后怎样?"

伊孛生②是十九世纪后半的瑙威③的一个文人。他的著作,除

---

① 本文是鲁迅现存第一篇讲稿。他曾于1923年7月至1926年8月间在北京女子高等师范学校兼任国文讲师和教授。1923年12月26日晚,鲁迅通过对挪威戏剧家易卜生的剧本《傀儡家庭》中的人物娜拉的分析,在校发表30分钟演讲,来阐明他对女性解放问题的意见。本篇成稿后发表于该校《文艺会刊》第六期。

② 伊孛生:通译易卜生,19世纪挪威的剧作家,被称为"现代戏剧之父",代表作《傀儡家庭》(即《玩偶之家》)《人民公敌》。

③ 瑙威:北欧国家,通译挪威,意为"通往北方之路",西临挪威海,与丹麦隔海相望。其领土南北狭长,海岸线漫长曲折,沿海岛屿很多,被称为"万岛之国"。

了几十首诗之外，其余都是剧本。这些剧本里面，有一时期是大抵含有社会问题的，世间也称作"社会剧"，其中有一篇就是《娜拉》。

《娜拉》一名 Ein Puppenheim，中国译作《傀儡家庭》。但 Puppe 不单是牵线的傀儡，孩子抱着玩的人形①也是；引申开去，别人怎么指挥，他便怎么做的人也是。娜拉当初是满足地生活在所谓幸福的家庭里的，但是她竟觉悟了：自己是丈夫的傀儡，孩子们又是她的傀儡。她于是走了，只听得关门声，接着就是闭幕。这想来大家都知道，不必细说了。

娜拉要怎样才不走呢？或者说伊孛生自己有解答，就是 Die Frauvom Meer。《海的女人》，中国有人译作《海上夫人》的。这女人是已经结婚的了，然而先前有一个爱人在海的彼岸，一日突然寻来，叫她一同去。她便告知她的丈夫，要和那外来人会面。临末，她的丈夫说："现在放你完全自由。（走与不走）你能够自己选择，并且还要自己负责任。"于是什么事全都改变，她就不走了。这样看来，娜拉倘也得到这样的自由，或者也便可以安住。

但娜拉毕竟是走了的。走了以后怎样？伊孛生并无解答；而且他已经死了。即使不死，他也不负解答的责任。因为伊孛生是在做诗，不是为社会提出问题来而且代为解答。就如黄莺一样，因为他自己要歌唱，所以他歌唱，不是要唱给人们听得有趣，有益。伊孛生是很不通世故的，相传在许多妇女们一同招待他的筵宴上，代表者起来致谢他作了《傀儡家庭》，将女性的自觉，解放这些事，给人心以新的启示的时候，他却答道，"我写那篇却并不是这意思，我不过是做诗。"

---

① 人形：日语，即人偶娃娃。

娜拉走后怎样？——别人可是也发表过意见的。一个英国人曾作一篇戏剧,说一个新式的女子走出家庭,再也没有路走,终于堕落,进了妓院了。还有一个中国人——我称他什么呢？上海的文学家罢——说他所见的《娜拉》是和现译本不同,娜拉终于回来了。这样的本子可惜没有第二人看见,除非是伊孛生自己寄给他的,但从事理上推想起来,娜拉或者也实在只有两条路:不是堕落,就是回来。因为如果是一匹小鸟,则笼子里固然不自由,而一出笼门,外面便又有鹰,有猫,以及别的什么东西之类;倘使已经关得麻痹了翅子,忘却了飞翔,也诚然是无路可以走。还有一条,就是饿死了,但饿死已经离开了生活,更无所谓问题,所以也不是什么路。

　　人生最苦痛的是梦醒了无路可以走。做梦的人是幸福的;倘没有看出可走的路,最要紧的是不要去惊醒他。你看,唐朝的诗人李贺,不是困顿了一世的么? 而他临死的时候,却对他的母亲说,"阿妈,上帝造成了白玉楼,叫我做文章落成去了。"这岂非明明是一个诳,一个梦? 然而一个小的和一个老的,一个死的和一个活的,死的高兴地死去,活的放心地活着。说诳和做梦,在这些时候便见得伟大。所以我想,假使寻不出路,我们所要的倒是梦。

　　但是,万不可做将来的梦。阿尔志跋绥夫①曾经借了他所做的小说,质问过梦想将来的黄金世界的理想家,因为要造那世界,先唤起许多人们来受苦。他说,"你们将黄金世界预约给他们的子孙了,可是有什么给他们自己呢?"有是有的,就是将来的希望。但代价也太大了,为了这希望,要使人练敏了感觉来更深切地感到自己的苦痛,叫起灵魂来目睹他自己的腐烂的尸骸。惟有说诳和做梦,

---

　　① 阿尔志跋绥夫:俄国小说家,鲁迅曾将他的长篇小说《工人绥惠略夫》翻译成中文,称其作品为"被绝望所包围的书"。

这些时候便见得伟大。所以我想,假使寻不出路,我们所要的就是梦;但不要将来的梦,只要目前的梦。

　　然而娜拉既然醒了,是很不容易回到梦境的,因此只得走;可是走了以后,有时却也免不掉堕落或回来。否则,就得问:她除了觉醒的心以外,还带了什么去?倘只有一条像诸君一样的紫红的绒绳的围巾,那可是无论宽到二尺或三尺,也完全是不中用。她还须更富有,提包里有准备,直白地说,就是要有钱。

　　梦是好的;否则,钱是要紧的。

　　钱这个字很难听,或者要被高尚的君子们所非笑,但我总觉得人们的议论是不但昨天和今天,即使饭前和饭后,也往往有些差别。凡承认饭需钱买,而以说钱为卑鄙者,倘能按一按他的胃,那里面怕总还有鱼肉没有消化完,须得饿他一天之后,再来听他发议论。

　　所以为娜拉计,钱——高雅的说罢,就是经济,是最要紧的了。自由固不是钱所能买到的,但能够为钱而卖掉。人类有一个大缺点,就是常常要饥饿。为补救这缺点起见,为准备不做傀儡起见,在目下的社会里,经济权就见得最要紧了。第一,在家应该先获得男女平均的分配;第二,在社会应该获得男女相等的势力。可惜我不知道这权柄如何取得,单知道仍然要战斗;或者也许比要求参政权更要用剧烈的战斗。

　　要求经济权固然是很平凡的事,然而也许比要求高尚的参政权以及博大的女子解放之类更烦难。天下事尽有小作为比大作为更烦难的。譬如现在似的冬天,我们只有这一件棉袄,然而必须救助一个将要冻死的苦人,否则便须坐在菩提树下冥想普度一切人类的方法去。普度一切人类和救活一人,大小实在相去太远了,然而倘叫我挑选,我就立刻到菩提树下去坐着,因为免得脱下唯一的棉袄来冻杀自己。所以在家里说要参政权,是不至于大遭反对的,一说到经济的平匀分配,或不免面前就遇见敌人,这就当然要有剧烈的战斗。

战斗不算好事情,我们也不能责成人人都是战士,那么,平和的方法也就可贵了,这就是将来利用了亲权来解放自己的子女。中国的亲权是无上的,那时候,就可以将财产平匀地分配子女们,使他们平和而没有冲突地都得到相等的经济权,此后或者去读书,或者去生发,或者为自己去亨用,或者为社会去做事,或者去花完,都请便,自己负责任。这虽然也是颇远的梦,可是比黄金世界的梦近得不少了。但第一需要记性。记性不佳,是有益于己而有害于子孙的。人们因为能忘却,所以自己能渐渐地脱离了受过的苦痛,也因为能忘却,所以往往照样地再犯前人的错误。被虐待的儿媳做了婆婆,仍然虐待儿媳;嫌恶学生的官吏,每是先前痛骂官吏的学生;现在压迫子女的,有时也就是十年前的家庭革命者。这也许与年龄和地位都有关系罢,但记性不佳也是一个很大的原因。救济法就是各人去买一本 notebook 来,将自己现在的思想举动都记上,作为将来年龄和地位都改变了之后的参考。假如憎恶孩子要到公园去的时候,取来一翻,看见上面有一条道,"我想到中央公园去",那就即刻心平气和了。别的事也一样。

世间有一种无赖精神,那要义就是韧性。听说拳匪①乱后,天津的青皮,就是所谓无赖者很跋扈,譬如给人搬一件行李,他就要两元,对他说这行李小,他说要两元,对他说道路近,他说要两元,

①　拳匪:指"义和团",大约于清末咸丰、同治年间出现于山东,起初以保卫身家、练习拳棒为目的,往往趁商贾集市之场所,约期聚会比较拳勇。后却以"扶清灭洋"的号召受到慈禧太后肯定,迅速扩大,并于 1900 年发生大规模的中外冲突事件,造成八国联军之役。百年来,学界对义和团的评价一直存在争议。

对他说不要搬了,他说也仍然要两元。青皮固然是不足为法的,而那韧性却大可以佩服。要求经济权也一样,有人说这事情太陈腐了,就答道要经济权;说是太卑鄙了,就答道要经济权;说是经济制度就要改变了,用不着再操心,也仍然答道要经济权。

其实,在现在,一个娜拉的出走,或者也许不至于感到困难的,因为这人物很特别,举动也新鲜,能得到若干人们的同情,帮助着生活。生活在人们的同情之下,已经是不自由了,然而倘有一百个娜拉出走,便连同情也减少,有一千一万个出走,就得到厌恶了,断不如自己握着经济权之为可靠。

在经济方面得到自由,就不是傀儡了么? 也还是傀儡。无非被人所牵的事可以减少,而自己能牵的傀儡可以增多罢了。因为在现在的社会里,不但女人常作男人的傀儡,就是男人和男人,女人和女人,也相互地作傀儡,男人也常作女人的傀儡,这决不是几个女人取得经济权所能救的。但人不能饿着静候理想世界的到来,至少也得留一点残喘,正如涸辙之鲋①,急谋升斗之水一样,就要这较为切近的经济权,一面再想别的法。

如果经济制度竟改革了,那上文当然完全是废话。

然而上文,是又将娜拉当作一个普通的人物而说的,假使她很特别,自己情愿闯出去做牺牲,那就又另是一回事。我们无权去劝诱人做牺牲,也无权去阻止人做牺牲。况且世上也尽有乐于牺牲,乐于受苦的人物。欧洲有一个传说,耶稣去钉十字架时,休息在Ahasvar②的檐下,Ahasvar 不准他,于是被了咒诅,使他永世不得休

---

① 涸辙之鲋(hé zhé zhī fù):语出《庄子·外物》,围在车痕沟里水干了的鲫鱼,通常多比喻处于困境、急待救援之人。

② Ahasvar:阿哈斯瓦尔,欧洲传说中的一个补鞋匠,被称为"流浪的犹太人"。

息,直到末日裁判的时候。Ahasvar 从此就歇不下,只是走,现在还在走。走是苦的,安息是乐的,他何以不安息呢?虽说背着咒诅,可是大约总该是觉得走比安息还适意,所以始终狂走的罢。

只是这牺牲的适意是属于自己的,与志士们之所谓为社会者无涉。群众——尤其是中国的——永远是戏剧的看客。牺牲上场,如果显得慷慨,他们就看了悲壮剧;如果显得觳觫①,他们就看了滑稽剧。北京的羊肉铺前常有几个人张着嘴看剥羊,仿佛颇愉快,人的牺牲能给与他们的益处,也不过如此。而况事后走不几步,他们并这一点愉快也就忘却了。

对于这样的群众没有法,只好使他们无戏可看倒是疗救,正无需乎震骇一时的牺牲,不如深沉地韧性的战斗。

可惜中国太难改变了,即使搬动一张桌子,改装一个火炉,几乎也要血;而且即使有了血,也未必一定能搬动,能改装。不是很大的鞭子打在背上,中国自己是不肯动弹的。我想这鞭子总要来,好坏是别一问题,然而总要打到的。但是从那里来,怎么地来,我也是不能确切地知道。

我这讲演也就此完结了。

一九二三年

【评析:娜拉是挪威剧作家易卜生的经典社会问题剧《玩偶之家》的主人公。她在经历了一场家庭变故后,终于看清了丈夫的真实面目和自己在家中的“玩偶”地位,在庄严地声称“我是一个人,跟你一样的一个人,至少我要学做一个人”之后,娜拉毅然走出家门。1879 年《玩偶之家》在欧洲首演,娜拉“离家出走时的摔门声”惊动了整个欧洲,亦在后来惊醒了“五四”之后积极探索中国命运

---

① 觳觫(hú sù):恐惧颤抖的样子。《孟子·梁惠王》:“吾不忍其觳觫。”

和出路的知识分子们。至此,娜拉"几乎成了中国知识分子进行思想启蒙的标志性人物,也成了当时激进女性的效仿对象。

虽然《玩偶之家》被称为妇女解放运动的宣言书,易卜生"引起"了一场妇女解放的风暴,但《玩偶之家》却只是以娜拉出走为最终结局,门一摔,剧终了。至于她走了以后会怎么样,易卜生没有答案。他甚至轻描淡写:"我写那篇却并不是这意思,我不过是做诗。"对此,鲁迅先生提出了一个世纪命题,并发出了一声旷世的质问,即"娜拉走后怎样?"

鲁迅先生是敏锐地觉察出这一重大社会问题的,即如果口袋里没有钱,没有经济大权,则妇女出走以后也不外两种结局:一是回来,一是饿死。只有妇女真正掌握了经济大权,参与了社会生活,不把自己局限在小家庭里,不把婚姻当成女人唯一的职业,才有可能真正获得"解放"和"自由"。】

未有天才之前①

在北京师范大学附属中学校友会讲

我自己觉得我的讲话不能使诸君有益或者有趣,因为我实在不知道什么事,但推托拖延得太长久了,所以终于不能不到这里来说几句。

我看现在许多人对于文艺界的要求的呼声之中,要求天才的产生也可以算是很盛大的了,这显然可以反证两件事:一是中国现

---

① 1924年1月17日,在教育部任职的鲁迅,时常"枯坐终日,极无聊赖",应北京师大附中校友会盛情邀请,前往该校演讲,本文即为演讲内容。著名科学家钱学森当时正好在北师大附中读初一,据其回忆,当天鲁迅穿了一件旧的青布长衫,用带有很浓的浙江口音演讲。

在没有一个天才,二是大家对于现在的艺术的厌薄。天才究竟有没有?也许有着罢,然而我们和别人都没有见。倘使据了见闻,就可以说没有;不但天才,还有使天才得以生长的民众。

天才并不是自生自长在深林荒野里的怪物,是由可以使天才生长的民众产生,长育出来的,所以没有这种民众,就没有天才。有一回拿破仑过 Alps 山①,说,"我比 Alps 山还要高!"这何等英伟,然而不要忘记他后面跟着许多兵;倘没有兵,那只有被山那面的敌人捉住或者赶回,他的举动,言语,都离了英雄的界线,要归入疯子一类了。所以我想,在要求天才的产生之前,应该先要求可以使天才生长的民众。——譬如想有乔木,想看好花,一定要有好土;没有土,便没有花木了;所以土实在较花木还重要。花木非有土不可,正同拿破仑非有好兵不可一样。

然而现在社会上的论调和趋势,一面固然要求天才,一面却要他灭亡,连预备的土也想扫尽。举出几样来说:

其一就是"整理国故②"。自从新思潮来到中国以后,其实何尝有力,而一群老头子,还有少年,却已丧魂失魄的来讲国故了,他们说:"中国自有许多好东西,都不整理保存,倒去求新,正如放弃祖宗遗产一样不肖。"抬出祖宗来说法,那自然是极威严的,然而我总不信在旧马褂未曾洗净叠好之前,便不能做一件新马褂。就现状而言,做事本来还随各人的自便,老先生要整理国故,当然不妨去埋在南窗下读死书,至于青年,却自有他们的活学问和新艺术,

---

① Alps 山:即阿尔卑斯山,欧洲最高的山脉,位于法意两国之间,其最高峰勃朗峰海拔 4810 米。拿破仑在 1800 年曾率领大军,翻越阿尔卑斯山进入意大利。

② 整理国故:当时胡适所提倡的一种主张。倡导学生钻研传统文化,学者"进研究室"。

各干各事,也还没有大妨害的,但若拿了这面旗子来号召,那就是要中国永远与世界隔绝了。倘以为大家非此不可,那更是荒谬绝伦!我们和古董商人谈天,他自然总称赞他的古董如何好,然而他决不痛骂画家,农夫,工匠等类,说是忘记了祖宗:他实在比许多国学家聪明得远。

其一是"崇拜创作①"。从表面上看来,似乎这和要求天才的步调很相合,其实不然。那精神中,很含有排斥外来思想,异域情调的分子,所以也就是可以使中国和世界潮流隔绝的。许多人对于托尔斯泰,都介涅夫②,陀思妥夫斯奇③的名字,已经厌听了,然而他们的著作,有什么译到中国来?眼光因在一国里,听谈彼得和约翰④就生厌,定须张三李四才行,于是创作家出来了,从实说,好的也离不了剽取点外国作品的技术和神情,文笔或者漂亮,思想往往赶不上翻译品,甚者还要加上些传统思想,使他适合于中国人的老脾气,而读者却已为他所牢笼了,于是眼界便渐渐地狭小,几乎要缩进旧圈套里去。作者和读者互相为因果,排斥异流,抬上国粹,那里会有天才产生?即使产生了,也是活不下去的。

这样的风气的民众是灰尘,不是泥土,在他这里长不出好花和乔木来!

还有一样是恶意的批评。大家的要求批评家的出现,也由来已久了,到目下就出了许多批评家。可惜他们之中很有不少是不

---

① 按作者的意思,是指"排斥外来思想"。

② 都介涅夫(1818—1883):通译屠格涅夫,俄国作家。著有小说《猎人笔记》《罗亭》《父与子》等。

③ 陀思妥夫斯奇(1821—1881):通译陀斯妥耶夫斯基,俄国作家。著有小说《穷人》《被侮辱与被损害的》《罪与罚》等。

④ 彼得和约翰:欧美人常用的名字,这里泛指外国人。

平家,不像批评家,作品才到面前,便恨恨地磨墨,立刻写出很高明的结论道,"唉,幼稚得很。中国要天才!"到后来,连并非批评家也这样叫喊了,他是听来的。其实即使天才,在生下来的时候的第一声啼哭,也和平常的儿童的一样,决不会就是一首好诗。因为幼稚,当头加以戕贼,也可以萎死的。我亲见几个作者,都被他们骂得寒噤了。那些作者大约自然不是天才,然而我的希望是便是常人也留着。

恶意的批评家在嫩苗的地上驰马,那当然是十分快意的事;然而遭殃的是嫩苗——平常的苗和天才的苗。幼稚对于老成,有如孩子对于老人,决没有什么耻辱;作品也一样,起初幼稚,不算耻辱的。因为倘不遭了戕贼,他就会生长,成熟,老成;独有老衰和腐败,倒是无药可救的事!我以为幼稚的人,或者老大的人,如有幼稚的心,就说幼稚的话,只为自己要说而说,说出之后,至多到印出之后,自己的事就完了,对于无论打着什么旗子的批评,都可以置之不理的!

就是在座的诸君,料来也十之九愿有天才的产生罢,然而情形是这样,不但产生天才难,单是有培养天才的泥土也难。我想,天才大半是天赋的;独有这培养天才的泥土,似乎大家都可以做。做土的功效,比要求天才还切近;否则,纵有成千成百的天才,也因为没有泥土,不能发达,要像一碟子绿豆芽。

做土要扩大了精神,就是收纳新潮,脱离旧套,能够容纳,了解那将来产生的天才;又要不怕做小事业,就是能创作的自然是创作,否则翻译,介绍,欣赏,读,看,消闲都可以。以文艺来消闲,说来似乎有些可笑,但究竟较胜于戕贼他。

泥土和天才比,当然是不足齿数的,然而不是坚苦卓绝者,也怕不容易做;不过事在人为,比空等天赋的天才有把握。这一点,是泥土的伟大的地方,也是反有大希望的地方。而且也有报酬,譬如好花从泥土里出来,看的人固然欣然的赏鉴,泥土也可以欣然的赏鉴,正不必花卉自身,这才心旷神怡的——假如当作泥土也有灵魂的。

【评析:《未有天才之前》是鲁迅先生的一篇演讲词。在文中鲁迅先生用幽默犀利的语言、比喻论证的方法论述了"没有生长天才的民众,就没有天才"的观点,号召大家"做培养天才的泥土"。

"整理国故"这个口号最早是由新文化阵营提出来的。当时北京大学旧派学生在封建旧文化维护者的支持下成立了"国故社",企图以研究国故为名,行复古之实。面对这一形势李大钊、胡适等人提出整理国故的口号,反对国故社的以封建思想保存国粹。但后来胡适过分夸大了整理国故的意义,反对学生运动,以致走到了学生的对立面。鲁迅与胡适等人观点不同,他看到许多物质青年先到故纸堆里,从而批判整理国故的论调。】

论雷峰塔的倒掉①

听说,杭州西湖上的雷峰塔倒掉了,听说而已,我没有亲见。但我却见过未倒的雷峰塔,破破烂烂的映掩于湖光山色之间,落山的太阳照着这些四近的地方,就是"雷峰夕照",西湖十景之一。"雷峰夕照"的真景我也见过,并不见佳,我以为。

然而一切西湖胜迹的名目之中,我知道得最早的却是这雷峰塔。我的祖母曾经常常对我说,白蛇娘娘就被压在这塔底下。有个叫作许仙的人救了两条蛇,一青一白,后来白蛇便化作女人来报

---

① 1924年9月25日下午,杭州西湖南岸雷峰塔坍塌,引发舆论关注。同年11月初,鲁迅据此写下本文,发表在朋友孙伏园主编的《语丝》周刊创刊号。

恩,嫁给许仙了;青蛇化作丫鬟,也跟着。一个和尚,法海禅师,得道的禅师,看见许仙脸上有妖气——凡讨妖怪做老婆的人,脸上就有妖气的,但只有非凡的人才看得出——便将他藏在金山寺的法座后,白蛇娘娘来寻夫,于是就"水满金山"。我的祖母讲起来还要有趣得多,大约是出于一部弹词口叫作《义妖传》①里的,但我没有看过这部书,所以也不知道"许仙""法海"究竟是否这样写。总而言之,白蛇娘娘终于中了法海的计策,被装在一个小小的钵盂里了。钵盂埋在地里,上面还造起一座镇压的塔来,这就是雷峰塔。此后似乎事情还很多,如"白状元祭塔"之类,但我现在都忘记了。

那时我惟一的希望,就在这雷峰塔的倒掉。后来我长大了,到杭州,看见这破破烂烂的塔,心里就不舒服。后来我看看书,说杭州人又叫这塔作保叔塔,其实应该写作"保俶塔",是钱王的儿子造的。那么,里面当然没有白蛇娘娘了,然而我心里仍然不舒服,仍然希望他倒掉。

现在,他居然倒掉了,则普天之下的人民,其欣喜为何如?

这是有事实可证的。试到吴越的山间海滨,探听民意去。凡有田夫野老,蚕妇村氓,除了几个脑髓里有点贵恙的之外,可有谁不为白娘娘抱不平,不怪法海太多事的?

和尚本应该只管自己念经。白蛇自迷许仙,许仙自娶妖怪,和别人有什么相干呢?他偏要放下经卷,横来招是搬非,大约是怀着嫉妒罢——那简直是一定的。

听说,后来玉皇大帝也就怪法海多事,以至荼毒生灵,想要拿办他了。他逃来逃去,终于逃在蟹壳里避祸,不敢再出来,到现在

----

① 《义妖传》:演述关于白蛇娘娘的民间神话故事的弹词,清代陈遇乾著。

还如此。我对于玉皇大帝所做的事,腹诽的非常多,独于这一件却很满意,因为"水满金山"一案,的确应该由法海负责;他实在办得很不错的。只可惜我那时没有打听这话的出处,或者不在《义妖传》中,却是民间的传说罢。

秋高稻熟时节,吴越间所多的是螃蟹,煮到通红之后,无论取那一只,揭开背壳来,里面就有黄,有膏;倘是雌的,就有石榴子一般鲜红的子。先将这些吃完,即一定露出一个圆锥形的薄膜,再用小刀小心地沿着锥底切下,取出,翻转,使里面向外,只要不破,便变成一个罗汉模样的东西,有头脸,身子,是坐着的,我们那里的小孩子都称他"蟹和尚",就是躲在里面避难的法海。

当初,白蛇娘娘压在塔底下,法海禅师躲在蟹壳里。现在却只有这位老禅师独自静坐了,非到螃蟹断种的那一天为止出不来。莫非他造塔的时候,竟没有想到塔是终究要倒的么?

活该。

一九二四年十月二十八日

【评析:此文借题发挥,将雷峰塔倒掉的社会新闻与《白蛇传》的民间故事巧妙地结合起来,借雷峰塔的倒掉,赞扬了白娘子为争取自由和幸福而决战到底的反抗精神,揭露了封建统治阶级镇压人民的残酷本质,对维护封建宗法制度的权势者,进行了批判和揭露,揭示出扼杀人民自由、阻挡社会发展的封建制度必然灭亡的历史规律。全文运笔随意,故事讲解生动,议论更是精辟独到,在遣词造句上十分生动形象和准确,寓深刻思想于嬉笑怒骂之中,是一篇充满战斗力的檄文,也是一篇难得的美文。】

再论雷峰塔的倒掉①

从崇轩先生②的通信(二月份《京报副刊》)里,知道他在轮船上听到两个旅客谈话,说是杭州雷峰塔之所以倒掉,是因为乡下人迷信那塔砖放在自己的家中,凡事都必平安,如意,逢凶化吉,于是这个也挖,那个也挖,挖之久久,便倒了。一个旅客并且再三叹息道:西湖十景这可缺了呵!

这消息,可又使我有点畅快了,虽然明知道幸灾乐祸,不像一个绅士,但本来不是绅士的,也没有法子来装潢。

我们中国的许多人,——我在此特别郑重声明:并不包括四万万同胞全部!——大抵患有一种"十景病",至少是"八景病",沈重起来的时候大概在清朝。凡看一部县志,这一县往往有十景或八景,如"远村明月""萧寺清钟""古池好水"之类。而且,"十"字形的病菌,似乎已经侵入血管,流布全身,其势力早不在"!"形惊叹亡国病菌③之下了。点心有十样锦,菜有十碗,音乐有十番④,阎罗有十殿,药有十全大补,猜拳有全福手福手全,连人的劣迹或罪状,宣

---

① 本篇发表于 1925 年 2 月 23 日《语丝》周刊。

② 崇轩先生:即胡也频,1924 年与女作家丁玲结婚,1928 年到上海主编《红与黑》杂志,1930 年加入"左联",1931 年 2 月 8 日在上海龙华被国民党杀害。

③ 亡国病菌:1924 年 4 月《心理》杂志第 3 卷载有张耀翔的《新诗人的情绪》一文,把当时出版的一些新诗集里的惊叹号(!)加以统计,说这种符号"缩小看像许多细菌,放大看像几排弹丸",认为这是消极、悲观、厌世等情绪的表示,因而说多用惊叹号的白话诗都是"亡国之音"。

④ 十番:又称"十番鼓","十番锣鼓",是流行于福建、江苏、浙江等地的汉族民乐,十番鼓是用笛、管、箫、弦、提琴、云锣、汤锣、木鱼、檀板、大鼓等十种乐器更番合奏,是集打击乐与吹奏乐于一体的交响乐。

布起来也大抵是十条,仿佛犯了九条的时候总不肯歇手。现在西湖十景可缺了呵!"凡为天下国家有九经①",九经固古已有之,而九景却颇不习见,所以正是对于十景病的一个针砭,至少也可以使患者感到一种不平常,知道自己的可爱的老病,忽而跑掉了十分之一了。

但仍有悲哀在里面。

其实,这一种势所必至的破坏,也还是徒然的。畅快不过是无聊的自欺。雅人和信士和传统大家,定要苦心孤诣巧语花言地再来补足了十景而后已。

无破坏即无新建设,大致是的;但有破坏却未必即有新建设。卢梭,斯谛纳尔,尼采,托尔斯泰,伊孛生等辈,若用勃兰兑斯的话来说,乃是"轨道破坏者"。其实他们不单是破坏,而且是扫除,是大呼猛进,将碍脚的旧轨道不论整条或碎片,一扫而空,并非想挖一块废铁古砖挟回家去,预备卖给旧货店。中国很少这一类人,即使有之,也会被大众的唾沫淹死。孔丘先生确是伟大,生在巫鬼势力如此旺盛的时代,偏不肯随俗谈鬼神;但可惜太聪明了,"祭如在祭神如神在②",只用他修《春秋》的照例手段以两个"如"字略寓"俏皮刻薄"之意,使人一时莫明其妙,看不出他肚皮里的反对来。他肯对子路赌咒,却不肯对鬼神宣战,因为一宣战就不和平,易犯骂人——虽然不过骂鬼——之罪,即不免有《衡论》(见一月份《晨报副镌》)作家 TY 先生似的好人,会替鬼神来奚落他道:为名乎?骂人不能得名。为利乎?骂人不能得利。想引诱女人乎?又不能

---

① 凡为天下国家有九经:语见《中庸》,意思是治理天下国家有九项应做的事:修身、尊贤、亲亲、敬大臣、体群臣、子庶民、来百工、柔远人、怀诸侯。

② 祭如在祭神如神在:语见《论语·八佾》。意思是,祭祀祖先神灵时,好像他们真的在自己面前一样。

将蚩尤的脸子印在文章上。何乐而为之也欤？

孔丘先生是深通世故的老先生，大约除脸子付印问题以外，还有深心，犯不上来做明目张胆的破坏者，所以只是不谈，而决不骂，于是乎俨然成为中国的圣人，道大，无所不包故也。否则，现在供在圣庙里的，也许不姓孔。

不过在戏台上罢了，悲剧将人生的有价值的东西毁灭给人看，喜剧将那无价值的撕破给人看。讥讽又不过是喜剧的变简的一支流。但悲壮滑稽，却都是十景病的仇敌，因为都有破坏性，虽然所破坏的方面各不同。中国如十景病尚存，则不但卢梭他们似的疯子决不产生，并且也决不产生一个悲剧作家或喜剧作家或讽刺诗人。所有的，只是喜剧底人物或非喜剧非悲剧底人物，在互相模造的十景中生存，一面各各带了十景病。

然而十全停滞的生活，世界上是很不多见的事，于是破坏者到了，但并非自己的先觉的破坏者，却是狂暴的强盗，或外来的蛮夷。猃狁①早到过中原，五胡②来过了，蒙古也来过了；同胞张献忠杀人如草，而满洲兵的一箭，就钻进树丛中死掉了，有人论中国说，倘使没有带着新鲜的血液的野蛮的侵入，真不知自身会腐败到如何！这当然是极刻毒的恶谑，但我们一翻历史，怕不免要有汗流浃背的时候罢。外寇来了，暂一震动，终于请他作主子，在他的刀斧下修补老例；内寇来了，也暂一震动，终于请他做主子，或者别拜一个主子，在自己的瓦砾中修补老例。再来翻县志，就看见每一次兵燹③之后，所添上的是许多烈妇烈女的氏名。看近来的兵祸，怕又要大

---

① 猃狁(xiǎn yǔn)：我国古代北方民族之一，秦汉时称匈奴。周成王、宣王曾和他们有过战争。

② 五胡：历史上对匈奴、羯、鲜卑、氐、羌五个少数民族的合称。

③ 兵燹(xiǎn)：兵火之灾。

举表扬节烈了罢。许多男人们都哪里去了?

凡这一种寇盗式的破坏,结果只能留下一片瓦砾,与建设无关。

但当太平时候,就是正在修补老例,并无寇盗时候,即国中暂时没有破坏么?也不然的,其时有奴才式的破坏作用常川活动着。

雷峰塔砖的挖去,不过是极近的一条小小的例。龙门的石佛,大半肢体不全,图书馆中的书籍,插图须谨防撕去,凡公物或无主的东西,倘难于移动,能够完全的即很不多。但其毁坏的原因,则非如革除者的志在扫除,也非如寇盗的志在掠夺或单是破坏,仅因目前极小的自利,也肯对于完整的大物暗暗地加一个创伤。人数既多,创伤自然极大,而倒败之后,却难于知道加害的究竟是谁。正如雷峰塔倒掉以后,我们单知道由于乡下人的迷信。共有的塔失去了,乡下人的所得,却不过一块砖,这砖,将来又将为别一自利者所藏,终究至于灭尽。倘在民康物阜时候,因为十景病的发作,新的雷峰塔也会再造的罢。但将来的运命,不也就可以推想而知么?如果乡下人还是这样的乡下人,老例还是这样的老例。

这一种奴才式的破坏,结果也只能留下一片瓦砾,与建设无关。

岂但乡下人之于雷峰塔,日日偷挖中华民国的柱石的奴才们,现在正不知有多少!

瓦砾场上还不足悲,在瓦砾场上修补老例是可悲的。我们要革新的破坏者,因为他内心有理想的光。我们应该知道他和寇盗奴才的分别;应该留心自己堕入后两种。这区别并不烦难,只要观人,省己,凡言动中,思想中,含有借此据为己有的征兆者是寇盗,含有借此占些目前的小便宜的征兆者是奴才,无论在前面打着的是怎样鲜明好看的旗子。

一九二五年二月六日

【评析:雷峰塔倒掉了,这本来是一件平常的事。然而,恰恰在这些平常的现象后面,作者看出了人们精神上的"病象":守旧、维持现状、惧怕变动。作者称之为"十景病",并以此为出发点,联系与之相类似的事,说明这正是统治阶级维持统治所需要的一种精神状态,是守旧复古势力赖以生存的土壤。

"十景病"必然阻碍创新和变革,阻碍社会的发展。医治"十景病"的惟一办法是"破坏",但作者指出,"有破坏却未必即有新建设","破坏"有"革新的破坏者"和"寇盗式破坏者""奴才式的破坏者"三种,我们所需要的,是"革新的破坏者""因为他内心有理想的光"。作者于文章结尾点出了主旨。

这篇杂文的高明之处,在于从日常生活中敏锐地发现问题,又能以艺术的手段加以深化、强调、突出。作者借助于联想,按照事物之间的内在联系把许多零碎的现象缀合在一起,使事物的本质更加突出、显豁,凸现它的历史、现状和未来。】

看镜有感

因为翻衣箱,翻出几面古铜镜子来,大概是民国初年初到北京时候买在那里的,"情随事迁",全然忘却,宛如见了隔世的东西了。

一面圆径不过二寸,很厚重,背面满刻蒲陶①,还有跳跃的鼯

鼠,沿边是一圈小飞禽。古董店家都称为"海马葡萄镜"。但我的一面并无海马,其实和名称不相当。记得曾见过别一面,是有海马的,但贵极,没有买。这些都是汉代的镜子;后来也有模造或翻沙者,花纹可造粗拙得多了。汉武通大宛安息,以致天马蒲萄,大概当时是视为盛事的,所以便取作什器的装饰。古时,于外来物品,每加海字,如海榴,海红花,海棠之类。海即现在之所谓洋,海马译成今文,当然就是洋马。镜鼻是一个虾蟆,则因为镜如满月,月中有蟾蜍之故,和汉事不相干了。

遥想汉人多少闳放①,新来的动植物,即毫不拘忌,来充装饰的花纹。唐人也还不算弱,例如汉人的墓前石兽,多是羊,虎,天禄,辟邪②,而长安的昭陵上,却刻着带箭的骏马,还有一匹驼鸟,则办法简直前无古人。现今在坟墓上不待言,即平常的绘画,可有人敢用一朵洋花一只洋鸟,即私人的印章,可有人肯用一个草书一个俗字么?许多雅人,连记年月也必是甲子,怕用民国纪元。不知道是没有如此大胆的艺术家;还是虽有而民众都加迫害,他于是乎只得萎缩,死掉了?

宋的文艺,现在似的国粹气味就熏人。然而辽金元陆续进来了,这消息很耐寻味。汉唐虽然也有边患,但魄力究竟雄大,人民具有不至于为异族奴隶的自信心,或者竟毫未想到,凡取用外来事物的时候,就如将彼俘来一样,自由驱使,绝不介怀。一到衰弊陵夷之际,神经可就衰弱过敏了,每遇外国东西,便觉得仿佛彼来俘我一样,推拒,惶恐,退缩,逃避,抖成一团,又必想一篇道理来掩饰,而国粹遂成为孱(chán)王和孱奴的宝贝。

----

① 闳(hóng)放:阔大奔放。
② 天禄,辟邪:据《汉书·西域传》,是产于西域乌戈山离国(今阿富汗西部)的动物:"似鹿,长尾,一角者或为天鹿(禄),两角者或为辟邪。"

无论从那里来的,只要是食物,壮健者大抵就无需思索,承认是吃的东西。惟有衰病的,却总常想到害胃,伤身,特有许多禁条,许多避忌;还有一大套比较利害而终于不得要领的理由,例如吃固无妨,而不吃尤稳,食之或当有益,然究以不吃为宜云云之类。但这一类人物总要日见其衰弱的,因为他终日战战兢兢,自己先已失了活气了。

不知道南宋比现今如何,但对外敌,却明明已经称臣,惟独在国内特多繁文缛节以及唠叨的碎话。正如倒霉人物,偏多忌讳一般,豁达闳大之风消歇净尽了。直到后来,都没有什么大变化。我曾在古物陈列所所陈列的古画上看见一颗印文,是几个罗马字母。但那是所谓"我圣祖仁皇帝"的印,是征服了汉族的主人,所以他敢;汉族的奴才是不敢的。便是现在,便是艺术家,可有敢用洋文的印的么?

清顺治中,时宪书上印有"依西洋新法"五个字,痛哭流涕来劾洋人汤若望①的偏是汉人杨光先。直到康熙初,争胜了,就教他做钦天监②正去,则又叩阍(hūn)以"但知推步之理不知推步之数"辞。不准辞,则又痛哭流涕地来做《不得已》,说道"宁可使中夏无好历法,不可使中夏有西洋人。"然而终于连闰月都算错了,他大约以为好历法专属于西洋人,中夏人自己是学不得,也学不好的。但他竟论了大辟,可是没有杀,放归,死于途中了。汤若望入中国还在明崇祯初,其法终未见用;后来阮元③论之曰:"明季君臣以大统浸疏,开局修正,既知新法之密,而讫未施行。圣朝定鼎,以其法造

① 汤若望(1591—1666):德国人,天主教传教士。明天启二年(1622)来中国传教,后在历局供职。与顺治皇帝关系密切,受到极高信任。

② 钦天监:明清所设掌管观察天象、推算历法的官署。

③ 阮元(1764—1849):清代学者。学识渊博,撰述颇丰,他还提出过四步读书法,句读、评校、抄录、著述、强调读思结合、读习结合、读行结合。

时宪书,颁行天下。彼十余年辩论翻译之劳,若以备我朝之采用者,斯亦奇矣!……我国家圣圣相传,用人行政,惟求其是,而不先设成心。即是一端,可以仰见如天之度量矣!"(《畴人传》四十五)

现在流传的古镜们,出自冢中者居多,原是殉葬品。但我也有一面日用镜,薄而且大,规抚汉制,也许是唐代的东西。那证据是:一,镜鼻已多磨损;二,镜面的沙眼都用别的铜来补好了。当时在妆阁中,曾照唐人的额黄和眉绿①,现在却监禁在我的衣箱里,它或者大有今昔之感罢。

但铜镜的供用,大约道光咸丰时候还与玻璃镜并行;至于穷乡僻壤,也许至今还用着。我们那里,则除了婚丧仪式之外,全被玻璃镜驱逐了。然而也还有余烈可寻,倘街头遇见一位老翁,肩了长凳似的东西,上面缚着一块猪肝色石和一块青色石,试仔听他的叫喊就是"磨镜,磨剪刀!"

宋镜我没有见过好的,什九并无藻饰,只有店号或"正其衣冠"等类的迂铭词,真是"世风日下"。但是要进步或不退步,总须时时自出新裁,至少也必取材异域,倘若各种顾忌,各种小心,各种唠叨,这么做即违了祖宗,那么做又像了夷狄,终生惴惴如在薄冰上,发抖尚且来不及,怎么会做出好东西来。所以事实上"今不如古"者,正因为有许多唠叨着"今不如古"的诸位先生们之故。现在情形还如此。倘再不放开度量,大胆地,无畏地,将新文化尽量地吸收,则杨光先似的向西洋主人沥陈中夏的精神文明的时候,大概是不劳久待的罢。

---

① 额黄和眉绿:古代妇女在额中和眉上所作的修饰。额黄起于六朝时,眉绿大约于战国时已开始,二者都盛行于唐代。

但我向来没有遇见过一个排斥玻璃镜子的人。单知道咸丰年间，汪日桢先生却在他的大著《湖雅》里攻击过的。他加以比较研究之后，终于决定还是铜镜好。最不可解的是：他说，照起面貌来，玻璃镜不如铜镜之准确。莫非那时的玻璃镜当真坏到如此，还是因为他老先生又带上了国粹眼镜之故呢？我没有见过古玻璃镜。这一点终于猜不透。

一九二五年二月九日

【评析：文章是批判之中富于语言幽默和暗藏讽刺的所谓的"语丝文体"。写古镜的文饰中，"汉人多少闳放""唐人也还不算弱"，而宋的文艺"国粹气味就熏人"云云，事实上是对这些时代的"气度"的描画，而借此要说的则是一个如何对待"外来的事物"的态度问题，其间也贯穿了鲁迅对民族的忧思："倘再不放开度量，大胆地，无谓地，将新文化尽量地吸收"，"大概是不劳久待的罢。"】

春末闲谈①

北京正是春末，也许我过于性急之故罢，觉着夏意了，于是突然记起故乡的细腰蜂。那时候大约是盛夏，青蝇密集在凉棚索子上。铁黑色的细腰蜂就在桑树间或墙角的蛛网左近往来飞行，有时衔一只小青虫去了，有时拉一个蜘蛛。青虫或蜘蛛先是抵抗着不肯去，但终于乏力，被衔着腾空而去了，坐了飞机似的。

老前辈们开导我，那细腰蜂就是书上所说的果蠃，纯雌无雄，必须捉螟蛉去做继子的。她将小青虫封在窠里，自己在外面日日夜夜敲打着，祝道"像我像我"，经过若干日——我记不清了，大约

---

① 本文最初载于 1925 年 4 月 24 日北京《莽原》周刊，署名冥昭。

七七四十九日罢——那青虫也就成了细腰蜂了,所以《诗经》里说:"螟蛉有子,果蠃负之。"螟蛉就是桑上小青虫。蜘蛛呢?他们没有提。我记得有几个考据家曾经立过异说,以为她其实自能生卵;其捉青虫,乃是填在窠里,给孵化出来的幼蜂做食料的。但我所遇见的前辈们都不采用此说,还道是拉去做女儿。我们为存留天地间的美谈起见,倒不如这样好。当长夏无事,遣暑林阴,瞥见二虫一拉一拒的时候,便如睹慈母教女,满怀好意,而青虫的宛转抗拒,则活像一个不识好歹的毛鸦头。

但究竟是夷人可恶,偏要讲什么科学。科学虽然给我们许多惊奇,但也搅坏了我们许多好梦。自从法国的昆虫学大家发勃耳(Fabre)仔细观察之后,给幼蜂做食料的事可就证实了。而且,这细腰蜂不但是普通的凶手,还是一种很残忍的凶手,又是一个学识技术都极高明的解剖学家。她知道青虫的神经构造和作用,用了神奇的毒针,向那运动神经球上只一螫(zhē),它便麻痹为不死不活状态,这才在它身上生下蜂卵,封入窠(kē)中。青虫因为不死不活,所以不动,但也因为不活不死,所以不烂,直到她的子女孵化出来的时候,这食料还和被捕当日一样的新鲜。

三年前,我遇见神经过敏的俄国的 E 君[①],有一天他忽然发愁道,不知道将来的科学家,是否不至于发明一种奇妙的药品,将这注射在谁的身上,则这人即甘心永远去做服役和战争的机器了?那时我也就皱眉叹息,装作一齐发愁的模样,以示"所见略同"之至意,殊不知我国的圣君,贤臣,圣贤,圣贤之徒,却早已有过这一种黄金世界的理想了。不是"唯辟作福,唯辟作威,唯辟玉食"么?不

---

① E君:指俄罗斯盲诗人、作家爱罗先珂(1889—1952),在中国出版有《爱罗先珂童话集》《桃色的云》等。

是"君子劳心，小人劳力"么？不是"治于人者食（去声）人，治人者食于人"么？可惜理论虽已卓然，而终于没有发明十全的好方法。要服从作威就须不活，要贡献玉食就须不死；要被治就须不活，要供养治人者又须不死。人类升为万物之灵，自然是可贺的，但没有了细腰蜂的毒针，却很使圣君，贤臣，圣贤，圣贤之徒，以至现在的阔人，学者，教育家觉得棘手。将来未可知，若已往，则治人者虽然尽力施行过各种麻痹术，也还不能十分奏效，与果蠃并驱争先。即以皇帝一伦而言，便难免时常改姓易代，终没有"万年有道之长"；"二十四史"而多至二十四，就是可悲的铁证。现在又似乎有些别开生面了，世上诞生了一种所谓"特殊知识阶级①"的留学生，在研究室中研究之结果，说医学不发达是有益于人种改良的，中国妇女的境遇是极其平等的，一切道理都已不错，一切状态都已够好。E君的发愁，或者也不为无因罢，然而俄国是不要紧的，因为他们不像我们中国，有所谓"特别国情②"，还有所谓"特殊知识阶级"。

但这种工作，也怕终于像古人那样，不能十分奏效的罢，因为这实在比细腰蜂所做的要难得多。她于青虫，只须不动，所以仅在运动神经球上一螫，即告成功。而我们的工作，却求其能运动，无知觉，该在知觉神经中枢，加以完全的麻醉的。但知觉一失，运动也就随之失却主宰，不能贡献玉食，恭请上自"极峰③"下至"特殊知识阶级"的赏

---

① 特殊知识阶级：1925年2月，段祺瑞为抵制孙中山"召开国民会议"的主张，拼凑了一个御用的"善后会议"，企图从中产生假的国民会议。当时一批留学生组织"国外大学毕业参加国民会议同志会"向"善后会议"提请愿书，要求在未来的国民会议中给他们保留名额。鲁迅批判的所谓"特殊知识阶级"，即指这类留学生。

② 特别国情：1915年袁世凯恢复帝制时。他的宪法顾问古德诺曾发表《共和与君主论》，说中国自有"特别国情"，不适宜实行民主政治，应当恢复君主政体。

③ 极峰：旧时官僚政客对最高统治者的称呼。

收享用了。就现在而言,窃以为除了遗老的圣经贤传法,学者的进研究室主义①,文学家和茶摊老板的莫谈国事律,教育家的勿视勿听勿言勿动论之外,委实还没有更好,更完全,更无流弊的方法。便是留学生的特别发见,其实也并未铁出了前贤的范围。

那么,又要"礼失而求诸野"了。夷人,现在因为想去取法,姑且称之为外国,他那里,可有较好的法子么? 可惜,也没有。所有者,仍不外乎不准集会,不许开口之类,和我们中华并没有什么很不同。然亦可见至道嘉猷(yóu),人同此心,心同此理,固无华夷之限也。猛兽是单独的,牛羊则结队;野牛的大队,就会排角成城以御强敌了,但拉开一匹,定只能牟牟地叫。人民与牛马同流——此就中国而言,夷人别有分类法云——治之之道,自然应该禁止集合:这方法是对的。其次要防说话。人能说话,已经是祸胎了,而况有时还要做文章。所以仓颉造字,夜有鬼哭。鬼且反对,而况于官? 猴子不会说话,猴界即向无风潮——可是猴界中也没有官,但这又作别论——确应该虚心取法,反朴归真,则口且不开,文章自灭:这方法也是对的。然而上文也不过就理论而言,至于实效,却依然是难说。最显著的例,是连那么专制的俄国,而尼古拉二世②"龙御上宾"之后,罗马诺夫氏竟已"覆宗绝祀"了。要而言之,那大缺点就在虽有二大良法,而还缺其一,便是:无法禁止人们的思想。

于是我们的造物主——假如天空真有这样的一位"主子"——就可恨了:一恨其没有永远分清"治者"与"被治者";二恨其不给治者生一枝细腰蜂那样的毒针;三恨其不将被治者造得即使砍去了

---

① 进研究室主义:1919 年 7 月,胡适在《每周评论》上发表《多研究些问题,少谈些"主义"》的文章,稍后又提出学者"进研究室""整理国故"的口号。

② 尼古拉二世(1868—1918):帝俄罗曼诺夫王朝最后的一个皇帝,为1917 年 2 月革命所推翻,次年 7 月 17 日被处死。"龙御上宾",旧时指皇帝逝世。

藏着的思想中枢的脑袋而还能动作——服役。三者得一,阔人的地位即永久稳固,统御也永久省了气力,而天下于是乎太平。今也不然,所以即使单想高高在上,暂时维持阔气,也还得日施手段,夜费心机,实在不胜其委屈劳神之至……

假使没有了头颅,却还能做服役和战争的机械,世上的情形就何等地醒目呵!这时再不必用什么制帽勋章来表明阔人和窄人了,只要一看头之有无,便知道主奴,官民,上下,贵贱的区别。并且也不至于再闹什么革命,共和,会议等等的乱子了,单是电报,就要省下许多许多来。古人毕竟聪明,仿佛早想到过这样的东西,《山海经》上就记载着一种名叫"刑天"的怪物。他没有了能想的头,却还活着,"以乳为目,以脐为口"——这一点想得很周到,否则他怎么看,怎么吃呢——实在是很值得奉为师法的。假使我们的国民都能这样,阔人又何等安全快乐?但他又"执干戚而舞",则似乎还是死也不肯安分,和我那专为阔人图便利而设的理想底好国民又不同。陶潜先生又有诗道:"刑天舞干戚,猛志固常在。"连这位貌似旷达的老隐士也这么说,可见无头也会仍有猛志,阔人的天下一时总怕难得太平的了。但有了太多的"特殊知识阶级"的国民,也许有特在例外的希望;况且精神文明太高了之后,精神的头就会提前飞去,区区物质的头的有无也算不得什么难问题。

一九二五年四月二十二日

【评析:《春末闲谈》是一片寓意深刻的杂文。文章揭露中外古今的统治者,妄想永远作威作福、奴役人民,采取了种种禁锢和麻痹人民思想的统治方法:从古代圣人的非礼勿视、勿听、勿言、勿动论,到近代学者的进研究室主义,以及外国统治者的不准集会、不许开口等等。但无论什么方法,都无法禁止人们的思想。中国历史上常常改朝换代,俄国沙皇专制统治终被推翻,说明统治者的各种麻痹术,都不能奏效。文章引陶潜诗句,指出被治者"无头也会仍有猛志,阔人的天下一时恐怕总难得太平",表现出对人们的力量、对人们的反抗斗争精神的信心和乐观态度,对统治阶级的蔑视和辛辣嘲讽。】

灯下漫笔

一

有一时,就是民国二三年时候,北京的几个国家银行①的钞票,信用日见其好了,真所谓蒸蒸日上。听说连一向执迷于现银的乡下人,也知道这既便当,又可靠,很乐意收受,行使了。至于稍明事理的人,则不必是"特殊知识阶级",也早不将沉重累坠的银元装在怀中,来自讨无谓的苦吃。想来,除了多少对于银子有特别嗜好和爱情的人物之外,所有的怕大都是钞票了罢,而且多是本国的。但可惜后来忽然受了一个不小的打击。

就是袁世凯②想做皇帝的那一年,蔡松坡③先生溜出北京,到云南去起义。这边所受的影响之一,是中国和交通银行的停止兑现。虽然停止兑现,政府勒令商民照旧行用的威力却还有的;商民

---

① 国家银行:指北洋军阀统治时的中国银行和交通银行。下文所说"中交票"即指此二行所发行的货币。

② 袁世凯(1859—1916):中国近代史上著名的政治家、军事家。"辛亥革命"爆发后,中国陷入分裂危机,北洋军阀领袖袁世凯逼迫清帝退位,与革命党妥协建立共和政府,终结了两千年的专制体制。1915 年 12 月突然宣布自称皇帝,改国号为中华帝国,建元洪宪,史称"洪宪帝制"。此举遭到各方反对,被指重开历史倒车,引发护国运动,袁世凯不得不在做了 83 天皇帝之后宣布取消帝制。1916 年 6 月 6 日去世,归葬于河南安阳。

③ 蔡松坡(1882—1916):名锷,湖南人,辛亥革命时任云南都督,1913 年被袁世凯调到北京。1915 年潜离北京,同年 12 月回到云南组织护国军,讨伐袁世凯。

也自有商民的老本领,不说不要,却道找不出零钱。假如拿几十几百的钞票去买东西,我不知道怎样,但倘使只要买一枝笔,一盒烟卷呢,难道就付给一元钞票么?不但不甘心,也没有这许多票。那么,换铜元,少换几个罢,又都说没有铜元。那么,到亲戚朋友那里借现钱去罢,怎么会有?于是降格以求,不讲爱国了,要外国银行的钞票。但外国银行的钞票这时就等于现银,他如果借给你这钞票,也就借给你真的银元了。

我还记得那时我怀中还有三四十元的中交票,可是忽而变了一个穷人,几乎要绝食,很有些恐慌。俄国革命以后的藏着纸卢布的富翁的心情,恐怕也就这样的罢;至多,不过更深更大罢了。我只得探听,钞票可能折价换到现银呢?说是没有行市。幸而终于,暗暗地有了行市了:六折几。我非常高兴,赶紧去卖了一半。后来又涨到七折了,我更非常高兴,全去换了现银,沉垫垫地坠在怀中,似乎这就是我的性命的斤两。倘在平时,钱铺子如果少给我一个铜元,我是决不答应的。

但我当一包现银塞在怀中,沉垫垫地觉得安心,喜欢的时候,却突然起了另一思想,就是:我们极容易变成奴隶,而且变了之后,还万分喜欢。

假如有一种暴力,"将人不当人",不但不当人,还不及牛马,不算什么东西;待到人们羡慕牛马,发生"乱离人,不及太平犬"的叹息的时候,然后给与他略等于牛马的价格,有如元朝定律,打死别人的奴隶,赔一头牛,则人们便要心悦诚服,恭颂太平的盛世。为什么呢?因为他虽不算人,究竟已等于牛马了。

我们不必恭读《钦定二十四史》,或者入研究室,审察精神文明的高超。只要一翻孩子所读的《鉴略》——还嫌烦重,则看《历代纪元编》,就知道"三千余年古国古"的中华,历来所闹的就不过是这一个小玩艺。但在新近编纂的所谓"历史教科书"一流东西里，却不大看得明白了，只仿佛说：咱们向来就很好的。

但实际上，中国人向来就没有争到过"人"的价格，至多不过是奴隶，到现在还如此，然而下于奴隶的时候，却是数见不鲜的。中国的百姓是中立的，战时连自己也不知道属于那一面，但又属于无论那一面。强盗来了，就属于官，当然该被杀掠；官兵既到，该是自家人了罢，但仍然要被杀掠，仿佛又属于强盗似的。这时候，百姓就希望有一个一定的主子，拿他们去做百姓，——不敢，是拿他们去做牛马，情愿自己寻草吃，只求他决定他们怎样跑。

假使真有谁能够替他们决定，定下什么奴隶规则来，自然就"皇恩浩荡"了。可惜的是往往暂时没有谁能定。举其大者，则如五胡十六国的时候，黄巢的时候，五代时候，宋末元末时候，除了老例的服役纳粮以外，都还要受意外的灾殃。张献忠的脾气更古怪了，不服役纳粮的要杀，服役纳粮的也要杀，敌他的要杀，降他的也要杀：将奴隶规则毁得粉碎。这时候，百姓就希望来一个另外的主子，较为顾及他们的奴隶规则的，无论仍旧，或者新颁，总之是有一种规则，使他们可上奴隶的轨道。

"时日曷丧，予及汝偕亡！"愤言而已，决心实行的不多见。实际上大概是群盗如麻，纷乱至极之后，就有一个较强，或较聪明，或较狡猾，或是外族的人物出来，较有秩序地收拾了天下。厘定规则：怎样服役，怎样纳粮，怎样磕头，怎样颂圣。而且这规则是不像现在那样朝三暮四的。于是便"万姓胪欢"了；用成语来说，就叫作"天下太平"。

任凭你爱排场的学者们怎样铺张，修史时候设些什么"汉族发祥时代""汉族发达时代""汉族中兴时代"的好题目，好意诚然是可感的，但措辞太绕弯子了。有更其直捷了当的说法在这里——

一，想做奴隶而不得的时代；

二，暂时做稳了奴隶的时代。

这一种循环，也就是"先儒"之所谓"一治一乱"；那些作乱人物，从后日的"臣民"看来，是给"主子"清道辟路的，所以说："为圣天子驱除云尔。"

现在入了哪一时代，我也不了然。但看国学家的崇奉国粹，文学家的赞叹固有文明，道学家的热心复古，可见于现状都已不满了。然而我们究竟正向着哪一条路走呢？百姓是一遇到莫名其妙的战争，稍富的迁进租界，妇孺则避入教堂里去了，因为那些地方都比较的"稳"，暂不至于想做奴隶而不得。总而言之，复古的，避难的，无智愚贤不肖，似乎都已神往于三百年前的太平盛世，就是"暂时做稳了奴隶的时代"了。

但我们也就都像古人一样，永久满足于"古已有之"的时代么？都像复古家一样，不满于现在，就神往于三百年前的太平盛世么？

自然，也不满于现在的，但是，无须反顾，因为前面还有道路在。而创造这中国历史上未曾有过的第三样时代，则是现在的青年的使命！

二

但是赞颂中国固有文明的人们多起来了，加之以外国人。我常常想，凡有来到中国的，倘能疾首蹙额而憎恶中国，我敢诚意地捧献我的感谢，因为他一定是不愿意吃中国人的肉的！

鹤见钓辅①氏在《北京的魅力》中，记一个白人将到中国，预定的暂住时候是一年，但五年之后，还在北京，而且不想回去了。有

---

① 鹤见钓辅（又，鹤见祐辅）(1885—1972)：日本评论家。鲁迅曾选译过他的随笔集《思想·山水·人物》，《北京的魅力》一文即见于该书。

一天,他们两人一同吃晚饭——

> 在圆的桃花心木的食桌前坐定,川流不息地献着山海的珍味,谈话就从古董,画,政治这些开头。电灯上罩着支那式的灯罩,淡淡的光洋溢于古物罗列的屋子中。什么无产阶级呀,Proletariat 呀那些事,就像不过在什么地方刮风。
>
> 我一面陶醉在支那生活的空气中,一面深思着对于外人有着"魅力"的这东西。元人也曾征伐支那,而被征服于汉人种的生活美了;满人也征伐支那,而被征服于汉人种的生活美了。现在西洋人也一样,嘴里虽然说着 Democracy① 呀,什么什么呀,而却被魅于支那人费六千年而建筑起来的生活的美。一经住过北京,就忘不掉那生活的味道。大风时候的万丈的沙尘,每三月一回的督军们的开战游戏,都不能抹去这支那生活的魅力。

这些话我现在还无力否认他。我们的古圣先贤既给与我们保古守旧的格言,但同时也排好了用子女玉帛所做的奉献于征服者的大宴。中国人的耐劳,中国人的多子,都就是办酒的材料,到现在还为我们的爱国者所自诩的。西洋人初入中国时,被称为蛮夷,自不免个个蹙额,但是,现在则时机已至,到了我们将曾经献于北魏,献于金,献于元,献于清的盛宴,来献给他们的时候了。出则汽车,行则保护:虽遇清道,然而通行自由的;虽或被劫,然而必得赔偿的;孙美瑶②掳去他们站在军前,还使官兵不敢开火。何况在华

---

① Democracy:英语,"民主"。

② 孙美瑶(1899—1923):当时占领山东抱犊崮的土匪头领。1923 年 5 月 5 日他在津浦铁路临城站劫车,掳去中外旅客二百多人,是当时轰动一时的事件。

屋中享用盛宴呢?待到享受盛宴的时候,自然也就是赞颂中国固有文明的时候;但是我们的有些乐观的爱国者,也许反而欣然色喜,以为他们将要开始被中国同化了罢。古人曾以女人作苟安的城堡,美其名以自欺曰"和亲",今人还用子女玉帛为作奴的赞敬,又美其名曰"同化"。所以倘有外国的谁,到了已有赴宴的资格的现在,而还替我们诅咒中国的现状者,这才是真有良心的真可佩服的人!

但我们自己是早已布置妥帖了,有贵贱,有大小,有上下。自己被人凌虐,但也可以凌虐别人;自己被人吃,但也可以吃别人。一级一级的制驭着,不能动弹,也不想动弹了。因为倘一动弹,虽或有利,然而也有弊。我们且看古人的良法美意罢——

"天有十日,人有十等。下所以事上,上所以共神也。故王臣公,公臣大夫,大夫臣士,士臣皂,皂臣舆,舆臣隶,隶臣僚,僚臣仆,仆臣台。"(《左传》昭公七年)

但是"台"没有臣,不是太苦了么?无须担心的,有比他更卑的妻,更弱的子在。而且其子也很有希望,他日长大,升而为"台",便又有更卑更弱的妻子,供他驱使了。如此连环,各得其所,有敢非议者,其罪名曰不安分!

虽然那是古事,昭公七年离现在也太辽远了,但"复古家"尽可不必悲观的。太平的景象还在:常有兵燹,常有水旱,可有谁听到大叫唤么?打的打,革的革,可有处士来横议么?对国民如何专横,向外人如何柔媚,不犹是差等的遗风么?中国固有的精神文明,其实并未为共和二字所埋没,只有满人已经退席,和先前稍不同。

104

因此我们在目前，还可以亲见各式各样的筵宴，有烧烤，有翅席，有便饭，有西餐。但茅檐下也有淡饭，路旁也有残羹，野上也有饿莩；有吃烧烤的身价不资的阔人，也有饿得垂死的每斤八文的孩子①(见《现代评论》二十一期)。所谓中国的文明者，其实不过是安排给阔人享用的人肉的筵宴。所谓中国者，其实不过是安排这人肉的筵宴的厨房。不知道而赞颂者是可恕的，否则，此辈当得永远的诅咒！

外国人中，不知道而赞颂者，是可恕的；占了高位，养尊处优，因此受了蛊惑，昧却灵性而赞叹者，也还可恕。可是还有两种，其一是以中国人为劣种，只配悉照原来模样，因而故意称赞中国的旧物。其一是愿世间人各不相同以增自己旅行的兴趣，到中国看辫子，到日本看木屐，到高丽看笠子，倘若服饰一样，便索然无味了，因而来反对亚洲的欧化。这些都可憎恶。至于罗素在西湖见轿夫含笑，便赞美中国人，则也许别有意思罢。但是，轿夫如果能对坐轿的人不含笑，中国也早不是现在似的中国了。

这文明，不但使外国人陶醉，也早使中国一切人们无不陶醉而且至于含笑。因为古代传来而至今还在的许多差别，使人们各各分离，遂不能再感到别人的痛苦；并且因为自己各有奴使别人，吃掉别人的希望，便也就忘却自己同有被奴使被吃掉的将来。于是大小无数的人肉的筵宴，即从有文明以来一直排到现在，人们就在这会场中吃人，被吃，以凶人的愚妄的欢呼，将悲惨的弱者的呼号遮掩，更不消说女人和小儿。

这人肉的筵宴现在还排着，有许多人还想一直排下去。扫

---

① 每斤八文的孩子：1925 年 5 月 2 日《现代评论》第 1 卷载有仲瑚的《一个四川人的通信》，叙说当时军阀统治下四川劳动人民的悲惨生活，其中说："男小孩只卖八枚铜子一斤，女小孩连这个价钱也卖不了。"

荡这些食人者,掀掉这筵席,毁坏这厨房,则是现在的青年的使命!

一九二五年四月二十九日

【评析:《灯下漫笔》是《春末闲谈》的姊妹篇,出自杂文集《坟》。既曰漫笔,就说明文章结构自由灵活,先从具体的事件产生感想,引入本题,然后抓住论题,联想广泛,引用丰富,层层剥笋,由表及里地揭示事物的本质。

《灯下漫笔》是中国现代文学奠基人鲁迅的作品。这篇文章通过银票贬值时期折现银的小故事作为引子,讲解了人们在危难之中容易"降格以求"的保命心态,引申到中国自古以来的历史现状,判断出中国历史中人民"做人而不得,只能做奴隶,甚至常常连做奴隶也不得"的处境;并从劳动人民地位的角度,将中国历史分为"想做奴隶而不得的时代"和"暂时做稳了奴隶的时代"。

作者通过"同化""生活美"等实例,指明中国人民历史地位形成原因是"中国固有文化中的'礼教纲常'"。作者认为这种文化培养着中国人民的忍辱,苟安,压制的社会性格。由于这种文化在古代中国获得长期广泛认同,给人民带来畸形的满足感:"自己是早已布置妥帖了,有贵贱,有大小,有上下。自己被人凌虐,但也可以凌虐别人;自己被人吃,但也可以吃别人。一级一级的制驭着,不能动弹,也不想动弹了。"作者比喻:"中国的文明者,其实不过是安排给阔人享用的人肉的筵宴。所谓中国者,其实不过是安排这人肉的筵宴的厨房"。由此,作者认为:在中国社会文明中,有人能"到了已有赴宴的资格的现在,而还替我们诅咒中国的现状者,这才是真有良心的真可佩服的人!"表达出作者批判封建文化,希望青年摆脱这种文化束缚,抛弃这种文化的想法。

这篇文章带着"进取之心",对中国封建文明进行反思批判,反

映了鲁迅"以人民地位为角度的"历史观点,对中国封建文化持否定态度的变革精神。】

论"他妈的!"

无论是谁,只要在中国过活,便总得常听到"他妈的"或其相类的口头禅。我想:这话的分布,大概就跟着中国人足迹之所至罢;使用的遍数,怕也未必比客气的"您好呀"会更少。假使依或人所说,牡丹是中国的"国花",那么,这就可以算是中国的"国骂"了。

我生长于浙江之东,就是西滢①先生之所谓"某籍②"。那地方通行的"国骂"却颇简单:专一以"妈"为限,决不牵涉余人。后来稍游各地,才始惊异于国骂之博大而精微:上溯祖宗,旁连姊妹,下递子孙,普及同性,真是"犹河汉而无极也③"。而且,不特用于人,也以施之兽。前年,曾见一辆煤车的只轮陷入很深的辙迹里,车夫便愤然跳下,出死力打那拉车的骡子道:"你姊姊的!你姊姊的!"

别的国度里怎样,我不知道。单知道诺威人 Hamsun④ 有一

———————————

① 陈西滢:原名陈源,笔名西滢,1924 年与徐志摩等人创办《现代评论》《周刊》,翻译了屠格涅夫等人的小说,著有《西滢闲话》。因政治观点和文艺观点存在分歧,曾数次与鲁迅笔战。

② 某籍:指鲁迅的籍贯浙江。

③ 犹河汉而无极也:语见《庄子·逍遥游》:"吾惊怖其言,犹河汉而无极也。"河汉,即银河,意思是和银河一样没有尽头。

④ Hamsun:今译汉姆生(1859—1952),挪威作家,1920 年因作品《大地的成长》获得诺贝尔文学奖。

本小说叫《饥饿》，粗野的口吻是很多的，但我并不见这一类话。Gorky① 所写的小说中多无赖汉，就我所看过的而言，也没有这骂法。惟独 Artzybashev 在《工人绥惠略夫》里，却使无抵抗主义者亚拉籍夫骂了一句"你妈的"。但其时他已经决计为爱而牺牲了，使我们也失却笑他自相矛盾的勇气。这骂的翻译，在中国原极容易的，别国却似乎为难，德文译本作"我使用过你的妈"，日文译本作"你的妈是我的母狗"。这实在太费解——由我的眼光看起来。

　　那么，俄国也有这类骂法的了，但因为究竟没有中国似的精博，所以光荣还得归到这边来。好在这究竟又并非什么大光荣，所以他们大约未必抗议；也不如"赤化②"之可怕，中国的阔人，名人，高人，也不至于骇死的。但是，虽在中国，说的也独有所谓"下等人"，例如"车夫"之类，至于有身分的上等人，例如"士大夫"之类，则决不出之于口，更何况笔之于书。"予生也晚"，赶不上周朝，未为大夫，也没有做士，本可以放笔直干的，然而终于改头换面，从"国骂"上削去一个动词和一个名词，又改对称为第三人称者，恐怕还因为到底未曾拉车，因而也就不免"有点贵族气味"之故。那用途，既然只限于一部分，似乎又有些不能算作"国骂"了；但也不然，阔人所赏识的牡丹，下等人又何尝以为"花之富贵者也③"？

　　这"他妈的"的由来以及始于何代，我也不明白。经史上所见

―――――――――――――

　　①　Gorky：今译高尔基。苏联文学代表作家，列宁称他为"无产阶级艺术最杰出的代表"。主要作品有：《母亲》《童年》《在人间》《我的大学》《海燕》。

　　②　赤化：赤，红色。民国时称无产阶级革命或受共产党的影响为"赤化"。

　　③　花之富贵者也：语见宋代周敦颐《爱莲说》："予谓菊，花之隐逸者也；牡丹，花之富贵者也；莲，花之君子者也。"

骂人的话,无非是"役夫""奴""死公";较厉害的,有"老狗""貉子";更厉害,涉及先代的,也不外乎"而母婢也","赘阉遗丑①"罢了! 还没见过什么"妈的"怎样,虽然也许是士大夫讳而不录。但《广弘明集》(七)记北魏邢子才"以为妇人不可保。谓元景曰:'卿何必姓王?'元景变色。子才曰:'我亦何必姓邢;能保五世耶?'"则颇有可以推见消息的地方。

晋朝已经是大重门第,重到过度了;华胄世业,子弟便易于得官;即使是一个酒囊饭袋,也还是不失为清品。北方疆土虽失于拓跋氏②,士人却更其发狂似的讲究阀阅,区别等第,守护极严。庶民中纵有俊才,也不能和大姓比并。至于大姓,实不过承祖宗余荫,以旧业骄人,空腹高心,当然使人不耐。但士流既然用祖宗做护符,被压迫的庶民自然也就将他们的祖宗当作仇敌。邢子才的话虽然说不定是否出于愤激,但对于躲在门第下的男女,却确是一个致命的重伤。势位声气,本来仅靠了"祖宗"这惟一的护符而存,"祖宗"倘一被毁,便什么都倒败了。这是倚赖"余荫"的必得的果报。

同一的意思,但没有邢子才的文才,而直出于"下等人"之口的,就是:"他妈的!"

要攻击高门大族的坚固的旧堡垒,却去瞄准他的血统,在战略上,真可谓奇谲的了。最先发明这一句"他妈的"的人物,确要算一个天才——然而是一个卑劣的天才。

---

① 赘阉遗丑:太监后人。
② 拓跋氏:古代鲜卑族的一支。公元386年拓跋珪自立为魏王,后日益强大,占有黄河以北的土地;公元398年建都平城(今大同),称帝改元,史称北魏。

唐以后,自夸族望的风气渐渐消除;到了金元,已奉夷狄①为帝王,自不妨拜屠沽作卿士②,"等"的上下本该从此有些难定了,但偏还有人想辛辛苦苦地爬进"上等"去。刘时中的曲子里说:"堪笑这没见识街市匹夫,好打那好顽劣。江湖伴侣,旋将表德官名相体呼,声音多厮称,字样不寻俗。听我一个个细数:粜(tiào)米的唤子良;卖肉的呼仲甫……开张卖饭的呼君宝;磨面登罗的叫德夫:何足云乎?!"(《乐府新编阳春白雪》三)这就是那时的暴发户的丑态。

　　"下等人"还未暴发之先,自然大抵有许多"他妈的"在嘴上,但一遇机会,偶窃一位,略识几字,便即文雅起来:雅号也有了;身份也高了;家谱也修了,还要寻一个始祖,不是名儒便是名臣。从此化为"上等人",也如上等前辈一样,言行都很温文尔雅。然而愚民究竟也有聪明的,早已看穿了这鬼把戏,所以又有俗谚,说:"口上仁义礼智,心里男盗女娼!"他们是很明白的。

　　于是他们反抗了,曰:"他妈的!"

　　但人们不能蔑弃扫荡人我的余泽和旧荫③,而硬要去做别人的祖宗,无论如何,总是卑劣的事。有时,也或加暴力于所谓"他妈的"的生命上,但大概是乘机,而不是造运会,所以无论如何,也还是卑劣的事。

　　中国人至今还有无数"等",还是依赖门第,还是倚仗祖宗。倘不改造,即永远有无声的或有声的"国骂"。就是"他妈的",围绕在上下和四旁,而且这还须在太平的时候。

----

①　夷狄(yí dí):古称东方部族为夷,北方部族为狄。常用以泛称除华夏族以外的各族。

②　屠沽:宰牲和卖酒,泛指职业微贱的人。卿士,泛指官吏。

③　余泽和旧荫:余泽,遗留给后人的德泽;旧荫,前人的功惠。

但偶尔也有例外的用法：或表惊异，或表感服。我曾在家乡看见乡农父子一同午饭，儿子指一碗菜向他父亲说："这不坏，妈的你尝尝看！"那父亲回答道："我不要吃。妈的你吃去罢！"则简直已经醇化为现在时行的"我的亲爱的"的意思了。

一九二五年七月十九日

【评析："国骂"的产生可谓历史悠久。但要讨论"国骂"，则要从鲁迅说起。鲁迅说：无论是谁，只要是在中国活，便总得常听到"他妈的"或其相类似的口头禅。其实年岁少长一些的，稍稍打量过周围的人便知，"他妈的"常常是国人自己在泄愤或对事情表示不满时的口头禅。已经是相当的"贵族气味"。尚若两个人之间发生口角或不愉快，到了吵架或动手、动刀之时，国骂是不改对称的。

随着社会的发展，文明的进步，有些文化素养高、文明礼仪讲究的家庭或者单位恐怕都消失了。这里边怕是有鲁迅先生的不少功劳。年轻的一代更不会轻易出口，但这并不是说，国骂比"您好呀"或"你吃了吗"这样的用语真少了、不见了。国骂随着西方文明的进入，也在悄悄地发生着改变。】

论睁了眼看

虚生①先生所做的时事短评中，曾有一个这样的题目：《我们应该有正眼看各方面的勇气》(《猛进》十九期)。诚然，必须敢于正视，这才可望敢想，敢说，敢作，敢当。倘使并正视而不敢，此外还

---

① 虚生：即徐炳昶(1886—1976)，北京大学哲学系教授，《猛进》周刊主编。

能成什么气候。然而,不幸这一种勇气,是我们中国人最所缺乏的。

但现在我所想到的是别一方面——

中国的文人,对于人生——至少是对于社会现象,向来就多没有正视的勇气。我们的圣贤,本来早已教人"非礼勿视"的了;而这"礼"又非常之严,不但"正视",连"平视""斜视"也不许。现在青年的精神未可知,在体质,却大半还是弯腰曲背,低眉顺眼,表示着老牌的老成的子弟,驯良的百姓——至于说对外却有大力量,乃是近一月来的新说,还不知道究竟是如何。

再回到"正视"问题去:先既不敢,后便不能,再后,就自然不视,不见了。一辆汽车坏了,停在马路上,一群人围着呆看,所得的结果是一团乌油油的东西。然而由本身的矛盾或社会的缺陷所生的苦痛,虽不正视,却要身受的。文人究竟是敏感人物,从他们的作品上看来,有些人确也早已感到不满,可是一到快要显露缺陷的危机一发之际,他们总即刻连说"并无其事",同时便闭上了眼睛。这闭着的眼睛便看见一切圆满,当前的苦痛不过是"天之将降大任于是人也,必先苦其心志,劳其筋骨,饿其体肤,空乏其身,行拂乱其所为。"于是无问题,无缺陷,无不平,也就无解决,无改革,无反抗。因为凡事总要"团圆",正无须我们焦躁;放心喝茶,睡觉大吉。再说费话,就有"不合时宜"之咎,免不了要受大学教授的纠正了。呸!

我并未实验过,但有时候想:倘将一位久蛰洞房的老太爷抛在夏天正午的烈日底下,或将不出闺门的千金小姐拖到旷野的黑夜里,大概只好闭了眼睛,暂续他们残存的旧梦,总算并没有遇到暗或光,虽然已经是绝不相同的现实。中国的文人也一样,万事闭眼睛,聊以自欺,而且欺人,那方法是:瞒和骗。

中国婚姻方法的缺陷，才子佳人小说作家早就感到了，他于是使一个才子在壁上题诗，一个佳人便来和，由倾慕——现在就得称恋爱——而至于有"终身之约"。但约定之后，也就有了难关。我们都知道，"私订终身"在诗和戏曲或小说上尚不失为美谈（自然只以与终于中状元的男人私订为限），实际却不容于天下的，仍然免不了要离异。明末的作家便闭上眼睛，并这一层也加以补救了，说是：才子及第，奉旨成婚。"父母之命媒妁之言"经这大帽子来一压，便成了半个铅钱也不值，问题也一点没有了。假使有之，也只在才子的能否中状元，而决不在婚姻制度的良否。

（近来有人以为新诗人的做诗发表，是在出风头，引异性；且迁怒于报章杂志之滥登。殊不知即使无报，墙壁实"古已有之"，早做过发表机关了；据《封神演义》，纣王已曾在女娲庙壁上题诗，那起源实在非常之早。报章可以不取白话，或排斥小诗，墙壁却拆不完，管不及的；倘一律刷成黑色，也还有破磁可划，粉笔可书，真是穷于应付。做诗不刻木板，去藏之名山，却要随时发表，虽然很有流弊，但大概是难以杜绝的罢。）

《红楼梦》中的小悲剧，是社会上常有的事，作者又是比较的敢于实写的，而那结果也并不坏。无论贾氏家业再振，兰桂齐芳，即宝玉自己，也成了个披大红猩猩毡斗篷的和尚。和尚多矣，但披这样阔斗篷的能有几个，已经是"入圣超凡"无疑了。至于别的人们，则早在册子里一一注定，末路不过是一个归结：是问题的结束，不是问题的开头。读者即小有不安，也终于奈何不得。然而后来或续或改，非借尸还魂，即冥中另配，必令"生旦当场团圆"，才肯放手者，乃是自欺欺人的瘾太大，所以看了小小骗局，还不甘心，定须闭眼胡说一通而后快。赫克尔①（E. Haeckle）说过：人和人之差，有时比类人猿和原人之差还远。我们将《红楼梦》的续作者和原作者一比较，就会承认这话大概是确实的。

"作善降祥"的古训，六朝人本已有些怀疑了，他们作墓志，竟会说"积善不报，终自欺人"的话。但后来的昏人，却又瞒起来。元刘信将三岁痴儿抛入蘸纸火盆，妄希福佑，是见于《元典章》②的；剧本《小张屠焚儿救母》却道是为母延命，命得延，儿亦不死了。一女愿侍痼疾之夫，《醒世恒言》中还说终于一同自杀的；后来改作的却道是有蛇坠入药罐里，丈夫服后便全愈了。凡有缺陷，一经作者粉饰，后半便大抵改观，使读者落诬妄中，以为世间委实尽够光明，谁有不幸，便是自作，自受。

有时遇到彰明的史实，瞒不下，如关羽岳飞的被杀，便只好别设骗局了。一是前世已造恶因，如岳飞；一是死后使他成神，如关羽。定命不可逃，成神的善报更满人意，所以杀人者不足责，被杀者也不足悲，冥冥中自有安排，使他们各得其所，正不必别人来费力了。

中国人的不敢正视各方面，用瞒和骗，造出奇妙的逃路来，而自以为正路。在这路上，就证明著国民性的怯弱，懒惰，而又巧滑。一天一天的满足着，即一天一天的堕落着，但却又觉得日见其光荣。在事实上，亡国一次，即添加几个殉难的忠臣，后来每不想光复旧物，而只去赞美那几个忠臣；遭劫一次，即造成一群不辱的烈女，事过之后，也每每不思惩凶，自卫，却只顾歌咏那一群烈女。仿佛亡国遭劫的事，反而给中国人发挥"两间正气"的机会，增高价值，即在此一举，应该一任其至，不足忧悲似的。自然，此上也无可

---

① 赫克尔（E. Haeckle）：今译海克尔，德国生物专家。
② 《元典章》：汇辑元世祖中流元年至英宗至治二年间的法令文书。

为,因为我们已经借死人获得最上的光荣了。沪汉烈士的追悼会中,活的人们在一块很可景仰的高大的木主下互相打骂,也就是和我们的先辈走着同一的路。

文艺是国民精神所发的火光,同时也是引导国民精神的前途的灯火。这是互为因果的,正如麻油从芝麻榨出,但以浸芝麻,就使它更油。倘以油为上,就不必说;否则,当参入别的东西,或水或碱去。中国人向来因为不敢正视人生,只好瞒和骗,由此也生出瞒和骗的文艺来,由这文艺,更令中国人更深地陷入瞒和骗的大泽中,甚而至于已经自己不觉得。世界日日改变,我们的作家取下假面,真诚地,深入地,大胆地看取人生并且写出他的血和肉来的时候早到了;早就应该有一片崭新的文场,早就应该有几个凶猛的闯将!

现在,气象似乎一变,到处听不见歌吟花月的声音了,代之而起的是铁和血的赞颂。然而倘以欺瞒的心,用欺瞒的嘴,则无论说A和O或Y和Z,一样是虚假的;只可以吓哑了先前鄙薄花月的所谓批评家的嘴,满足地以为中国就要中兴。可怜他在"爱国"的大帽子底下又闭上了眼睛了——或者本来就闭着。

没有冲破一切传统思想和手法的闯将,中国是不会有真的新文艺的。

一九二五年七月二十二日

【评析:《论睁了眼看》中,鲁迅以冷静尖锐的视角,由探析艺术作品中的"瞒与骗"现象上升至剖析民族劣根性中自欺欺人的丑陋表现,并辛辣批判看客心理。他以脍炙人口的言语及深刻的批判意识揭示"精神胜利法"的消极本质,极富现实意义。

鲁迅作此文的原因是看了"虚生先生"的时事短评《我们应该

116

有正眼看各方面的勇气》一文。文章伊始,鲁迅就表明自己的态度,对虚生所提的"正眼"看法持肯定意见。同时,他也直截了当地指出:"不幸这一种勇气,是我们中国人最缺的",揭露了国民人性深处的鄙陋。】

写在《坟》后面

在听到我的杂文已经印成一半的消息的时候,我曾经写了几行题记,寄往北京去。当时想到便写,写完便寄,到现在还不满二十天,早已记不清说了些什么了。今夜周围是这么寂静,屋后面的山脚下腾起野烧的微光;南普陀寺①还在做牵丝傀儡戏,时时传来锣鼓声,每一间隔中,就更加显得寂静。电灯自然是辉煌着,但不知怎地忽有淡淡的哀愁来袭击我的心,我似乎有些后悔印行我的杂文了。我很奇怪我的后悔;这在我是不大遇到的,到如今,我还没有深知道所谓悔者究竟是怎么一回事。但这心情也随即逝去,杂文当然仍在印行,只为想驱逐自己目下的哀愁,我还要说几句话。

记得先已说过:这不过是我的生活中的一点陈迹。如果我的过往,也可以算作生活,那么,也就可以说,我也曾工作过了。但我并无喷泉一般的思想,伟大华美的文章,既没有主义要宣传,也不想发起一种什么运动。不过我曾经尝得,失望无论大小,是一种苦味,所以几年以来,有人希望我动动笔的,只要意见不很相反,我的力量能够支撑,就总要勉力写几句东西,给来者一些极微末的欢喜。人生多苦辛,而人们有时却极容易得到安慰,又何必惜一点笔

---

① 南普陀寺:在厦门大学附近。该寺建于唐代开元年间,原名普照寺。

墨,给多尝些孤独的悲哀呢？于是除小说杂感之外,逐渐又有了长长短短的杂文十多篇。其间自然也有为卖钱而作的,这回就都混在一处。我的生命的一部分,就这样地用去了,也就是做了这样的工作。然而我至今终于不明白我一向是在做什么。比方做土工的罢,做着做着,而不明白是在筑台呢还在掘坑。所知道的是即使是筑台,也无非要将自己从那上面跌下来或者显示老死;倘是掘坑,那就当然不过是埋掉自己。总之:逝去,逝去,一切一切,和光阴一同早逝去,在逝去,要逝去了——不过如此,但也为我所十分甘愿的。

　　然而这大约也不过是一句话。当呼吸还在时,只要是自己的,我有时却也喜欢将陈迹收存起来,明知不值一文,总不能绝无眷恋,集杂文而名之曰《坟》,究竟还是一种取巧的掩饰。刘伶①喝得酒气熏天,使人荷锸跟在后面,道:死便埋我。虽然自以为放达,其实是只能骗骗极端老实人的。

　　所以这书的印行,在自己就是这么一回事。至于对别人,记得在先也已说过,还有愿使偏爱我的文字的主顾得到一点喜欢;憎恶我的文字的东西得到一点呕吐——我自己知道,我并不大度,那些东西因我的文字而呕吐,我也很高兴的。别的就什么意思也没有了。倘若硬要说出好处来,那么,其中所介绍的几个诗人的事,或者还不妨一看;最末的论"费厄泼赖"这一篇,也许可供参考罢,因为这虽然不是我的血所写,却是见了我的同辈和比我年幼的青年们的血而写的。

----

　　① 刘伶:西晋时期"竹林七贤"之一,有作品《酒德颂》传世。其人纵酒放达,有时脱衣裸形在屋中。人见讥之,伶曰:"我以天地为栋宇,屋室为裤衣。诸君何为入我裤中?"《晋书·刘伶传》记载,他常乘鹿车,携一壶酒,让人提着锄头跟随自己,说:"(如果我醉)死便埋我"。

偏爱我的作品的读者,有时批评说,我的文字是说真话的。这其实是过誉,那原因就因为他偏爱。我自然不想太欺骗人,但也未尝将心里的话照样说尽,大约只要看得可以交卷就算完。我的确时时解剖别人,然而更多的是更无情面地解剖我自己,发表一点,酷爱温暖的人物已经觉得冷酷了,如果全露出我的血肉来,末路正不知要到怎样。我有时也想就此驱除旁人,到那时还不唾弃我的,即使是枭蛇鬼怪,也是我的朋友,这才真是我的朋友。倘使并这个也没有,则就是我一个人也行。但现在我并不。因为,我还没有这样勇敢,那原因就是我还想生活,在这社会里。还有一种小缘故,先前也曾屡次声明,就是偏要使所谓正人君子也者之流多不舒服几天,所以自己便特地留几片铁甲在身上,站着,给他们的世界上多有一点缺陷,到我自己厌倦了,要脱掉了的时候为止。

倘说为别人引路,那就更不容易了,因为连我自己还不明白应当怎么走。中国大概很有些青年的"前辈"和"导师"罢,但那不是我,我也不相信他们。我只很确切地知道一个终点,就是:坟。然而这是大家都知道的,无须谁指引。问题是在从此到那的道路。那当然不只一条,我可正不知那一条好,虽然至今有时也还在寻求。在寻求中,我就怕我未熟的果实偏偏毒死了偏爱我的果实的人,而憎恨我的东西如所谓正人君子也者偏偏都矍铄,所以我说话常不免含胡,中止,心里想:对于偏爱我的读者的赠献,或者最好倒不如是一个"无所有"。我的译著的印本,最初,印一次是一千,后来加五百,近时是二千至四千,每一增加,我自然是愿意的,因为能赚钱,但也伴着哀愁,怕于读者有害,因此作文就时常更谨慎,更踌躇。有人以为我信笔写来,直抒胸臆,其实是不尽然的,我的顾忌并不少。我自己早知道毕竟不是什么战士了,而且也不能算前驱,就有这么多的顾忌和回忆。还记得三四年前，有一个学生来买我的书，从衣袋里掏出钱来放在我手里，那钱上还带着体温。这体温便烙印了我的心，至今要写文字时，还常使我怕毒害了这类的青年，迟疑不敢下笔。我毫无顾忌地说话的日子，恐怕要未必有了罢。但也偶尔想，其实倒还是毫无顾忌地说话，对得起这样的青年。但至今也还没有决心这样做。

今天所要说的话也不过是这些，然而比较的却可以算得真实。此外，还有一点余文。

记得初提倡白话的时候，是得到各方面剧烈的攻击的。后来白话渐渐通行了，势不可遏，有些人便一转而引为自己之功，美其名曰"新文化运动"。又有些人便主张白话不妨作通俗之用；又有些人却道白话要做得好，仍须看古书。前一类早已二次转舵，又反过来嘲骂"新文化"了；后二类是不得已的调和派，只希图多留几天僵尸，到现在还不少。我曾在杂感上掊击过的。

新近看见一种上海出版的期刊，也说起要做好白话须读好古文，而举例为证的人名中，其一却是我。这实在使我打了一个寒噤。别人我不论，若是自己，则曾经看过许多旧书，是的确的，为了教书，至今也还在看。因此耳濡目染，影响到所做的白话上，常不免流露出它的字句，体格来。但自己却正苦于背了这些古老的鬼魂，摆脱不开，时常感到一种使人气闷的沉重。就是思想上，也何尝不中些庄周韩非的毒，时而很随便，时而很峻急。孔孟的书我读得最早，最熟，然而倒似乎和我不相干。大半也因为懒惰罢，往往自己宽解，以为一切事物，在转变中，是总有多少中间物的。动植之间，无脊椎和脊椎动物之间，都有中间物；或者简直可以说，在进化的链子上，一切都是中间物。当开首改革文章的时候，有几个不三不四的作者，是当然的，只能这样，也需要这样。他的任务,是在有些警觉之后,喊出一种新声;又因为从旧垒中来,情形看得较为分明,反戈一击,易制强敌的死命。但仍应该和光阴偕逝,逐渐消亡,至多不过是桥梁中的一木一石,并非什么前途的目标,范本。跟着起来便该不同了,倘非天纵之圣,积习当然也不能顿然荡除,但总得更有新气象。以文字论,就不必更在旧书里讨生活,却将活人的唇舌作为源泉,使文章更加接近语言,更加有生气。至于对于现在人民的语言的穷乏欠缺,如何救济,使他丰富起来,那也是一个很大的问题,或者也须在旧文中取得若干资料,以供使役,但这并不在我现在所要说的范围以内,姑且不论。

我以为我倘十分努力,大概也还能够博采口语,来改革我的文章。但因为懒而且忙,至今没有做。我常疑心这和读了古书很有些关系,因为我觉得古人写在书上的可恶思想,我的心里也常有,能否忽而奋勉,是毫无把握的。我常常诅咒我的这思想,也希望不再见于后来的青年。去年我主张青年少读,或者简直不读中国书,乃是用许多苦痛换来的真话,决不是聊且快意,或什么玩笑,愤激之辞。古人说,不读书便成愚人,那自然也不错的。然而世界却正由愚人造成,聪明人决不能支持世界,尤其是中国的聪明人。现在呢,思想上且不说,便是文辞,许多青年作者又在古文,诗词中摘些好看而难懂的字面,作为变戏法的手巾,来装潢自己的作品了。我不知这和劝读古文说可有相关,但正在复古,也就是新文艺的试行自杀,是显而易见的。

不幸我的古文和白话合成的杂集,又恰在此时出版了,也许又要给读者若干毒害。只是在自己,却还不能毅然决然将他毁灭,还想借此暂时看看逝去的生活的余痕。惟愿偏爱我的作品的读者也不过将这当作一种纪念,知道这小小的丘陇中,无非埋着曾经活过的躯壳。待再经若干岁月,又当化为烟埃,并纪念也从人间消去,而我的事也就完毕了。上午也正在看古文，记起了几句陆士衡①的吊曹孟德文，便拉来给我的这一篇作结——

> 既眷古以遗累，信简礼而薄葬。
> 彼裘绂于何有，贻尘谤于后王。
> 嗟大恋之所存，故虽哲而不忘。
> 览遗籍以慷慨，献兹文而凄伤！

一九二六，一一，一一，夜，鲁迅

【评析：再勇猛的战士也有脆弱的一面，而真正坚强的人，却往往是用坚强的面具将自己的脆弱掩盖。伪装不是罪过，而是一种承担，为了所要拯救的人，也为了自己得以完成这份拯救。或许，《写在坟后面》就是鲁迅坚强面具下的些许脆弱。鲁迅是有足够的勇气去承担的，但他也有畏惧，有彷徨。当他口诛笔伐所谓的"正人君子"，当他揭露中国的看客，当他鞭笞封建礼教写下"吃人"的字眼时，他迟疑了；打他通过这些不得不吐的愤怒和悲哀获得稿费和青年的追捧时，他惶惑了。因为他自己也不知道应当怎么走，他只很确切的知道一个终点，就是坟。

在鲁迅先生的顾忌中，毫不见自己的影子，而是更无情地解剖自己，更谨慎踌躇地完成使命，伴着哀愁，生怕于读者有害。这等胸襟，非对青年有着真切的责任心和爱心者不能有。鲁迅先生并没有盲目的自信，他正是背负着这样的忐忑，怀着不管前景如何，罪恶都由我一人承担的信念，仍要去呐喊，让战士们不惮于前驱。】

---

① 陆士衡(261—303)：陆机，吴郡华亭(今上海松江)人，晋代文学家，诗书俱佳，其《平复帖》是古代存世最早的名人书法真迹。这篇文是他在晋朝皇室的藏书阁中看到了曹操的《遗令》而作的。

华盖集

题　记

在一年的尽头的深夜中,整理了这一年所写的杂感,竟比收在《热风》里的整四年中所写的还要多。意见大部分还是那样,而态度却没有那么质直了,措辞也时常弯弯曲曲,议论又往往执滞在几件小事情上,很足以贻笑于大方之家。然而那又有什么法子呢。我今年偏遇到这些小事情,而偏有执滞于小事情的脾气。

我知道伟大的人物能洞见三世,观照一切,历大苦恼,尝大欢喜,发大慈悲。但我又知道这必须深入山林,坐古树下,静观默想,得天眼通,离人间愈远遥,而知人间也愈深,愈广;于是凡有言说,也愈高,愈大;于是而为天人师。我幼时虽曾梦想飞空,但至今还在地上,救小创伤尚且来不及,那有余暇使心开意豁,立论都公允妥洽,平正通达,像"正人君子"一般;正如沾水小蜂,只在泥土上爬来爬去,万不敢比附洋楼中的通人①,但也自有悲苦愤激,决非洋楼中的通人所能领会。

这病痛的根柢就在我活在人间,又是一个常人,能够交着"华盖运"。

---

　　①　通人:指博古通今、学识渊博的人。

我平生没有学过算命，不过听老年人说，人是有时要交"华盖运"的。这"华盖"在他们口头上大概已经讹作"镶盖"了，现在加以订正。所以，这运，在和尚是好运：顶有华盖，自然是成佛作祖之兆。但俗人可不行，华盖在上，就要给罩住了，只好碰钉子。我今年开手作杂感时，就碰了两个大钉子：一是为了《咬文嚼字》，一是为了《青年必读书》。署名和匿名的豪杰之士的骂信，收了一大捆，至今还塞在书架下。此后又突然遇见了一些所谓学者，文士，正人，君子等等，据说都是讲公话，谈公理，而且深不以"党同伐异"为然的。可惜我和他们太不同了，所以也就被他们伐了几下——但这自然是为"公理"之故，和我的"党同伐异"不同。这样，一直到现下还没有完结，只好"以待来年"。

　　也有人劝我不要做这样的短评。那好意，我是很感激的，而且也并非不知道创作之可贵。然而要做这样的东西的时候，恐怕也还要做这样的东西，我以为如果艺术之宫里有这么麻烦的禁令，倒不如不进去；还是站在沙漠上，看看飞沙走石，乐则大笑，悲则大叫，愤则大骂，即使被沙砾打得遍身粗糙，头破血流，而时时抚摩自己的凝血，觉得若有花纹，也未必不及跟着中国的文士们去陪莎士比亚吃黄油面包之有趣。

　　然而只恨我的眼界小，单是中国，这一年的大事件也可以算是很多的了，我竟往往没有论及，似乎无所感触。我早就很希望中国的青年站出来，对于中国的社会，文明，都毫无忌惮地加以批评，因此曾编印《莽原周刊》，作为发言之地，可惜来说话的竟很少。在别的刊物上，倒大抵是对于反抗者的打击，这实在是使我怕敢想下去的。

　　现在是一年的尽头的深夜，深得这夜将尽了，我的生命，至少是一部分的生命，已经耗费在写这些无聊的东西中，而我所获得的,乃是我自己的灵魂的荒凉和粗糙。但是我并不惧惮这些,也不想遮盖这些,而且实在有些爱他们了,因为这是我转辗而生活于风沙中的瘢痕。凡有自己也觉得在风沙中转辗而生活着的,会知道这意思。

我编《热风》时,除遗漏的之外,又删去了好几篇。这一回却小有不同了,一时的杂感一类的东西,几乎都在这里面。

一九二五年十二月三十一日之夜,记于绿林书屋①东壁下

忽然想到(四)

先前,听到二十四史不过是"相斫书",是"独夫的家谱"一类的话,便以为诚然。后来自己看起来,明白了:何尝如此。

历史上都写着中国的灵魂,指示着将来的命运,只因为涂饰太厚,废话太多,所以很不容易察出底细来。正如通过密叶投射在莓苔上面的月光,只看见点点的碎影。但如看野史和杂记,可更容易了然了,因为他们究竟不必太摆史官的架子。

秦汉远了,和现在的情形相差已多,且不道。元人著作寥寥。至于唐宋明的杂史之类,则现在多有。试将记五代,南宋,明末的事情的,和现今的状况一比较,就当惊心动魄于何其相似之甚,仿佛时间的流驶,独与我们中国无关。现在的中华民国也还是五代,是宋末,是明季。

---

① 绿林书屋:西汉末年,王匡、王凤等在绿林山(在今湖北当阳)聚众起义,号"绿林兵","绿林"的名称即起源于此。后来,就以"绿林"或"绿林好汉"泛指聚居山林反抗官府或抢劫财物的人们。鲁迅在北京时支持学生爱国运动,被某些文人骂为"学匪"。作者便借此称自己的书室为"绿林书屋",以示反击。

以明末例现在,则中国的情形还可以更腐败,更破烂,更凶酷,更残虐,现在还不算达到极点。但明末的腐败破烂也还未达到极点,因为李自成,张献忠闹起来了。而张李的凶酷残虐也还未达到极点,因为满洲兵进来了。

难道所谓国民性者,真是这样地难于改变的么?倘如此,将来的命运便大略可想了,也还是一句烂熟的话:古已有之。

伶俐人实在伶俐,所以,决不攻难古人,摇动古例的。古人做过的事,无论什么,今人也都会做出来。而辩护古人,也就是辩护自己。况且我们是神州华胄,敢不"绳其祖武①"么?

幸而谁也不敢十分决定说:国民性是决不会改变的。在这"不可知"中,虽可有破例——即其情形为从来所未有——的灭亡的恐怖,也可以有破例的复生的希望,这或者可作改革者的一点慰藉罢。

但这一点慰藉,也会勾消在许多自诩古文明者流的笔上,淹死在许多诬告新文明者流的嘴上,扑灭在许多假冒新文明者流的言动上,因为相似的老例,也是"古已有之"的。

其实这些人是一类,都是伶俐人,也都明白,中国虽完,自己的精神是不会苦的——因为都能变出合式的态度来。倘有不信,请看清朝的汉人所做的颂扬武功的文章去,开口"大兵",闭口"我军",你能料得到被这"大兵""我军"所败的就是汉人的么?你将以为汉人带了兵将别的一种什么野蛮腐败民族歼灭了。

然而这一流人是永远胜利的,大约也将永久存在。在中国,惟他们最适于生存,而他们生存着的时候,中国便永远免不掉反复着先前的运命。

---

① 绳其祖武:语见《诗经·大雅·下武》。绳,继续;武,足迹。踏着祖先的足迹继续前进。

"地大物博,人口众多",用了这许多好材料,难道竟不过老是演一出轮回把戏而已么?

一九二五年二月十六日

忽然想到(五)

我生得太早一点,连康有为们"公车上书"的时候,已经颇有些年纪了。政变之后,有族中的所谓长辈也者教诲我,说:康有为是想篡位,所以他的名字叫有为;有者,"富有天下",为者,"贵为天子"也。非图谋不轨而何?我想:诚然。可恶得很!

长辈的训诲于我是这样的有力,所以我也很遵从读书人家的家教。屏息低头,毫不敢轻举妄动。两眼下视黄泉,看天就是傲慢,满脸装出死相,说笑就是放肆。我自然以为极应该的,但有时心里也发生一点反抗。心的反抗,那时还不算什么犯罪,似乎诛心之律,倒不及现在之严。

但这心的反抗,也还是大人们引坏的,因为他们自己就常常随便大说大笑,而单是禁止孩子。黔首①们看见秦始皇那么阔气,捣乱的项羽道:"彼可取而代也!"没出息的刘邦却说:"大丈夫不当如是耶?"我是没出息的一流,因为羡慕他们的随意说笑,就很希望赶忙变成大人——虽然此外也还有别种的原因。

大丈夫不当如是耶,在我,无非只想不再装死而已,欲望也并不甚奢。

现在,可喜我已经大了,这大概是谁也不能否认的罢,无论用

---

① 黔首:秦代对百姓的称呼。《史记·秦始皇本纪》:"更名民曰黔首。"秦始皇崇尚黑色,让平民百姓以黑巾裹头,故名。

了怎样古怪的"逻辑"。

我于是就抛了死相,放心说笑起来,而不意立刻又碰了正经人的钉子:说是使他们"失望"了。我自然是知道的,先前是老人们的世界,现在是少年们的世界了;但竟不料治世的人们虽异,而其禁止说笑也则同。那么,我的死相也还得装下去,装下去,"死而后已",岂不痛哉!

我于是又恨我生得太迟一点。何不早二十年,赶上那大人还准说笑的时候?真是"我生不辰",正当可诅咒的时候,活在可诅咒的地方了。

约翰弥耳①说:专制使人们变成冷嘲。我们却天下太平,连冷嘲也没有。我想:暴君的专制使人们变成冷嘲,愚民的专制使人们变成死相。大家渐渐死下去,而自己反以为卫道有效,这才渐近于正经的活人。

世上如果还有真要活下去的人们,就先该敢说,敢笑,敢哭,敢怒,敢骂,敢打,在这可诅咒的地方击退了可诅咒的时代!

一九二五年四月十四日

论辩的魂灵

二十年前到黑市,买得一张符,名叫"鬼画符②"。虽然不过一团糟,但帖在壁上看起来,却随时显出各样的文字,是处世的宝训,

---

① 约翰弥耳(1806—1878):通译约翰·穆勒,英国哲学家、经济学家。著作有《逻辑体系》《论自由》等。

② 鬼画符:古时人们习惯于桃木板上书写类似狂草的文字,然后钉在大门两旁,借以驱邪避鬼。因为文字潦草不易辨识,后遂用"鬼画符"讽刺字迹潦草拙劣的人。好像鬼画的咒语,胡乱涂抹。比喻潦草难认的字迹。

立身的金箴。今年又到黑市去,又买得一张符,也是"鬼画符"。但帖了起来看,也还是那一张,并不见什么增补和修改。今夜看出来的大题目是"论辩的魂灵";细注道:"祖传老年中年青年'逻辑'扶乩①灭洋必胜妙法太上老君急急如律令敕"。今谨摘录数条,以公同好——

"洋奴会说洋话。你主张读洋书,就是洋奴,人格破产了! 受人格破产的洋奴崇拜的洋书,其价值从可知矣! 但我读洋文是学校的课程,是政府的功令,反对者,即反对政府也。无父无君之无政府党,人人得而诛之。"

"你说中国不好。你是外国人么? 为什么不到外国去? 可惜外国人看你不起……。"

"你说甲生疮。甲是中国人,你就是说中国人生疮了。既然中国人生疮,你是中国人,就是你也生疮了。你既然也生疮,你就和甲一样。而你只说甲生疮,则竟无自知之明,你的话还有什么价值? 倘你没有生疮,是说诳也。卖国贼是说诳的,所以你是卖国贼。我骂卖国贼,所以我是爱国者。爱国者的话是最有价值的,所以我的话是不错的,我的话既然不错,你就是卖国贼无疑了!"

"自由结婚未免太过激了。其实,我也并非老顽固,中国提倡女学的还是我第一个。但他们却太趋极端了,太趋极端,即有亡国之祸,所以气得我偏要说'男女授受不亲②'。况且,凡事不可过激;过

---

① 扶乩:由二人扶一丁字形木架,使下垂一端在沙盘上划字,假托为神鬼所示。太上老君,是道教对老子的尊称;急急如律令敕,是道教符咒末尾的常用语,意思是如同法律命令,必须迅速执行。
② 男女授受不亲:语见《孟子·离娄》。意思是男女之间不能直接接触、言谈或授受物件,以限制男女交往。

激派①都主张共妻主义的。乙赞成自由结婚,不就是主张共妻主义么? 他既然主张共妻主义,就应该先将他的妻拿出来给我们'共'。"

"丙讲革命是为的要图利:不为图利,为什么要讲革命? 我亲眼看见他三千七百九十一箱半的现金抬进门。你说不然,反对我么? 那么,你就是他的同党。呜呼,党同伐异之风,于今为烈,提倡欧化者不得辞其咎矣!"

"丁牺牲了性命,乃是闹得一塌糊涂,活不下去了的缘故。现在妄称志士,诸君切勿为其所愚。况且,中国不是更坏了么?"

"戊能算什么英雄呢? 听说,一声爆竹,他也会吃惊。还怕爆竹,能听枪炮声么? 怕听枪炮声,打起仗来不要逃跑么? 打起仗来就逃跑的反称英雄,所以中国糟透了。"

"你自以为是'人',我却以为非也。我是畜类,现在我就叫你爹爹。你既然是畜类的爹爹,当然也就是畜类了。"

"勿用惊叹符号,这是足以亡国的。但我所用的几个在例外。

中庸太太提起笔来,取精神文明精髓,作明哲保身大吉大利格言二句云:

　　"中学为体西学用②,
　　不薄今人爱古人③。"

一九二五年

---

　①　过激派:日本人对布尔什维克的诽谤性的译称。

　②　中学为体西学用:原作"中学为体西学为用",是晚清大臣张之洞发表的治国主张。他在《劝学篇》中全面论述了这一思想。中学,指以孔孟之道为核心的儒家学说;西学,是指西方的先进科技。

　③　不薄今人爱古人:语见杜甫《戏为六绝句》之五。意为:不论今人、古人,清词、丽句,有长处就要学习借鉴。这里则是对于今人和古人都一视同仁的意思。

【评析:本篇最初发表于一九二五年三月九日北京《语丝》周刊第十七期。本篇揭露的是当时顽固派和许多反改革者的"魂灵"和他们的思想"逻辑"。其中列举的诡辩式的奇怪言论,都是作者从当时社会上一些反对新思想、反对改革和毁谤革命者的荒谬言论中概括出来的。】

战士和苍蝇①

Schopenhauer② 说过这样的话:要估定人的伟大,则精神上的大和体格上的大,那法则完全相反。后者距离愈远即愈小,前者却见得愈大。

正因为近则愈小,而且愈看见缺点和创伤,所以他就和我们一样,不是神道,不是妖怪,不是异兽。他仍然是人,不过如此。但也惟其如此,所以他是伟大的人。

战士战死了的时候,苍蝇们所首先发见的是他的缺点和伤痕,嘬着,营营地叫着,以为得意,以为比死了的战士更英雄。但是战士已经战死了,不再来挥去他们。于是乎苍蝇们即更其营营地叫,自以为倒是不朽的声音,因为它们的完全,远在战士之上。

的确的,谁也没有发见过苍蝇们的缺点和创伤。

然而,有缺点的战士终竟是战士,完美的苍蝇也终竟不过是苍蝇。

去罢,苍蝇们! 虽然生着翅子,还能营营,总不会超过战士的。你们这些虫豸(zhì)们!

---

① 本篇发表于 1925 年 3 月 24 日北京《京报》附刊《民众文艺周刊》。

② Schopenhauer:叔本华(1788—1860),德国哲学家。这里引述的话,出自他的《比喻·隐喻和寓言》一文。

【评析:《战士和苍蝇》是现代文学家鲁迅于1925年写的一篇杂文。此文先阐明了"有缺点、创伤并不影响战士"的这个唯物主义观点,而后在这个基础上,以"苍蝇"这个丑恶的形象做比喻,揭露当时军阀统治者卑鄙的本质。文章以苍蝇对于战士的嗡嗡嘤嘤,将伟大与渺小,崇高与恬卑,高尚与卑鄙对照起来,从而得出苍蝇根本不可与战士相比拟的明确结论。最后以对苍蝇的极其轻蔑作结束。全文短小精悍,比喻确切,对比鲜明,语言有力,论述自然,哲理深刻。】

杂　感[①]

人们有泪,比动物进化,但即此有泪,也就是不进化,正如已经只有盲肠,比鸟类进化,而究竟还有盲肠,终不能很算进化一样。凡这些,不但是无用的赘物,还要使其人达到无谓的灭亡。

现今的人们还以眼泪赠答,并且以这为最上的赠品,因为他此外一无所有。无泪的人则以血赠答,但又各各拒绝别人的血。

人大抵不愿意爱人下泪。但临死之际,可能也不愿意爱人为你下泪么?无泪的人无论何时,都不愿意爱人下泪,并且连血也不要:他拒绝一切为他的哭泣和灭亡。

人被杀于万众聚观之中,比被杀在"人不知鬼不觉"的地方快活,因为他可以妄想,博得观众中的或人的眼泪。但是,无泪的人无论被杀在什么所在,于他并无不同。

杀了无泪的人,一定连血也不见。爱人不觉他被杀之惨,仇人也终于得不到杀他之乐:这是他的报恩和复仇。

---

① 本篇发表于1925年5月8日北京《莽原》周刊第3期。

死于敌手的锋刃，不足悲苦；死于不知何来的暗器，却是悲苦。但最悲苦的是死于慈母或爱人误进的：毒药，战友乱发的流弹，病菌的并无恶意的侵入，不是我自己制定的死刑。

仰慕往古的，回往古去罢！想出世的，快出世罢！想上天的，快上天罢！灵魂要离开肉体的，赶快离开罢！现在的地上，应该是执着现在，执着地上的人们居住的。

但厌恶现世的人们还住着。这都是现世的仇仇，他们一日存在，现世即一日不能得救。

先前，也曾有些愿意活在现世而不得的人们，沉默过了，呻吟过了，叹息过了，哭泣过了，哀求过了，但仍然愿意活在现世而不得，因为他们忘却了愤怒。

勇者愤怒，抽刃向更强者；怯者愤怒，却抽刃向更弱者。不可救药的民族中，一定有许多英雄，专向孩子们瞪眼。这些屠头们！

孩子们在瞪眼中长大了，又向别的孩子们瞪眼，并且想：他们一生都过在愤怒中。因为愤怒只是如此，所以他们要愤怒一生——而且还要愤怒二世，三世，四世，以至末世。

无论爱什么——饭，异性，国，民族，人类等等——只有纠缠如毒蛇，执着如怨鬼，二六时中①，没有已时者有望。但太觉疲劳时，也无妨休息一会罢；但休息之后，就再来一回罢，而且两回，三回……血书，章程，请愿，讲学，哭，电报，开会，挽联，演说，神经衰弱，则一切无用。

血书所能挣来的是什么？不过就是你的一张血书，况且并不好看。至于神经衰弱，其实倒是自己生了病，你不要再当作宝贝

---

① 二六时中：即12个时辰，整天整夜的意思。

了,我的可敬爱而讨厌的朋友呀!

我们听到呻吟,叹息,哭泣,哀求,无须吃惊。见了酷烈的沉默,就应该留心了;见有什么像毒蛇似的在尸林中蜿蜒,怨鬼似的在黑暗中奔驰,就更应该留心了:这在预告"真的愤怒"将要到来。那时候,仰慕往古的就要回往古去了,想出世的要出世去了,想上天的要上天了,灵魂要离开肉体的就要离开了! ……

一九二五年五月五日

【评析:鲁迅在军阀统治下的北京生活,用自己辛辣的笔,向黑暗势力进行顽强的抗争与战斗,由此而真切地感受到沉重的压力,死亡的威胁。他在斗争中所获得的丰富经验与感受,迫使他时时思考着这样的问题:一个觉醒的抗争者如何对待生与死? 一个锐意进取的改革者对于黑暗现实应该采取怎样的姿态? 这篇文章,就是鲁迅这种生命思考获得的美丽的结晶。

《杂感》的四个片断,既各自独立,又密切相联,它有一个贯穿始终的内在玄思的线索,那就是:在对于人生终极与民族命运的思考中,充满着生命哲理的闪光。这正是这篇杂文的艺术魅力所在。】

长　城

伟人的长城!

这工程,虽在地图上也还有它的小像,凡是世界上稍有知识的人们,大概都知道的罢。

其实,从来不过徒然役死许多工人而已,胡人何尝挡得住。现在不过一种古迹了,但一时也不会灭尽,或者还要保存它。

我总觉得周围有长城围绕。这长城的构成材料,是旧有的古砖和补添的新砖。两种东西联为一气造成了城壁,将人们包围。

何时才不给长城添新砖呢?

这伟大而可诅咒的长城!

一九二五年五月十一日

【评析:在《长城》一文中,一方面称赞长城是"伟大的长城",因为"这工程,虽在地图上也还有它的小像";一方面说长城是"可诅咒的长城",因为它"从来不过徒然役死许多工人"。所以,鲁迅认为,这万里长城是"伟大而可诅咒的长城"。在这里,鲁迅用诗一般的语言给长城以历史的又极富辩证法的评价,同时也充分表现了鲁迅作为新文化运动的主将对封建文化的憎恶和反传统的激进情绪。】

导 师

近来很通行说青年;开口青年,闭口也是青年。但青年又何能一概而论?有醒着的,有睡着的,有昏着的,有躺着的,有玩着的,此外还多。但是,自然也有要前进的。

要前进的青年们大抵想寻求一个导师。然而我敢说,他们将永远寻不到。寻不到倒是运气;自知的谢不敏,自许的果真识路么?凡自以为识路者,总过了"而立"之年,灰色可掬了,老态可掬了,圆稳而已,自己却误以为识路。假如真识路,自己就早进向他的目标,何至于还在做导师。说佛法的和尚,卖仙药的道士,将来都与白骨是"一丘之貉",人们现在却向他听生西的大法,求上升的真传,岂不可笑!

但是我并非敢将这些人一切抹杀;和他们随便谈谈,是可以

135

的。说话的也不过能说话,弄笔的也不过能弄笔;别人如果希望他打拳,则是自己错。他如果能打拳,早已打拳了,但那时,别人大概又要希望他翻筋斗。

有些青年似乎也觉悟了,我记得《京报副刊》征求青年必读书时,曾有一位发过牢骚,终于说:只有自己可靠!我现在还想斗胆转一句,虽然有些杀风景,就是:自己也未必可靠的。

我们都不大有记性。这也无怪,人生苦痛的事太多了,尤其是在中国。记性好的,大概都被厚重的苦痛压死了;只有记性坏的,适者生存,还能欣然活着? 但我们究竟还有一点记忆,回想起来,怎样的"今是昨非"呵,怎样的"口是心非"呵,怎样的"今日之我与昨日之我战①"呵。我们还没有正在饿得要死时于无人处见别人的饭,正在穷得要死时于无人处见别人的钱,正在性欲旺盛时遇见异性,而且很美的。我想,大话不宜讲得太早,否则,倘有记性,将来想到时会脸红。

或者还是知道自己之不甚可靠者,倒较为可靠罢。

青年又何须寻那挂着金字招牌的导师呢? 不如寻朋友,联合起来,同向着似乎可以生存的方向走。你们所多的是生力,遇见深林,可以辟成平地的,遇见旷野,可以栽种树木的,遇见沙漠,可以开掘井泉的。问什么荆棘塞途的老路,寻什么乌烟瘴气的鸟导师!

一九二五年五月十一日

【评析:《导师》一文里说,知识分子自命导师,那是自欺欺人,他提醒年轻人不要上当。但他又说,我并非将知识分子"一切抹杀;和他们随便谈谈,是可以的"。在我看来,他也这样看自己:他

---

① 语出梁启超《清代学术概论》:"不惜以今日之我,难昔日之我。"意为:不吝惜用现在的我去责难和比较过去的我。强调与时俱进,坚持真理的自省精神。

不是"导师",今天我们读者,特别是年轻读者如果想到鲁迅那里去请他指路,那就找错了人,鲁迅早就说过,他自己还在寻路,何敢给别人指路?我们应该到鲁迅那里去听他"随便谈谈",他的特别的思想会给我们以启迪。是"思想的启迪",和我们一起"寻路";而非"行动的指导",给我们"指路",这才是鲁迅对我们的意义。】

"碰壁"之后

我平日常常对我的年青的同学们说:古人所谓"穷愁著书"的话,是不大可靠的。穷到透顶,愁得要死的人,那里还有这许多闲情逸致来著书?我们从来没有见过候补的饿殍在沟壑边吟哦;鞭扑底下的囚徒所发出来的不过是直声的叫喊,决不会用一篇妃红俪白的骈体文来诉痛苦的。所以待到磨墨吮笔,说什么"履穿踵决①"时,脚上也许早经是丝袜;高吟"饥来驱我去……"的陶征士,其时或者偏已很有些酒意了。正当苦痛,即说不出苦痛来,佛说极苦地狱中的鬼魂,也反而并无叫唤!

华夏大概并非地狱,然而"境由心造",我眼前总充塞着重迭的黑云,其中有故鬼,新鬼,游魂,牛首阿旁②,畜生,化生,大叫唤,无叫唤③,使我不堪闻见。我装作无所闻见模样,以图欺骗自己,总算已从地狱中出离。

打门声一响,我又回到现实世界了。又是学校的事。我为什么要做教员?!想着走着,出去开门,果然,信封上首先就看见通红的一行字:国立北京女子师范大学。

---

① 履穿踵决:鞋子破了,露出脚跟。《庄子·山木》:"衣弊履穿,贫也。"又《庄子·让王》:"曾子居卫……十年不制衣……纳屦而踵决。"
② 牛首阿旁:地狱中牛头人身的鬼卒。
③ 大叫唤、无叫唤:地狱中的鬼魂。佛家语。

我本就怕这学校,因为一进门就觉得阴惨惨,不知其所以然,但也常常疑心是自己的错觉。后来看到杨荫榆校长《致全体学生公启》里的"须知学校犹家庭,为尊长者断无不爱家属之理,为幼稚者亦当体贴尊长之心"的话,就恍然了,原来我虽然在学校教书,也等于在杨家坐馆①,而这阴惨惨的气味,便是从"冷板凳"里出来的。可是我有一种毛病,自己也疑心是自讨苦吃的根苗,就是偶尔要想想。所以恍然之后,即又有疑问发生:这家族人员——校长和学生——的关系是怎样的,母女,还是婆媳呢?

　　想而又想,结果毫无。幸而这位校长宣言多,竟在她《对于暴烈学生之感言》里获得正确的解答了。曰,"与此曹子勃谿相向",则其为婆婆无疑也。

　　现在我可以大胆地用"妇姑勃谿②"这句古典了。但婆媳吵架,与西宾③又何干呢? 因为究竟是学校,所以总还是时常有信来,或是婆婆的,或是媳妇的。我的神经又不强,一闻打门而悔做教员者以此,而且也确有可悔的理由。

　　这一年她们的家务简直没有完,媳妇儿们不佩服婆婆做校长了,婆婆可是不歇手。这是她的家庭,怎么肯放手呢? 无足怪的。而且不但不放,还趁"五七"之际,在什么饭店请人吃饭之后,开除了六个学生自治会的职员④,并且发表了那"须知学校犹家庭"的名论。这回抽出信纸来一看,是媳妇儿们的自治会所发的,略谓:

---

　　①　坐馆:旧时称当家庭教师为"坐馆"。

　　②　妇姑勃谿(xī):出自庄周《庄子·外物》:"室无空虚,则妇姑勃谿",指婆媳间的争吵与不和,比喻因鸡毛蒜皮的小事而争吵。

　　③　西宾:同西席。旧时对家塾教师或幕友的含有敬意的称谓。

　　④　即蒲振声、张平江、郑德音、刘和珍、许广平、姜伯谛。

旬余以来,校务停顿,百费待兴,若长此迁延,不特虚掷数百青年光阴,校务前途,亦岌岌不可终日……

　　底下是请教员开一个会,出来维持的意思的话,订定的时间是当日下午四点钟。

　　"去看一看罢。"我想。

　　这也是我的一种毛病,自己也疑心是自讨苦吃的根苗;明知道无论什么事,在中国是万不可轻易去"看一看"的,然而终于改不掉,所以谓之"病"。但是,究竟也颇熟于世故了,我想后,又立刻决定,四点太早,到了一定没有人,四点半去罢。

　　四点半进了阴惨惨的校门,又走进教员休息室。出乎意料之外! 除一个打盹似的校役以外,已有两位教员坐着了。一位是见过几面的;一位不认识,似乎说是姓汪,或姓王,我不大听明白——其实也无须。

　　我也和他们在一处坐下了。

　　"先生的意思以为这事情怎样呢?"这不识教员在招呼之后,看住了我的眼睛问。

　　"这可以由各方面说……你问的是我个人的意见么? 我个人的意见,是反对杨先生的办法的……"

　　糟了! 我的话没有说完,他便将他那灵便小巧的头向旁边一摇,表示不屑听完的态度。但这自然是我的主观;在他,或者也许本有将头摇来摇去的毛病的。

　　"就是开除学生的罚太严了。否则,就很容易解决……"我还要继续说下去。

　　"噷噷。"他不耐烦似的点头。

　　我就默然,点起火来吸烟卷。

　　"最好是给这事情冷一冷……"不知怎的他又开始发表他的

139

"冷一冷"学说了。

"嗡嗡。瞧着看罢。"这回是我不耐烦似的点头，但终于多说了一句话。

我点头讫，瞥见坐前有一张印刷品，一看之后，毛骨便悚然起来。文略谓：

> ……第用学生自治会名义，指挥讲师职员，召集校务维持讨论会……本校素遵部章，无此学制，亦无此办法，根本上不能成立……而自闹潮以来……不能不筹正当方法，又有其他校务进行，亦待大会议决，兹定于（月之二十一日）下午七时，由校特请全体主任专任教员评议会会员在太平湖饭店开校务紧急会议，解决种种重要问题。务恳大驾莅临，无任盼祷！

署名就是我所视为畏途的"国立北京女子师范大学"，但下面还有一个"启"字。我这时才知道我不该来，也无须"莅临"太平湖饭店，因为我不过是一个"兼任教员"。然而校长为什么不制止学生开会，又不预先否认，却要叫我到了学校来看这"启"的呢？我愤然地要质问了，举目四顾，两个教员，一个校役，四面砖墙带着门和窗门，而并没有半个负有答复的责任的生物。"国立北京女子师范学校"虽然能"启"，然而是不能答的。只有默默地阴森地四周的墙壁将人包围，现出险恶的颜色。

我感到苦痛了，但没有悟出它的原因。

可是两个学生来请开会了；婆婆终于没有露面。我们就走进会场去，这时连我已经有五个人；后来陆续又到了七八人。于是乎开会。

"为幼稚者"仿佛不大能够"体贴尊长之心"似的,很诉了许多苦。然而我们有什么权利来干预"家庭"里的事呢?而况太平湖饭店里又要"解决种种重要问题"了!但是我也说明了几句我所以来校的理由,并要求学校当局今天缩头缩脑办法的解答。然而,举目四顾,只有媳妇儿们和西宾,砖墙带着门和窗门,而并没有半个负有答复的责任的生物!

我感到苦痛了,但没有悟出它的原因。

这时我所不识的教员和学生在谈话了;我也不很细听。但在他的话里听到一句"你们做事不要碰壁",在学生的话里听到一句"杨先生就是壁",于我就仿佛见了一道光,立刻知道我的痛苦的原因了。

碰壁,碰壁!我碰了杨家的壁了!

其时看看学生们,就像一群童养媳……

这一种会议是照例没有结果的,几个自以为大胆的人物对于婆婆稍加微辞之后,即大家走散。我回家坐在自己的窗下的时候,天色已近黄昏,而阴惨惨的颜色却渐渐地退去,回忆到碰壁的学说,居然微笑起来了。

中国各处是壁,然而无形,像"鬼打墙"一般,使你随时能"碰"。能打这墙的,能碰而不感到痛苦的,是胜利者——但是,此刻太平湖饭店之宴已近阑珊,大家都已经吃到冰其淋,在那里"冷一冷"了罢……

我于是仿佛看见雪白的桌布已经沾了许多酱油渍,男男女女围着桌子都吃冰其淋,而许多媳妇儿,就如中国历来的大多数媳妇儿在苦节的婆婆脚下似的,都决定了暗淡的运命。

我吸了两支烟,眼前也光明起来,幻出饭店里电灯的光彩,看见教育家在杯酒间谋害学生,看见杀人者于微笑后屠戮百姓,看见死尸在粪土中舞蹈,看见污秽洒满了风籁琴,我想取作画图,竟不能画成一线。我为什么要做教员,连自己也侮蔑自己起来。但是织芳①来访我了。

我们闲谈之间,他也忽而发感慨——

"中国什么都黑暗,谁也不行,但没有事的时候是看不出来的。教员咧,学生咧,烘烘烘,烘烘烘,真像一个学校,一有事故,教员也不见了,学生也慢慢躲开了;结局只剩下几个傻子给大家做牺牲,算是收束。多少天之后,又是这样的学校,躲开的也出来了,不见的也露脸了,'地球是圆的'咧,'苍蝇是传染病的媒介'咧,又是学生咧,教员咧,烘烘烘……"

从不像我似的常常"碰壁"的青年学生的眼睛看来,中国也就如此之黑暗么? 然而他们仅有微弱的呻吟,然而一呻吟就被杀戮了!

一九二五年五月二十一日夜

这个与那个②

一、读经与读史

一个阔人说要读经,嗡的一阵一群狭人也说要读经。岂但"读"而已矣哉,据说还可以"救国"哩。"学而时习之,不亦说乎?"那也许是确凿的罢,然而甲午战败了——为什么独独要说"甲午"呢,是因为其时还在开学校,废读经以前。

---

① 织芳:即荆有磷,山西人。他曾在北京世界语专门学校听过作者的课,当时以"文学青年"的面貌在文学、新闻界活动。后来参加国民党特务组织。
② 本篇发表于 1925 年 12 月《国民新报副刊》。

我以为伏案还未功深的朋友，现在正不必埋头来哼线装书。倘其咿唔日久，对于旧书有些上瘾了，那么，倒不如去读史，尤其是宋朝明朝史，而且尤须是野史；或者看杂说。

现在中西的学者们，几乎一听到"钦定四库全书"这名目就魂不附体，膝弯总要软下来似的。其实呢，书的原式是改变了，错字是加添了，甚至于连文章都删改了，最便当的是《琳琅秘室丛书》中的两种《茅亭客话》，一是宋本，一是四库本，一比较就知道。"官修"而加以"钦定"的正史也一样，不但本纪咧，列传咧，要摆"史架子"；里面也不敢说什么。据说，字里行间是也含着什么褒贬的，但谁有这么多的心眼儿来猜闷壶卢。至今还道"将平生事迹宣付国史馆立传"，还是算了罢。

野史和杂说自然也免不了有讹传，挟恩怨，但看往事却可以较分明，因为它究竟不像正史那样地装腔作势。看宋事，《三朝北盟汇编》已经变成古董，太贵了，新排印的《宋人说部丛书》却还便宜。明事呢，《野获编》原也好，但也化为古董了，每部数十元；易于入手的是《明季南北略》《明季稗史汇编》，以及新近集印的《痛史》。

史书本来是过去的陈账簿，和急进的猛士不相干。但先前说过，倘若还不能忘情于咿唔，倒也可以翻翻，知道我们现在的情形，和那时的何其神似，而现在的昏妄举动，胡涂思想，那时也早已有过，并且都闹糟了。

试到中央公园去，大概总可以遇见祖母带着她孙女儿在玩的。这位祖母的模样，就预示着那娃儿的将来。所以倘有谁要预知令夫人后日的丰姿，也只要看丈母。不同是当然要有些不同的，但总归相去不远。我们查账的用处就在此。

但我并不说古来如此，现在遂无可为，劝人们对于"过去"生敬畏心,以为它已经铸定了我们的运命。Le Bon 先生说,死人之力比生人大,诚然也有一理的,然而人类究竟进化着。又据章士钊总长说,则美国的什么地方已在禁讲进化论了,这实在是吓死我也,然而禁只管禁,进却总要进的。

总之:读史,就愈可以觉悟中国改革之不可缓了。虽是国民性,要改革也得改革,否则,杂史杂说上所写的就是前车。一改革,就无须怕孙女儿就要像点祖母那些事,譬如祖母的脚是三角形,步履维艰的,小姑娘的却是天足,能飞跑;丈母老太太出过天花,脸上有些缺点的,令夫人却种的是牛痘,所以细皮白肉:这也就大差其远了。

二、捧与挖

中国的人们,遇见带有会使自己不安的朕兆的人物,向来就用两样法:将他压下去,或者将他捧起来。

压下去就用旧习惯和旧道德,或者凭官力,所以孤独的精神的战士,虽然为民众战斗,却往往反为这"所为"而灭亡。到这样,他们这才安心了。压不下时,则于是乎捧,以为抬之使高,餍之使足,便可以于己稍稍无害,得以安心。

伶俐的人们,自然也有谋利而捧的,如捧阔老,捧戏子,捧总长之类;但在一般粗人——就是未尝"读经"的,则凡有捧的行为的"动机",大概是不过想免害。即以所奉祀的神道而论,也大抵是凶恶的,火神瘟神不待言,连财神也是蛇呀刺猬呀似的骇人的畜类;观音菩萨倒还可爱,然而那是从印度输入的,并非我们的"国粹"。要而言之:凡有被捧者,十之九不是好东西。

既然十之九不是好东西,则被捧而后,那结果便自然和捧者的希望适得其反了。不但能使不安,还能使他们很不安,因为人心本来不易餍足。然而人们终于至今没有悟,还以捧为苟安之一道。

144

记得有一部讲笑话的书,名目忘记了,也许是《笑林广记》①罢,说,当一个知县的寿辰,因为他是子年生,属鼠的,属员们便集资铸了一个金老鼠去作贺礼。知县收受之后,另寻了机会对大众说道:明年又恰巧是贱内的整寿;她比我小一岁,是属牛的。其实,如果大家先不送金老鼠,他决不敢想金牛。一送开手,可就难于收拾了,无论金牛无力致送,即使送了,怕他的姨太太也会属象,象不在十二生肖之内,似乎不近情理罢,但这是我替他设想的法子罢了,知县当然别有我们所莫测高深的妙法在。

民元革命时候,我在 S 城,来了一个都督。他虽然也出身绿林大学,未尝"读经",但倒是还算顾大局,听舆论的,可是自绅士以至于庶民,又用了祖传的捧法群起而捧之了。这个拜会,那个恭维,今天送衣料,明天送翅席,捧得他连自己也忘其所以,结果是渐渐变成老官僚一样,动手刮地皮。

最奇怪的是北几省的河道,竟捧得河身比屋顶高得多了。当初自然是防其溃决,所以壅上一点土;殊不料愈壅愈高,一旦溃决,那祸害就更大。于是就"抢堤"咧,"护堤"咧,"严防决堤"咧,花色繁多,大家吃苦。如果当初见河水泛滥,不去增堤,却去挖底,我以为决不至于这样。

有贪图金牛者,不但金老鼠,便是死老鼠也不给。那么,此辈也就连生日都未必做了。单是省却拜寿,已经是一件大快事。

中国人的自讨苦吃的根苗在于捧,"自求多福"之道却在于挖。其实,劳力之量是差不多的,但从惰性太多的人们看来,却以为还是捧省力。

三、最先与最后

《韩非子》说赛马的妙法,在于"不为最先,不耻最后"。这虽是

---

① 《笑林广记》:中国古代笑话的集大成之作。

从我们这样外行的人看起来，也觉得很有理。因为假若一开首便拼命奔驰，则马力易竭。但那第一句是只适用于赛马的，不幸中国人却奉为人的处世金箴了。

中国人不但"不为戎首"①"不为祸始"，甚至于"不为福先"。所以凡事都不容易有改革；前驱和闯将，大抵是谁也怕得做。然而人性岂真能如道家所说的那样恬淡；欲得的却多。既然不敢径取，就只好用阴谋和手段。以此，人们也就日见其卑怯了，既是"不为最先"，自然也不敢"不耻最后"，所以虽是一大堆群众，略见危机，便"纷纷作鸟兽散"了。如果偶有几个不肯退转，因而受害的，公论家便异口同声，称之曰傻子。对于"锲而不舍"的人们也一样。

我有时也偶尔去看看学校的运动会。这种竞争，本来不像两敌国的开战，挟有仇隙的，然而也会因了竞争而骂，或者竟打起来。但这些事又作别论。竞走的时候，大抵是最快的三四个人一到决胜点，其余的便松懈了，有几个还至于失了跑完预定的圈数的勇气，中途挤入看客的群集中；或者佯为跌倒，使红十字队用担架将他抬走。假若偶有虽然落后，却尽跑，尽跑的人，大家就嗤笑他。大概是因为他太不聪明，"不耻最后"的缘故罢。

所以中国一向就少有失败的英雄，少有韧性的反抗，少有敢单身鏖战的武人，少有敢抚哭叛徒的吊客；见胜兆则纷纷聚集，见败兆则纷纷逃亡。战具比我们精利的欧美人，战具未必比我们精利的匈奴蒙古满洲人，都如入无人之境。"土崩瓦解"这四个字，真是形容得有自知之明。

---

① 不为戎首：语出《礼记·檀弓》："毋为戎首，不亦善乎？"戎首，指发动战争的主谋、祸首。

多有"不耻最后"的人的民族，无论什么事，怕总不会一下子就"土崩瓦解"的，我每看运动会时，常常这样想：优胜者固然可敬，但那虽然落后而仍非跑至终点不止的竞技者，和见了这样竞技者而肃然不笑的看客，乃正是中国将来的脊梁。

四、流产与断种

近来对于青年的创作，忽然降下一个"流产"的恶谥，哄然应和的就有一大群。我现在相信，发明这话的是没有什么恶意的，不过偶尔说一说；应和的也是情有可原的，因为世事本来大概就这样。

我独不解中国人何以于旧状况那么心平气和，于较新的机运就这么疾首蹙额；于已成之局那么委曲求全，于初兴之事就这么求全责备？

智识高超而眼光远大的先生们开导我们：生下来的倘不是圣贤，豪杰，天才，就不要生；写出来的倘不是不朽之作，就不要写；改革的事倘不是一下子就变成极乐世界，或者，至少能给我有更多的好处，就万万不要动！……

那么，他是保守派么？据说：并不然的。他正是革命家。惟独他有公平，正当，稳健，圆满，平和，毫无流弊的改革法；现下正在研究室里研究着哩——只是还没有研究好。

什么时候研究好呢？答曰：没有准儿。

孩子初学步的第一步，在成人看来，的确是幼稚，危险，不成样子，或者简直是可笑的。但无论怎样的愚妇人，却总以恳切的希望的心，看他跨出这第一步去，决不会因为他的走法幼稚，怕要阻碍阔人的路线而"逼死"他；也决不至于将他禁在床上，使他躺着研究到能够飞跑时再下地。因为她知道：假如这么办，即使长到一百岁也还是不会走路的。

古来就这样，所谓读书人，对于后起者却反而专用彰明较著的或改头换面的禁锢。近来自然客气些,有谁出来,大抵会遇见学士文人们挡驾:且住,请坐。接着是谈道理了:调查,研究,推敲,修养……结果是老死在原地方。否则,便得到"捣乱"的称号。我也曾有如现在的青年一样,向已死和未死的导师们问过应走的路。他们都说:不可向东,或西,或南,或北。但不说应该向东,或西,或南,或北。我终于发见他们心底里的蕴蓄了:不过是一个"不走"而已。

坐着而等待平安,等待前进,倘能,那自然是很好的,但可虑的是老死而所等待的却终于不至;不生育,不流产而等待一个英伟的宁馨儿①,那自然也很可喜的,但可虑的是终于什么也没有。

倘以为与其所得的不是出类拔萃的婴儿,不如断种,那就无话可说。但如果我们永远要听见人类的足音,则我以为流产究竟比不生产还有望,因为这已经明明白白地证明着能够生产的了。

一九二五年十二月二十日

---

① 宁馨儿:晋宋时代俗语,即"这样的孩子"。

华盖集续编

小　引

　　还不满一整年，所写的杂感的分量，已有去年一年的那么多了。秋来住在海边，目前只见云水，听到的多是风涛声，几乎和社会隔绝。如果环境没有改变，大概今年不见得再有什么废话了罢。灯下无事，便将旧稿编集起来；还预备付印，以供给要看我的杂感的主顾们。

　　这里面所讲的仍然并没有宇宙的奥义和人生的真谛。不过是，将我所遇到的，所想到的，所要说的，一任它怎样浅薄，怎样偏激，有时便都用笔写了下来。说得自夸一点，就如悲喜时节的歌哭一般，那时无非借此来释愤抒情，现在更不想和谁去抢夺所谓公理或正义。你要那样，我偏要这样是有的；偏不遵命，偏不磕头是有的；偏要在庄严高尚的假面上拨它一拨也是有的，此外却毫无什么大举。名副其实，"杂感"而已。

　　从一月以来的，大略都在内了；只删去了一篇。那是因为其中开列着许多人，未曾，也不易遍征同意，所以不好擅自发表。

　　书名呢？年月是改了，情形却依旧，就还叫《华盖集》。然而年月究竟是改了，因此只得添上两个字："续编"。

　　　　　　　　　　　　一九二六年十月十四日，鲁迅记于厦门

有趣的消息

　　虽说北京像一片大沙漠，青年们却还向这里跑；老年们也不大走，即或有到别处去走一趟的，不久就转回来了，仿佛倒是北京还很有什么可以留恋。厌世诗人的怨人生，真是"感慨系之矣"，然而他总活着；连祖述释迦牟尼先生的哲人勖本华尔①也不免暗地里吃一种医治什么病症的药，不肯轻易"涅槃"。俗语说："好死不如恶活"，这当然不过是俗人的俗见罢了，可是文人学者之流也何尝不这样。所不同的，只是他总有一面辞严义正的军旗，还有一条尤其义正辞严的逃路。真的，倘不这样，人生可真要无聊透顶，无话可说了。

　　北京就是一天一天地百物昂贵起来；自己的"区区佥事②"，又因为"妄有主张"，被章士钊先生革掉了。向来所遭遇的呢，借了安特来夫的话来说，是"没有花，没有诗③"，就只有百物昂贵。然而也还是"妄有主张"，没法回头；倘使有一个妹子，如《晨报副刊》上所艳称的"闲话先生"的家事似的，叫道："阿哥！"那声音正如"银铃之响于幽谷"，向我求告，"你不要再做文章得罪人家了，好不好？"我也许可以借此拨转马头，躲到别墅里去研究汉朝人所做的"四书"注疏和理论去。然而，惜哉，没有这样的好妹子；"女嬃④之婵媛兮，申申其詈予，曰：鲧婞（gǔn xìng）直以亡身兮，终然殀乎羽之

----

　　① 　勖（xù）本华尔：即叔本华。这里说他"祖述释迦牟尼"，是因为他的思想曾部分地受了印度佛教哲学的影响。他死后，从他的书籍里曾发现医治梅毒的药方，这里说他"暗地里吃一种医治什么病症的药"，即指此事。

　　② 　区区佥事：鲁迅在 1912 年八月被任命为教育部佥事。

　　③ 　没有花，没有诗：出自安德烈夫（1871—1919）的小说《红的笑》。

　　④ 　女嬃（xū）：一般以为是屈原对其姊的称谓。

野。"连有一个那样凶姊姊的幸福也不及屈灵均。我的终于"妄有主张",或者也许是无可推托之故罢。然而这关系非同小可,将来怕要遭殃了,因为我知道,得罪人是要得到报应的。

话要回到释迦先生的教训去了,据说:活在人间,还不如下地狱的稳妥。做人有"作"就是动作(＝造孽),下地狱却只有"报"(＝报应);所以生活是下地狱的原因,而下地狱倒是出地狱的起点。这样说来,实在令人有些想做和尚,但这自然也只限于"有根"(据说,这是"一句天津话")的大人物,我却不大相信这一类鬼画符。活在沙漠似的北京城里,枯燥当然是枯燥的,但偶然看看世态,除了百物昂贵之外,究竟还是五花八门,创造艺术的也有,制造流言的也有,肉麻的也有,有趣的也有……这大概就是北京之所以为北京的缘故,也就是人们总还要奔凑聚集的缘故。可惜的是只有一些小玩意,老实一点的朋友就难于给自己竖起一杆辞严义正的军旗来。

我一向以为下地狱的事,待死后再对付,只有目前的生活的枯燥是最可怕的,于是便不免于有时得罪人,有时则寻些小玩意儿来开开笑口,但这也就是得罪人。得罪人当然要受报,那也只好准备着,因为寻些小玩意儿来开开笑口的是更不能竖起辞严义正的军旗来的。其实,这里也何尝没有国家大事的消息呢,"关外战事不日将发生"呀,"国军一致拥段"哪,有些报纸上都用了头号字煌煌地排印着,可以刺得人们头昏,但于我却都没有什么鸟趣味。人的眼界之狭是不大有药可救的,我近来觉得有趣的倒要算看见那在德国手格盗匪若干人,在北京率领三河县老妈子一大队的武士刘百昭校长居然做骈文,大有偃武修文之意了;而且"百昭海邦求学,教部备员,多艺之誉愧不如人,审美之情差堪自信",还是一位文武全才,我先前实在没有料想到。第二,就是去年肯管闲事的"学

152

者"，今年不管闲事了，在年底结清账目的办法，原来不止是掌柜之于流水簿，也可以适用于"正人君子"的行为的。或者，"阿哥！"这一声叫，正在中华民国十四年十二月卅(sà)一日的夜间十二点钟罢。

但是，这些趣味，刹那间也即消失了，就是我自己的思想的变动，也诚然是可恨。我想，照着境遇，思想言行当然要迁移，一迁移，当然会有所以迁移的道理。况且世界上的国庆很不少，古今中外名流尤其多，他们的军旗，是全都早经竖定了的。前人之勤，后人之乐，要做事的时候可以援引孔丘墨翟，不做事的时候另外有老聃，要被杀的时候我是关龙逢①，要杀人的时候他是少正卯②，有些力气的时候看看达尔文赫胥黎的书，要人帮忙就有克鲁巴金的《互助论》，勃朗宁夫妇③岂不是讲恋爱的模范么，叔本华尔和尼采又是咒诅女人的名人……归根结蒂，如果杨荫榆或章士钊可以比附到犹太人特莱孚斯去，则他的箑片就可以等于左拉等辈了。这个时候，可怜的左拉要被中国人背出来；幸而杨荫榆或章士钊是否等于特莱孚斯，也还是一个大疑问。

然而事情还没有这么简单，中国的坏人(如水平线下的文人和学棍学匪之类)，似乎将来要大吃其苦了，虽然也许要在身后，像下地狱一般。但是，深谋远虑的人，总还以从此小心，不要多说为稳妥。你以为"闲话先生"真是不管闲事了么？并不然的。据说他是

———————

① 关龙逢(páng)：夏桀(jié)的臣子，因劝谏夏桀作酒池而被杀。

② 少正卯：春秋时鲁国大夫。孔丘为鲁国司寇时，借鼓吹邪说等罪名将他杀害。

③ 勃朗宁夫妇：勃朗宁(1812—1889)和勃朗宁夫人(1806—1861)，都是英国诗人。他们曾不顾女方父亲的反对，秘密结婚并离家远走。

要"到那天这班出锋头的人们脱尽了锐气的日子,我们这位闲话先生正在从容的从事他那'完工的拂拭'(The finishing touch),笑吟吟的擎着他那枝从铁杠磨成的绣针,讽刺我们情急是多么不经济的一个态度,反面说只有无限的耐心才是天才唯一的凭证"。(《晨报副刊》一四二三)

后出者胜于前者,本是天下的平常事情,但除了堕落的民族。即以衣服而论,也是由裸体而用会阴带或围裙,于是有衣裳,衮冕。我们将来的天才却特异的,别人系了围裙狂跳时,他却躲在绣房里刺绣——不,磨绣针。待到别人的围裙全数破旧,他却穿了绣花衫子站出来了。大家只好说道"阿!"可怜的性急的野蛮人,竟连围裙也不知道换一条,怪不得锐气终于脱尽;脱尽犹可,还要看那"笑吟吟"的"讽刺"的"天才"脸哩,这实在是对于灵魂的鞭责,虽说还在辽远的将来。

还有更可怕的,是我们风闻二○二五年一到,陶孟和教授要发表一部著作。内容如何,只有百年后的我们的曾孙或玄孙们知道罢了,但幸而在《现代评论增刊》上提前发表了几节,所以我们竟还能"管中窥豹"似的,略见这一部新书的大概。那是讲"现代教育界的特色"的,连教员的"兼课"之多也说在内。他问:"我的议论太悲观,太刻薄,太荒诞吗?我深愿受这个批评,假使事实可以证明。"这些批评我们且俟之百年之后,虽然那时也许无从知道事实;典籍呢,大概也只有"笑吟吟的"佳作留传。要是当真这样,那大半是"英雄所见略同"的,后人总不至于以为刻薄罢。但我们也难于悬揣,不过就今论今,似乎颇有些"孔子作《春秋》,而乱臣贼子惧"之意了。人们不逢如此盛事者,盖已将二千四百年云。

总之:百年以内,将有陈源教授的许多书,百年以后,将有陶孟和教授的一部书出现。内容虽然不知道怎样,但据目下所走漏的风声看起来,大概总是讽刺"那班出锋头的人们",或"驰驱九城"的教授的。

我常常感叹,印度小乘教的方法何等厉害:它立了地狱之说,借着和尚,尼姑,念佛老妪的嘴来宣扬,恐吓异端,使心志不坚定者害怕。那诀窍是在说报应并非眼前,却在将来百年之后,至少也须到锐气脱尽之时。这时候你已经不能动弹了,只好听别人摆布,流下鬼泪,深悔生前之妄出锋头;而且这时候,这才认识阎罗大王的尊严和伟大。

这些信仰,也许是迷信罢,但神道设教,于"挽世道而正人心"的事,或者也还是不无裨益。况且,未能将坏人"投畀豺虎①"于生前,当然也只好口诛笔伐之于身后,孔子一车两马,倦游各国以还,抽出钢笔来作《春秋》,盖亦此志也。

但是,时代迁流了,到现在,我以为这些老玩意,也只好骗骗极端老实人。连闹这些玩意儿的人们自己尚且未必信,更何况所谓坏人们。得罪人要受报应,平平常常,并不见得怎样奇特,有时说些宛转的话,是姑且客气客气的,何尝想借此免于下地狱。这是无法可想的,在我们不从容的人们的世界中,实在没那许多工夫来摆臭绅士的臭架子了,要做就做,与其说明年喝酒,不如立刻喝水;待廿一世纪的剖拨戮尸,倒不如马上就给他一个嘴巴。至于将来,自有后起的人们,决不是现在人即将来所谓古人的世界,如果还是现在的世界,中国就会完!

一九二六年一月十四日

---

① 投畀(bì)豺虎:原指那种好撺弄是非的人,要把他扔出去喂豺狼虎豹。

古书与白话

记得提倡白话那时，受了许多谣诼诬谤，而白话终于没有跌倒的时候，就有些人改口说：然而不读古书，白话是做不好的。我们自然应该曲谅这些保古家的苦心，但也不能不悯笑他们这祖传的成法。凡有读过一点古书的人都有这一种老手段：新起的思想，就是"异端"，必须歼灭的，待到它奋斗之后，自己站住了，这才寻出它原来与"圣教同源"；外来的事物，都要"用夷变夏①"，必须排除的，但待到这"夷"入主中夏，却考订出来了，原来连这"夷"也还是黄帝的子孙。这岂非出人意料之外的事呢？无论什么，在我们的"古"里竟无不包函了！

用老手段的自然不会长进，到现在仍是说非"读破几百卷书者"即做不出好白话文，于是硬拉吴稚晖先生为例。可是竟又会有"肉麻当有趣"，述说得津津有味的，天下事真是千奇百怪。其实吴先生的"用讲话体为文"，即"其貌"也何尝与"黄口小儿所作若同"。不是"纵笔所之，辄万数千言"么？其中自然有古典，为"黄口小儿"所不知，尤有新典，为"束发小生"所不晓。清光绪末，我初到日本东京时，这位吴稚晖先生已在和公使蔡钧大战了②，其战史就有这么长，则见闻之多，自然非现在的"黄口小儿"所能企及。所以他的遣辞用典，有许多地方是惟

---

① 用夷变夏：出自《孟子·滕文公》："吾闻用夏变夷者，未闻变于夷者也。"这里指用外来文化同化中国的意思。

② 1902 年夏，我国留日自费学生九人志愿入成城学校，但当时驻日公使蔡钧拒绝保送，于是包括吴稚晖在内的留日学生 20 余人前往公使馆交涉，双方因而发生争执。

独熟于大小故事的人物才能够了然,从青年看来,第一是惊异于那文辞的滂沛。这或者就是名流学者们所认为长处的罢,但是,那生命却不在于此。甚至于竟和名流学者们所拉拢恭维的相反,而在自己并不故意显出长处,也无法灭去名流学者们的所谓长处;只将所说所写,作为改革道中的桥梁,或者竟并不想到作为改革道中的桥梁。

愈是无聊赖,没出息的脚色,愈想长寿,想不朽,愈喜欢多照自己的照相,愈要占据别人的心,愈善于摆臭架子。但是,似乎"下意识"里,究竟也觉得自己之无聊的罢,便只好将还未朽尽的"古"一口咬住,希图做着肠子里的寄生虫,一同传世;或者在白话文之类里找出一点古气,反过来替古董增加宠荣。如果"不朽之大业"不过这样,那未免太可怜了罢。而且,到了二九二五年,"黄口小儿"们还要看什么《甲寅》之流,也未免过于可惨罢,即使它"自从孤桐先生下台之后……也渐渐的有了生气了"。

菲薄古书者,惟读过古书者最有力,这是的确的。因为他洞知弊病,能"以子之矛攻子之盾",正如要说明吸雅片的弊害,大概惟吸过雅片者最为深知,最为痛切一般。但即使"束发小生",也何至于说,要做戒绝雅片的文章,也得先吸尽几百两雅片才好呢。

古文已经死掉了;白话文还是改革道上的桥梁,因为人类还在进化。便是文章,也未必独有万古不磨的典则。虽然据说美国的某处已经禁讲进化论了,但在实际上,恐怕也终于没有效的。

一九二六年一月二十五日

【评析:20世纪20年代中期,因五四新文化运动迅速崛起的白话文,已渐成文坛主流,但是一些从旧营垒里发出的夸饰文言同时贬低白话的论调,依旧不绝于耳。对此,一向为推动白话文进程而大声疾呼并身体力行的鲁迅,给予严厉回击。他指出:"古文已经死掉了;白话文还是改革道上的桥梁,因为人类还在进化。"】

一点比喻[①]

在我的故乡不大通行吃羊肉,阖城里,每天大约不过杀几匹山羊。北京真是人海,情形可大不相同了,单是羊肉铺就触目皆是。雪白的群羊也常常满街走,但都是胡羊,在我们那里称绵羊的。山羊很少见;听说这在北京却颇名贵了,因为比胡羊聪明,能够率领羊群,悉依它的进止,所以畜牧家虽然偶而养几匹,却只用作胡羊们的领导,并不杀掉它。

这样的山羊我只见过一回,确是走在一群胡羊的前面,脖子上还挂着一个小铃铎,作为智识阶级的徽章。通常,领的赶的却多是牧人,胡羊们便成了一长串,挨挨挤挤,浩浩荡荡,凝着柔顺有余的眼色,跟定他匆匆地竞奔它们的前程。我看见这种认真的忙迫的情形时,心里总想开口向它们发一句愚不可及的疑问——

"往那里去?!"

人群中也很有这样的山羊,能领了群众稳妥平静地走去,直到他们应该走到的所在。袁世凯明白一点这种事,可惜用得不大巧,大概因为他是不很读书的,所以也就难于熟悉运用那些的奥妙。后来的武人可更蠢了,只会自己乱打乱割,乱得哀号之声,洋洋盈耳,结果是除了残虐百姓之外,还加上轻视学问,荒废教育的恶名。然而"经一事,长一智",二十世纪已过了四分之一,脖子上挂着小

---

① 发表于1926年2月的《莽原》。

铃铎的聪明人是总要交到红运的,虽然现在表面上还不免有些小挫折。

那时候,人们,尤其是青年,就都循规蹈矩,既不嚣张,也不浮动,一心向着"正路"前进了,只要没有人问——

"往那里去?!"

君子若曰:"羊总是羊,不成了一长串顺从地走,还有什么别的法子呢?君不见夫猪乎?拖延着,逃着,喊着,奔突着,终于也还是被捉到非去不可的地方去,那些暴动,不过是空费力气而已矣。"

这是说:虽死也应该如羊,使天下太平,彼此省力。

这计划当然是很妥帖,大可佩服的。然而,君不见夫野猪乎?它以两个牙,使老猎人也不免于退避。这牙,只要猪脱出了牧豕奴所造的猪圈,走入山野,不久就会长出来。

Schopenhauer 先生曾将绅士们比作豪猪,我想,这实在有些失体统。但在他,自然是并没有什么别的恶意的,不过拉扯来作一个比喻。《Parerga und Paralipomena》①里有着这样意思的话:有一群豪猪,在冬天想用了大家的体温来御寒冷,紧靠起来了,但它们彼此即刻又觉得刺的疼痛,于是乎又离开。然而温暖的必要,再使它们靠近时,却又吃了照样的苦。但它们在这两种困难中,终于发见了彼此之间的适宜的间隔,以这距离,它们能够过得最平安。人们因为社交的要求,聚在一处,又因为各有可厌的许多性质和难堪的缺陷,再使他们分离。他们最后所发见的距离——使他们得以聚在一处的中庸的距离,就是"礼让"和"上流的风习"。有不守这距

---

① 《Parerga und Paralipomena》:《附录和补遗》,叔本华 1851 年出版的一本文集。

离的,在英国就这样叫,"Keep your distance①!"

但即使这样叫,恐怕也只能在豪猪和豪猪之间才有效力罢,因为它们彼此的守着距离,原因是在于痛而不在于叫的。假使豪猪们中夹着一个别的,并没有刺,则无论怎么叫,它们总还是挤过来。孔子说:礼不下庶人。照现在的情形看,该是并非庶人不得接近豪猪,却是豪猪可以任意刺着庶人而取得温暖。受伤是当然要受伤的,但这也只能怪你自己独独没有刺,不足以让他守定适当的距离。孔子又说:刑不上大夫。这就又难怪人们的要做绅士。

这些豪猪们,自然也可以用牙角或棍棒来抵御的,但至少必须拼出背一条豪猪社会所制定的罪名:"下流"或"无礼"。

一九二六年一月二十五日

【评析:本文指出一伙买办资产阶层的人所谓的"指导""青年",不过是像走在羊群里的山羊一样,脖子上挂着一个代表知识阶级徽章的小铃铎,力图将青年引向死路。还辛辣地讽刺了统治阶级的上统社会的"风习",好像豪猪一样,彼此间保持一定的距离,而对人民则总是进攻的。】

送灶日漫笔

坐听着远远近近的爆竹声,知道灶君先生们都在陆续上天,向玉皇大帝讲他的东家的坏话去了,但是他大概终于没有讲,否则,中国人一定比现在要更倒楣。

---

① Keep your distance:英语,保持你的距离。即不要太亲近的意思。

灶君升天①的那日，街上还卖着一种糖，有柑子那么大小，在我们那里也有这东西，然而扁的，像一个厚厚的小烙饼。那就是所谓"胶牙饧"了。本意是在请灶君吃了，粘住他的牙，使他不能调嘴学舌，对玉帝说坏话。我们中国人意中的神鬼，似乎比活人要老实些，所以对鬼神要用这样的强硬手段，而于活人却只好请吃饭。

今之君子往往讳言吃饭，尤其是请吃饭。那自然是无足怪的，的确不大好听。只是北京的饭店那么多，饭局那么多，莫非都在食蛤蜊，谈风月，"酒酣耳热而歌呜呜"么？不尽然的，的确也有许多"公论"从这些地方播种，只因为公论和请帖之间看不出蛛丝马迹，所以议论便堂哉皇哉了。但我的意见，却以为还是酒后的公论有情。人非木石，岂能一味谈理，碍于情面而偏过去了，在这里正有着人气息。况且中国是一向重情面的。何谓情面？明朝就有人解释过，曰："情面者，面情之谓也。"自然不知道他说什么，但也就可以懂得他说什么。在现今的世上，要有不偏不倚的公论，本来是一种梦想；即使是饭后的公评，酒后的宏议，也何尝不可姑妄听之呢。然而，倘以为那是真正老牌的公论，却一定上当——但这也不能独归罪于公论家，社会上风行请吃饭而讳言请吃饭，使人们不得不虚假，那自然也应该分任其咎的。

记得好几年前，是"兵谏"之后，有枪阶级专喜欢在天津会议的时候，有一个青年愤愤地告诉我道：他们那里是会议呢，在酒席上，在赌桌上，带着说几句就决定了。他就是受了"公论不发源于酒饭

① 灶君升天：旧俗以夏历十二月二十三日为灶神升天的日子，据说灶王爷回到天界会将所待人家一年的所作所为禀报玉皇大帝。

161

说"之骗的一个,所以永远是愤然,殊不知他那理想中的情形,怕要到二九二五年才会出现呢,或者竟许到三九二五年。

然而不以酒饭为重的老实人,却是的确也有的,要不然,中国自然还要坏。有些会议,从午后二时起,讨论问题,研究章程,此间彼难,风起云涌,一直到七八点,大家就无端觉得有些焦躁不安,脾气愈大了,议论愈纠纷了,章程愈渺茫了,虽说我们到讨论完毕后才散罢,但终于一哄而散,无结果。这就是轻视了吃饭的报应,六七点钟时分的焦躁不安,就是肚子对于本身和别人的警告,而大家误信了吃饭与讲公理无关的妖言,毫不瞅睬,所以肚子就使你演说也没精采,宣言也——连草稿都没有。

但我并不说凡有一点事情,总得到什么太平湖饭店,撷英番菜馆之类里去开大宴;我于那些店里都没有股本,犯不上替他们来拉主顾,人们也不见得都有这么多的钱。我不过说,发议论和请吃饭,现在还是有关系的;请吃饭之于发议论,现在也还是有益处的;虽然,这也是人情之常,无足深怪的。

顺便还要给热心而老实的青年们进一个忠告,就是没酒没饭的开会,时候不要开得太长,倘若时候已晚了,那么,买几个烧饼来吃了再说。这么一办,总可以比空着肚子的讨论容易有结果,容易得收场。

胶牙饧的强硬办法,用在灶君身上我不管它怎样,用之于活人是不大好的。倘是活人,莫妙于给他醉饱一次,使他自己不开口,却不是胶住他。中国人对人的手段颇高明,对鬼神却总有些特别,二十三夜的捉弄灶君即其一例,但说起来也奇怪,灶君竟至于到了现在,还仿佛没有省悟似的。

道士们的对付"三尸神①"，可是更利害了。我也没有做过道士，详细是不知道的，但据"耳食之言"，则道士们以为人身中有三尸神，到有一日，便乘人熟睡时，偷偷地上天去奏本身的过恶。这实在是人体本身中的奸细，《封神传演义》常说的"三尸神暴躁，七窍生烟"的三尸神，也就是这东西。但据说要抵制他却不难，因为他上天的日子是有一定的，只要这一日不睡觉，他便无隙可乘，只好将过恶都放在肚子里，再看明年的机会了。连胶牙饧都没得吃，他实在比灶君还不幸，值得同情。

三尸神不上天，罪状都放在肚子里；灶君虽上天，满嘴是糖，在玉皇大帝面前含含胡胡地说了一通，又下来了。对于下界的情形，玉皇大帝一点也听不懂，一点也不知道，于是我们今年当然还是一切照旧，天下太平。

我们中国人对于鬼神也有这样的手段。

我们中国人虽然敬信鬼神；却以为鬼神总比人们傻，所以就用了特别的方法来处治他。至于对人，那自然是不同的了，但还是用了特别的方法来处治，只是不肯说；你一说，据说你就是卑视了他了。诚然，自以为看穿了的话，有时也的确反不免于浅薄。

一九二六年二月五日

【评析：在《送灶日漫笔》里，鲁迅讲述送灶君的民俗，往大里说，关涉中国人的信仰问题；往小里说，譬如"吃""开会"与"情面"，言及中国人的人际交往现象，都颇有意味。

鲁迅言及"吃"与"公论"，许多"公论"就从酒桌上播种。酒后"公论"自有情，却大抵不靠谱的。

中国人捉弄了灶君千百年，"但说起来也奇怪，灶君竟至于到

---

① 三尸神：道教称在人体内捣乱的"神"。

了现在,还仿佛没有省悟似的";"对于下界的情形,玉皇大帝一点也听不懂,一点也不知道,于是我们今年当然还是一切照旧,天下太平。"其实,灶君未必这么呆傻,玉帝也未必这么糊涂,人更不用说。

祭灶,也就是图一吉祥图一乐。民俗中自有其道,你一年里做了什么事,神都知道,做人还是要善良,这就够了。什么都看破,就一点情趣也没有了。】

谈皇帝

中国人的对付鬼神,凶恶的是奉承,如瘟神和火神之类,老实一点的就要欺侮,例如对于土地或灶君。待遇皇帝也有类似的意思。君民本是同一民族,乱世时"成则为王败则为贼",平常是一个照例做皇帝,许多个照例做平民;两者之间,思想本没有什么大差别。所以皇帝和大臣有"愚民政策",百姓们也自有其"愚君政策"。

往昔的我家,曾有一个老仆妇,告诉过我她所知道,而且相信的对付皇帝的方法。她说——

> 皇帝是很可怕的。他坐在龙位上,一不高兴,就要杀人;不容易对付的。所以吃的东西也不能随便给他吃,倘是不容易办到的,他吃了又要,一时办不到——譬如他冬天想到瓜,秋天要吃桃子,办不到,他就生气,杀人了。现在是一年到头给他吃波菜,一要就有,毫不为难。但是倘说是波菜,他又要生气的,因为这是便宜货,所以大家对他就不称为波菜,另外起一个名字,叫作"红嘴绿鹦哥"。

在我的故乡,是通年有波菜的,根很红,正如鹦哥的嘴一样。这样的连愚妇人看来,也是呆不可言的皇帝,似乎大可以不要了。然而并不,她以为要有的,而且应该听凭他作威作福。至于用处,仿佛在靠他来镇压比自己更强梁的别人,所以随便杀人,正是非备不可的要件。然而倘使自己遇到,且须侍奉呢?可又觉得有些危险了,因此只好又将他练成傻子,终年耐心地专吃着"红嘴绿鹦哥"。

其实利用了他的名位,"挟天子以令诸侯"的,和我那老仆妇的意思和方法都相同,不过一则又要他弱,一则又要他愚。儒家的靠了"圣君"来行道也就是这玩意,因为要"靠",所以要他威重,位高;因为要便于操纵,所以又要他颇老实,听话。

皇帝一自觉自己的无上威权,这就难办了。既然"普天之下,莫非皇土",他就胡闹起来,还说是"自我得之,自我失之,我又何恨"哩!于是圣人之徒也只好请他吃"红嘴绿鹦哥"了,这就是所谓"天"。据说天子的行事,是都应该体帖天意,不能胡闹的;而这"天意"也者,又偏只有儒者们知道着。

这样,就决定了:要做皇帝就非请教他们不可。

然而不安分的皇帝又胡闹起来了。你对他说"天"么,他却道,"我生不有命在天?!"岂但不仰体上天之意而已,还逆天,背天,"射天①,简直将国家闹完,使靠天吃饭的圣贤君子们,哭不得,也笑不得。

于是乎他们只好去著书立说,将他骂一通,豫计百年之后,即身殁之后,大行于时,自以为这就了不得。

但那些书上,至多就只记着"愚民政策"和"愚君政策"全都不成功。

---

① 史传某些暴君常用革囊盛血,悬而射之,以示威武。后借以指暴虐和叛乱行为。

【评析:鲁迅在文章里议论的"愚君政策",一直不曾为中国正统的历史学家们提及。然而大量历史事实都可以说明,这的确是中国古代普遍存在的现象。如今的人们很少不知道"指鹿为马"的故事。中国史上第二位皇帝,秦二世胡亥,就是被赵高愚弄,如同天下头一号的傻瓜。自汉武帝以后,历代的皇帝们似乎都遵循这样一则规律,即从开国之君以后的第三代往下,皇帝便由平庸走向昏庸、孱弱。这种结果显然与他们所接受的教育的目的完全相悖。】

空　谈

一

请愿的事,我一向就不以为然的,但并非因为怕有三月十八日那样的惨杀①。那样的惨杀,我实在没有梦想到,虽然我向来常以"刀笔吏"的意思来窥测我们中国人。我只知道他们麻木,没有良心,不足与言,而况是请愿,而况又是徒手,却没有料到有这么阴毒与凶残。能逆料的,大概只有段祺瑞,贾德耀,章士钊和他们的同类罢。四十七个男女青年的生命,完全是被骗去的,简直是诱杀。

有些东西——我称之为什么呢。我想不出——说:群众领袖应负道义上的责任。这些东西仿佛就承认了对徒手群众应该开

---

① 指三·一八惨案,段祺瑞临时政府未能妥善处理八国公使的"最后通牒",愤怒的群众冲击执政府,导致包括两名便衣警察,一名卫兵在内的47人死亡。

枪,执政府前原是"死地",死者就如自投罗网一般。群众领袖本没有和段祺瑞等辈心心相印,也未曾互相钩通,怎么能够料到这阴险的辣手。这样的辣手,只要略有人气者,是万万豫想不到的。

我以为倘要锻炼群众领袖的错处,只有两点:一是还以请愿为有用;二是将对手看得太好了。

二

但以上也仍然是事后的话。我想,当这事实没有发生以前,恐怕谁也不会料到要演这般的惨剧,至多,也不过获得照例的徒劳罢了。只有有学问的聪明人能够先料到,承认凡请愿就是送死。

陈源教授的《闲话》说:"我们要是劝告女志士们,以后少加入群众运动,她们一定要说我们轻视她们,所以我们也不敢来多嘴。可是对于未成年的男女孩童,我们不能不希望他们以后不再参加任何运动。"(《现代评论》六十八)为什么呢?因为参加各种运动,是甚至于像这次一样,要"冒枪林弹雨的险,受践踏死伤之苦"的。

这次用了四十七条性命,只购得一种见识:本国的执政府前是"枪林弹雨"的地方,要去送死,应该待到成年,出于自愿的才是。

我以为"女志士"和"未成年的男女孩童",参加学校运动会,大概倒还不至于有很大的危险的。至于"枪林弹雨"中的请愿,则虽是成年的男志士们,也应该切切记住,从此罢休!

看现在竟如何。不过多了几篇诗文,多了若干谈助。几个名人和什么当局者在接洽葬地,由大请愿改为小请愿了。埋葬自然是最妥当的收场。然而很奇怪,仿佛这四十七个死者,是因为怕老来死后无处埋葬,特来挣一点官地似的。万生园多么近,而四烈士坟前还有三块墓碑不镌一字,更何况僻远如圆明园。

死者倘不埋在活人的心中,那就真真死掉了。

三

改革自然常不免于流血,但流血非即等于改革。血的应用,正如金钱一般,吝啬固然是不行的,浪费也大大的失算。我对于这回的牺牲者,非常觉得哀伤。

但愿这样的请愿,从此停止就好。

请愿虽然是无论那一国度里常有的事,不至于死的事,但我们已经知道中国是例外,除非你能将"枪林弹雨"消除。正规的战法,也必须对手是英雄才适用。汉末总算还是人心很古的时候罢,恕我引一个小说上的典故:许褚赤体上阵,也就很中了好几箭。而金圣叹还笑他道:"谁叫你赤膊?"

至于现在似的发明了许多火器的时代,交兵就都用壕堑战。这并非吝惜生命,乃是不肯虚掷生命,因为战士的生命是宝贵的。在战士不多的地方,这生命就愈宝贵。所谓宝贵者,并非"珍藏于家",乃是要以小本钱换得极大的利息,至少,也必须卖买相当。以血的洪流淹死一个敌人,以同胞的尸体填满一个缺陷,已经是陈腐的话了。从最新的战术的眼光看起来,这是多么大的损失。

这回死者的遗给后来的功德,是在撕去了许多东西的人相,露出那出于意料之外的阴毒的心,教给继续战斗者以别种方法的战斗。

一九二六年四月二日

【评析:在鲁迅先生《空谈》这篇文章,一方面在谴责那些别有用心的敌人,利用学生那种好胜的心态,去政府门前请愿,然后就对这些手无寸铁的学生进行诱杀,这样的套路,是反人类的;另一方面,陈西滢教授对此发表言论,说这样的集会不要再去参加,这简直就是在逃避现实,而不是正视问题;最后再说出自己的结论,如果维持正义是靠牺牲人多,这是不可取的,因为每一个人都是生命,哪怕战斗也要讲究实力的对等,如果实力太过悬殊对自己不利的时候,就等待时机,这个才是正确的。当然,鲁迅先生认为,这些都是事后诸葛亮,所以都是空谈,最重要的是从这件事吸取教训,而不是过后就忘了,然后再犯同样的错误。】

鲁迅生活随笔精选

随感录二十五

我一直从前曾见严又陵①在一本什么书上发过议论,书名和原文都忘记了。大意是:"在北京道上,看见许多孩子,辗转于车轮马足之间,很怕把他们碰死了,又想起他们将来怎样得了,很是害怕。"其实别的地方,也都如此,不过车马多少不同罢了。现在到了北京,这情形还未改变,我也时时发起这样的忧虑;一面又佩服严又陵究竟是"做"过赫胥黎《天演论》的,的确与众不同:是一个十九世纪末年中国感觉敏锐的人。

穷人的孩子蓬头垢面的在街上转,阔人的孩子妖形妖势娇声娇气的在家里转。转得大了,都昏天黑地的在社会上转,同他们的父亲一样,或者还不如。

所以看十来岁的孩子,便可以逆料二十年后中国的情形;看二十多岁的青年——他们大抵有了孩子,尊为爹爹了——便可以推测他儿子孙子,晓得五十年后七十年后中国的情形。

中国的孩子,只要生,不管他好不好,只要多,不管他才不才。生他的人,不负教他的责任。虽然"人口众多"这一句话,很可以闭

---

① 严又陵(1858—1921):名复,字又陵,又字几道,福建闽侯(今属福州)人,清末启蒙思想家、翻译家。先后翻译了英国赫胥黎(T. H. Huxley)的《天演论》,亚当·斯密(A. Smith)的《原富》,法国孟德斯鸠(C. L. Montesquieu)的《法意》等书,对当时中国思想界影响很大。

了眼睛自负，然而这许多人口，便只在尘土中辗转，小的时候，不把他当人，大了以后，也做不了人。

中国娶妻早是福气，儿子多也是福气。所有小孩，只是他父母福气的材料，并非将来的"人"的萌芽，所以随便辗转，没人管他，因为无论如何，数目和材料的资格，总还存在。即使偶尔送进学堂，然而社会和家庭的习惯，尊长和伴侣的脾气，却多与教育反背，仍然使他与新时代不合。大了以后，幸而生存，也不过"仍旧贯如之何""仍旧贯如之何"①，照例是制造孩子的家伙，不是"人"的父亲，他生了孩子，便仍然不是"人"的萌芽。

最看不起女人的奥国人华宁该尔（Otto Weininger）曾把女人分成两大类：一是"母妇"，一是"娼妇"。照这分法，男人便也可以分作"父男"和"嫖男"两类了。但这父男一类，却又可以分成两种：其一是孩子之父，其一是"人"之父。第一种只会生，不会教，还带点嫖男的气息。第二种是生了孩子，还要想怎样教育，才能使这生下来的孩子，将来成一个完全的人。

前清末年，某省初开师范学堂的时候，有一位老先生听了，很为诧异，便发愤说，"师何以还须受教，如此看来，还该有父范学堂了！"这位老先生，便以为父的资格，只要能生。能生这件事，自然便会，何须受教呢。却不知中国现在，必须父范学堂；这位先生便须编入初等第一年级。

因为我们中国所多的是孩子之父，所以以后是只要"人"之父！

本篇最初发表于一九一八年九月十五日
北京《新青年》第 5 卷第 3 号，署名唐俟

---

① 语见《论语·先进》："鲁人为长府，闵子骞曰：'仍旧贯，如之何？何必改作！'"

我们现在怎样做父亲

我作这一篇文的本意，其实是想研究怎样改革家庭；又因为中国亲权重，父权更重，所以尤想对于从来认为神圣不可侵犯的父子问题，发表一点意见。总而言之：只是革命要革到老子身上罢了。但何以大模大样，用了这九个字的题目呢？这有两个理由：

第一，中国的"圣人之徒"，最恨人动摇他的两样东西。一样不必说，也与我辈绝不相干；一样便是他的伦常，我辈却不免偶然发几句议论，所以株连牵扯，很得了许多"铲伦常""禽兽行"之类的恶名。他们以为父对于子，有绝对的权力和威严；若是老子说话，当然无所不可；儿子有话，却在未说之前早已错了。但祖父子孙，本来个个都只是生命的桥梁的一级，绝不是固定不易的。现在的子，便是将来的父，也便是将来的祖。我知道我辈和读者，若不是现任之父，也一定是候补之父，而且也都有做祖宗的希望，所差只在一个时间。为想省却许多麻烦起见，我们便该无须客气，尽可先行占住了上风，摆出父亲的尊严，谈谈我们和我们子女的事；不但将来着手实行，可以减少困难，在中国也顺理成章，免得"圣人之徒"听了害怕，总算是一举两得之至的事了。所以说，"我们怎样做父亲"。

第二，对于家庭问题，我在《新青年》的《随感录》（二五，四十，四九）中，曾经略略说及，总括大意，便只是从我们起，解放了后来的人。论到解放子女，本是极平常的事，当然不必有什么讨论。但中国的老年，中了旧习惯旧思想的毒太深了，决定悟不过来。譬如早晨听到乌鸦叫，少年毫不介意，迷信的老人，却总须颓唐半天。虽然很可怜，然而也无法可救。没有法，便只能先从觉醒的人开手，各自解放了自己的孩子。自己背着因袭的重担，肩住了黑暗的闸门，放他们到宽阔光明的地方去；此后幸福的度日，合理的做人。

　　还有，我曾经说，自己并非创作者，便在上海报纸的《新教训》里，挨了一顿骂。但我辈评论事情，总须先评论了自己，不要冒充，才能像一篇说话，对得起自己和别人。我自己知道，不特并非创作者，并且也不是真理的发现者。凡有所说所写，只是就平日见闻的事理里面，取了一点心以为然的道理；至于终极究竟的事，却不能知。便是对于数年以后的学说的进步和变迁，也说不出会到如何地步，单相信比现在总该还有进步还有变迁罢了。所以说，"我们现在怎样做父亲。"

　　我现在心以为然的道理，极其简单。便是依据生物界的现象，一，要保存生命；二，要延续这生命；三，要发展这生命（就是进化）。生物都这样做，父亲也就是这样做。

　　生命的价值和生命价值的高下，现在可以不论。单照常识判断，便知道既是生物，第一要紧的自然是生命。因为生物之所以为生物，全在有这生命，否则失了生物的意义。生物为保存生命起见，具有种种本能，最显著的是食欲。因有食欲才摄取食品，因有食品才发生温热，保存了生命。但生物的个体，总免不了老衰和死亡，为继续生命起见，又有一种本能，便是性欲。因性欲才有性交，因有性交才发生苗裔，继续了生命。所以食欲是保存自己，保存现在生命的事；性欲是保存后裔，保存永久生命的事。饮食并非罪恶，并非不净；性交也就并非罪恶，并非不净。饮食的结果，养活了自己，对于自己没有恩；性交的结果，生出子女，对于子女当然也算不了恩——前前后后，都向生命的长途走去，仅有先后的不同，分不出谁受谁的恩典。

　　可惜的是中国的旧见解，竟与这道理完全相反。夫妇是"人伦之中"，却说是"人伦之始"；性交是常事，却以为不净；生育也是常事，却以为天大的大功。人人对于婚姻，大抵先夹带着不净的思想。亲戚朋友有许多戏谑,自己也有许多羞涩,直到生了孩子,还是躲躲闪闪,怕敢声明;独有对于孩子,却威严十足。这种行径,简直可以说是和偷了钱发迹的财主,不相上下了。我并不是说——如他们攻击者所意想的——人类的性交也应如别种动物,随便举行;或如无耻流氓,专做些下流举动,自鸣得意。是说,此后觉醒的人,应该先洗净了东方固有的不净思想,再纯洁明白一些,了解夫妇是伴侣,是共同劳动者,又是新生命创造者的意义。所生的子女,固然是受领新生命的人,但他也不永久占领,将来还要交付子女,像他们的父母一般。只是前前后后,都做一个过付的经手人罢了。

生命何以必须继续呢？就是因为要发展,要进化。个体既然免不了死亡,进化又毫无止境,所以只能延续着,在这进化的路上走。走这路须有一种内的努力,有如单细胞动物有内的努力,积久才会繁复,无脊椎动物有内的努力,积久才会发生脊椎。所以后起的生命,总比以前的更有意义,更近完全,因此也更有价值,更可宝贵;前者的生命,应该牺牲于他。

但可惜的是中国的旧见解,又恰恰与这道理完全相反。本位应在幼者,却反在长者;置重应在将来,却反在过去。前者做了更前者的牺牲,自己无力生存,却苛责后者又来专做他的牺牲,毁灭了一切发展本身的能力。我也不是说——如他们攻击者所意想的——孙子理应终日痛打他的祖父,女儿必须时时咒骂他的亲娘。是说,此后觉醒的人,应该先洗净了东方古传的谬误思想,对于子女,义务思想须加多,而权利思想却大可切实核减,以准备改作幼者本位的道德。况且幼者受了权利,也并非永久占有,将来还要对于他们的幼者,仍尽义务。只是前前后后,都做一切过付的经手人罢了。

"父子间没有什么恩"这一个断语,实是招致"圣人之徒"面红耳赤的一大原因。他们的误点，便在长者本位与利己思想，权利思想很重，义务思想和责任心却很轻。以为父子关系，只需"父兮生我"一件事，幼者的全部，便应为长者所有。尤其堕落的，是因此责望报偿，以为幼者的全部，理该做长者的牺牲。殊不知自然界的安排，却件件与这要求反对，我们从古以来，逆天行事，于是人的能力，十分萎缩，社会的进步，也就跟着停顿。我们虽不能说停顿便要灭亡，但较之进步，总是停顿与灭亡的路相近。

自然界的安排，虽不免也有缺点，但结合长幼的方法，却并无错误。他并不用"恩"，却给与生物以一种天性，我们称他为"爱"。动物界中除了生子数目太多——爱不周到的如鱼类之外，总是挚爱他的幼子，不但绝无利益心情，甚或至于牺牲了自己，让他的将来的生命，去上那发展的长途。

人类也不外此，欧美家庭，大抵以幼者弱者为本位，便是最合于这生物学的真理的办法。便在中国，只要心思纯白，未曾经过"圣人之徒"作践的人，也都自然而然的能发现这一种天性。例如一个村妇哺乳婴儿的时候，决不想到自己正在施恩；一个农夫娶妻的时候，也决不以为将要放债。只是有了子女，即天然相爱，愿他生存；更进一步的，便还要愿他比自己更好，就是进化。这离绝了交换关系利害关系的爱，便是人伦的索子，便是所谓"纲"。倘如旧说，抹煞了"爱"，一味说"恩"，又因此责望报偿，那便不但败坏了父子间的道德，而且也大反于做父母的实际的真情，播下乖刺的种子。有人做了乐府，说是"劝孝"，大意是什么"儿子上学堂，母亲在家磨杏仁，预备回来给他喝，你还不孝么"之类，自以为"拼命卫道"。殊不知富翁的杏酪和穷人的豆浆，在爱情上价值同等，而其价值却正在父母当时并无求报的心思；否则变成买卖行为，虽然喝了杏酪，也不异"人乳喂猪"，无非要猪肉肥美，在人伦道德上，丝毫没有价值了。

所以我现在心以为然的，便只是"爱"。

无论何国何人，大都承认"爱己"是一件应当的事。这便是保存生命的要义，也就是继续生命的根基。因为将来的运命，早在现在决定，故父母的缺点，便是子孙灭亡的伏线，生命的危机。易卜生做的《群鬼》(有潘家洵君译本，载在《新潮》一卷五号)虽然重在男女问题，但我们也可以看出遗传的可怕。欧士华本是要生活，能创作的人，因为父亲的不检，先天得了病毒，中途不能做人了。他又很爱母亲，不忍劳他服侍，便藏着吗啡，想待发作时候，由使女瑞琴帮他吃下，毒杀了自己；可是瑞琴走了。他于是只好托他母亲了。

欧："母亲，现在应该你帮我的忙了。"

阿夫人："我吗？"

欧："谁能及得上你。"

阿夫人："我！你的母亲！"

欧："正为那个。"

阿夫人："我，生你的人！"

欧："我不曾教你生我。并且给我的是一种什么日子？我不要他！你拿回去罢！"

这一段描写，实在是我们做父亲的人应该震惊戒惧佩服的；决不能昧了良心，说儿子理应受罪。这种事情，中国也很多，只要在医院做事，便能时时看见先天梅毒性病儿的惨状；而且傲然的送来的，又大抵是他的父母。但可怕的遗传，并不只是梅毒；另外许多精神上体质上的缺点，也可以传之子孙，而且久而久之，连社会都蒙着影响。我们且不高谈人群，单为子女说，便可以说凡是不爱己的人，实在欠缺做父亲的资格。就令硬做了父亲，也不过如古代的草寇称王一般，万万算不了正统。将来学问发达，社会改造时，他

176

们侥幸留下的苗裔,恐怕总不免要妥善种学(Eugenics)①者的处置。

倘若现在父母并没有将什么精神上体质上的缺点交给子女,又不遇意外的事,子女便当然健康,总算已经达到了继续生命的目的。但父母的责任还没有完,因为生命虽然继续了,却是停顿不得,所以还须教这新生命去发展。凡动物较高等的,对于幼雏,除了养育保护以外,往往还教他们生存上必需的本领。例如飞禽便教飞翔,鸷兽便教搏击。人类更高几等,便也有愿意子孙更进一层的天性。这也是爱,上文所说的是对于现在,这是对于将来。只要思想未遭锢蔽的人,谁也喜欢子女比自己更强,更健康,更聪明高尚——更幸福;就是超越了自己,超越了过去。超越便须改变,所以子孙对于祖先的事,应该改变,"三年无改于父之道可谓孝矣",当然是曲说,是退婴的病根。假使古代的单细胞动物,也遵着这教训,那便永远不敢分裂繁复,世界上再也不会有人类了。

幸而这一类教训,虽然害过许多人,却还未能完全扫尽了一切人的天性。没有读过"圣贤书"的人,还能将这天性在名教的斧钺底下,时时流露,时时萌蘖;这便是中国人虽然凋落萎缩,却未灭绝的原因。

所以觉醒的人,此后应将这天性的爱,更加扩张,更加醇化;用无我的爱,自己牺牲于后起新人。开宗第一,便是理解。往昔的欧人对于孩子的误解,是以为成人的预备;中国人的误解,是以为缩小的成人。直到近来,经过许多学者的研究,才知道孩子的世界,与成人截然不同;倘不先行理解,一味蛮做,便大碍于孩子的发达。所以一切设施,都应该以孩子为本位,日本近来,觉悟的也很不少;对于儿童的设施,研究儿童的事业,都非常兴盛了。第二,便是指

_____

① 善种学即伏生学,是英国高尔顿在 1883 年提出的"改良人种"的学说。

177

导。时势既有改变，生活也必须进化；所以后起的人物，一定尤异于前，决不能用同一模型，无理嵌定。长者须是指导者协商者，却不该是命令者。不但不该责幼者供奉自己；而且还须用全副精神，专为他们自己，养成他们有耐劳作的体力，纯洁高尚的道德，广博自由能容纳新潮流的精神，也就是能在世界新潮流中游泳，不被淹没的力量。第三，便是解放。子女是即我非我的人，但既已分立，也便是人类中的人。因为即我，所以更应该尽教育的义务，交给他们自立的能力；因为非我，所以也应同时解放，全部为他们自己所有，成一个独立的人。

这样，便是父母对于子女，应该健全的产生，尽力的教育，完全的解放。

但有人会怕，仿佛父母从此以后，一无所有，无聊之极了。这种空虚的恐怖和无聊的感想，也即从谬误的旧思想发生；倘明白了生物学的真理，自然便会消灭。但要做解放子女的父母，也应预备一种能力。便是自己虽然已经带着过去的色彩，却不失独立的本领和精神，有广博的趣味，高尚的娱乐。要幸福么？连你的将来的生命都幸福了。要"返老还童"，要"老复丁"么？子女便是"复丁"，都已独立而且更好了。这才是完了长者的任务，得了人生的慰安。倘若思想本领，样样照旧，专以"勃豀"①为业，行辈自豪，那便自然免不了空虚无聊的苦痛。

或者又怕，解放之后，父子间要疏隔了。欧美的家庭，专制不及中国，早已大家知道；往者虽有人比之禽兽，现在却连"卫道"的圣徒，也曾替他们辩护，说并无"逆子叛弟"了。因此可知：惟其解放，所以相亲；惟其没有"拘挛"子弟的父兄，所以也没有反抗"拘挛"的"逆子叛弟"。若威逼利诱，便无论如何，决不能有"万年有道

---

① "勃豀"指婆媳争吵。

之长"。例便如我中国,汉有举孝,唐有孝悌力田科,清末也还有孝廉方正,都能换到官做。父恩谕之于先,皇恩施之于后,然而割股的人物,究属寥寥。足可证明中国的旧学说旧手段,实在从古以来,并无良效,无非使坏人增长些虚伪,好人无端的多受些人我都无利益的苦痛罢了。

独有"爱"是真的。路粹引孔融说:"父之于子,当有何亲?论其本意,实为情欲发耳。子之于母,亦复奚为,譬如寄物瓶中,出则离矣。"(汉末的孔府上,很出过几个有特色的奇人,不像现在这般冷落,这话也许确是北海先生所说;只是攻击他的偏是路粹和曹操,教人发笑罢了。)虽然也是一种对于旧说的打击,但实于事理不合。因为父母生了子女,同时又有天性的爱,这爱又很深广很长久,不会即离。现在世界没有大同,相爱还有差等,子女对于父母,也便最爱,最关切,不会即离。所以疏隔一层,不劳多虑。至于一种例外的人,或者非爱所能勾连。但若爱力尚且不能勾连,那便任凭什么"恩威,名分,天经,地义"之类,更是勾连不住。

或者又怕,解放之后,长者要吃苦了。这事可分两层:第一,中国的社会,虽说"道德好",实际却太缺乏相爱相助的心思。便是"孝""烈"这类道德,也都是旁人毫不负责,一味收拾幼者弱者的方法。在这样社会中,不独老者难于生活,即解放的幼者,也难于生活。第二,中国的男女,大抵未老先衰,甚至不到二十岁,早已老态可掬,待到真实衰老,便更须别人扶持。所以我说,解放子女的父母,应该先有一番预备;而对于如此社会,尤应该改造,使他能适于合理的生活。许多人预备着,改造着,久而久之,自然可望实现了。单就别国的往时而言,斯宾塞未曾结婚,不闻他侘傺无聊;瓦特早没有了子女,也居然"寿终正寝",何况在将来,更何况有儿女的人呢?

或者又怕,解放之后,子女要吃苦了。这事也有两层,全如上文所说,不过一是因为老而无能,一是因为少不更事罢了。因此觉醒的人，愈觉有改造社会的任务。中国相传的成法，谬误很多：一种是锢闭，以为可以与社会隔离，不受影响。一种是教给他恶本领，以为如此才能在社会中生活。用这类方法的长者，虽然也含有继续生命的好意，但比照事理，却决定谬误。此外还有一种，是传授些周旋方法，教他们顺应社会。这与数年前讲"实用主义"的人，因为市上有假洋钱，便要在学校里遍教学生看洋钱的法子之类，同一错误。社会虽然不能不偶然顺应，但绝不是正当办法。因为社会不良，恶现象便很多，势不能一一顺应；倘都顺应了，又违反了合理的生活，倒走了进化的路。所以根本方法，只有改良社会。

就实际上说，中国旧理想的家族关系父子关系之类，其实早已崩溃。这也非"于今为烈"，正是"在昔已然"。历来都竭力表彰"五世同堂"，便足见实际上同居的为难；拼命的劝孝，也足见事实上孝子的缺少。而其原因，便全在一意提倡虚伪道德，蔑视了真的人情。我们试一翻大族的家谱，便知道始迁祖宗，大抵是单身迁居，成家立业；一到聚族而居，家谱出版，却已在零落的中途。况在将来，迷信破了，便没有哭竹，卧冰；医学发达了，也不必尝秽，割股。又因为经济关系，结婚不得不迟，生育因此也迟，或者子女才能自存，父母已经衰老，不及依赖他们供养，事实上也就是父母反尽了义务。世界潮流逼拶着，这样做的可以生存，不然的便都衰落；无非觉醒者多，加些人力，便危机可望较少就是了。

但既如上言，中国家庭，实际久已崩溃，并不如"圣人之徒"纸上的空谈，则何以至今依然如故，一无进步呢？这事很容易解答。第一，崩溃者自崩溃，纠缠者自纠缠，设立者又自设立；毫无戒心，也不想到改革，所以如故。第二，以前的家庭中间，本来常有勃豁，到了新名词流行之后，便都改称"革命"，然而其实也仍是讨嫖钱至于相骂，要赌本至于相打之类，与觉醒者的改革，截然两途。这一类自称"革命"的勃豁子弟，纯属旧式，待到自己有了子女，也决不解放;或者毫不管理,或者反要寻出《孝经》,勒令诵读,想他们"学于古训",都做牺牲。这只能全归旧道德旧习惯旧方法负责,生物学的真理决不能妄任其咎。

既如上言,生物为要进化,应该继续生命,那便"不孝有三无后为大",三妻四妾,也极合理了。这事也很容易解答。人类因为无后,绝了将来的生命,虽然不幸,但若用不正当的方法手段,苟延生命而害及人群,便该比一人无后,尤其"不孝"。因为现在的社会,一夫一妻制最为合理,而多妻主义,实能使人群堕落。堕落近于退化,与继续生命的目的,恰恰完全相反。无后只是灭绝了自己,退化状态的有后,便会毁到他人。人类总有些为他人牺牲自己的精神,而况生物自发生以来,交互关联,一人的血统,大抵总与他人有多少关系,不会完全灭绝。所以生物学的真理,决非多妻主义的护符。

总而言之,觉醒的父母,完全应该是义务的,利他的,牺牲的,很不易做;而在中国尤不易做。中国觉醒的人,为想随顺长者解放幼者,便须一面清结旧账,一面开辟新路。就是开首所说的"自己背着因袭的重担,肩住了黑暗的闸门,放他们到宽阔光明的地方去;此后幸福的度日,合理的做人。"这是一件极伟大的要紧的事,也是一件极困苦艰难的事。

但世间又有一类长者,不但不肯解放子女,并且不准子女解放他们自己的子女;就是并要孙子曾孙都做无谓的牺牲。这也是一个问题;而我是愿意平和的人,所以对于这问题,现在不能解答。

一九一九年十月
本篇最初发表于一九一九年十一月
《新青年》月刊第 6 卷第 6 号,署名唐俟

说胡须

今年夏天游了一回长安,一个多月之后,糊里糊涂地回来了。知道的朋友便问我:"你以为那边怎样?"我这才栗然地回想长安,记得看见很多的白杨,很大的石榴树,道中喝了不少的黄河水。然而这些又有什么可谈呢?我于是说:"没有什么怎样。"他于是废然而去了,我仍旧废然而住,自愧无以对"不耻下问"的朋友们。

今天喝茶之后,便看书,书上沾了一点水,我知道上唇的胡须又长起来了。假如翻一翻《康熙字典》,上唇的,下唇的,颊旁的,下巴上的各种胡须,大约都有特别的名号谥法的罢①,然而我没有这样闲情别致。总之是这胡子又长起来了,我又要照例的剪短他,先免得沾汤带水。于是寻出镜子,剪刀,动手就剪,其目的是在使他和上唇的上缘平齐,成一个隶书的一字。

我一面剪,一面却忽而记起长安,记起我的青年时代,发出连绵不断的感慨来。长安的事,已经不很记得清楚了,大约确乎是游历孔庙的时候,其中有一间房子,挂着许多印画,有李二曲②像,有历代帝王像,其中有一张是宋太祖或是什么宗,我也记不清楚了,总之是穿一件长袍,而胡子向上翘起的。于是一位名士就毅然决然地说:"这都是日本人假造的,你看这胡子就是日本式的胡子。"

诚然,他们的胡子确乎如此翘上,他们也未必不假造宋太祖或什么宗的画像,但假造中国皇帝的肖像而必须对了镜子,以自己的

---

① 《康熙字典》中各种胡须的名称是:上唇的叫"髭",颊旁的叫"髯"。

② 李二曲(1629—1705),名字中孚,号二曲,陕西周至人,清代理学家。著有《四书反身录》等。

胡子为法式,则其手段和思想之离奇,真可谓"出乎意表之外①"了。清乾隆中,黄易掘出汉武梁祠石刻画像来,男子的胡须多翘上;我们现在所见北魏至唐的佛教造像中的信士像②,凡有胡子的也多翘上,直到元明的画像,则胡子大抵受了地心的吸力作用,向下面拖下去了。日本人何其不惮烦,孳孳汲汲地造了这许多从汉到唐的假古董,来埋在中国的齐鲁燕晋秦陇巴蜀的深山邃谷废墟荒地里?

我以为拖下的胡子倒是蒙古式,是蒙古人带来的,然而我们的聪明的名士却当做国粹了。留学日本的学生因为恨日本,便神往于大元,说道"那时倘非天幸,这岛国早被我们灭掉了!"则认拖下的胡子为国粹亦无不可。然而又何以是黄帝的子孙?又何以说台湾人在福建打中国人是奴隶根性?

我当时就想争辩,但我即刻又不想争辩了。留学德国的爱国者 X 君——因为我忘记了他的名字,姑且以 X 代之——不是说我的毁谤中国,是因为娶了日本女人,所以替他们宣传本国的坏处么?我先前不过单举几样中国的缺点,尚且要带累"贱内"改了国籍,何况现在是有关日本的问题?好在即使宋太祖或什么宗的胡子蒙些不白之冤,也不至于就有洪水,就有地震,有什么大相干。我于是连连点头,说道:"嗡,嗡,对啦。"因为我实在比先前似乎油滑得多了——好了。

我剪下自己的胡子的左尖端毕,想,陕西人费心劳力,备饭化

---

① "出乎意表之外",这是林琴南文章中不通的语句。当时林琴南等人攻击新文学作者所以提倡白话文,是因为自己不懂古文的缘故;因而主张白话文的人常引用他们那些不通的古文句子,加以嘲讽。

② 信士像,我国自三国时起,信仰佛教的人,常出资在寺庙和崖壁间塑造或雕刻佛像;有时也在其间附带塑刻出资者自身的像,叫作信士像。

钱,用汽车①载,用船装,用骡车拉,用自动车装,请到长安去讲演,大约万料不到我是一个虽对于决无杀身之祸的小事情,也不肯直抒自己的意见,只会"嗡,嗡,对啦"的罢。他们简直是受了骗了。

我再向着镜中的自己的脸,看定右嘴角,剪下胡子的右尖端,撒在地上,想起我的青年时代来——

那已经是老话,约有十六七年了罢。

我就从日本回到故乡来,嘴上就留着宋太祖或什么宗似的向上翘起的胡子,坐在小船里,和船夫谈天。

"先生,你的中国话说得真好。"后来,他说。

"我是中国人,而且和你是同乡,怎么会……"

"哈哈哈,你这位先生还会说笑话。"

记得我那时的没奈何,确乎比看见 X 君的通信要超过十倍。我那时随身并没有带着家谱,确乎不能证明我是中国人。即使带着家谱,而上面只有一个名字,并无画像,也不能证明这名字就是我。即使有画像,日本人会假造从汉到唐的石刻,宋太祖或什么宗的画像,难道偏不会假造一部木版的家谱么?

凡对于以真话为笑话的,以笑话为真话的,以笑话为笑话的,只有一个方法:就是不说话。

于是我从此不说话。

然而,倘使在现在,我大约还要说:"嗡,嗡……今天天气多么好呀? ……那边的村子叫什么名字? ……"因为我实在比先前似乎油滑得多了,——好了。

现在我想,船夫的改变我的国籍,大概和 X 君的高见不同。其原因只在于胡子罢,因为我从此常常为胡子受苦。

---

① 这里的"汽车",即火车;下文的"自动车",即汽车。都是日语名称。

国度会亡，国粹家是不会少的，而只要国粹家不少，这国度就不算亡。国粹家者，保存国粹者也；而国粹者，我的胡子是也。这虽然不知道是什么"逻辑"法，但当时的实情确是如此的。

"你怎么学日本人的样子，身体既矮小，胡子又这样……"一位国粹家兼爱国者发过一篇崇论宏议之后，就达到这一个结论。

可惜我那时还是一个不识世故的少年，所以就愤愤地争辩。第一，我的身体是本来只有这样高，并非故意设法用什么洋鬼子的机器压缩，使他变成矮小，希图冒充。第二，我的胡子，诚然和许多日本人的相同，然而我虽然没有研究过他们的胡须样式变迁史，但曾经见过几幅古人的画像，都不向上，只是向外，向下，和我们的国粹差不多。维新以后，可是翘起来了，那大约是学了德国式。你看威廉皇帝的胡须，不是上指眼梢，和鼻梁正作平行么？虽然他后来因为吸烟烧了一边，只好将两边都剪平了。但在日本明治维新的时候，他这一边还没有失火……

这一场辩解大约要两分钟，可是总不能解国粹家之怒，因为德国也是洋鬼子，而况我的身体又矮小乎。而况国粹家很不少，意见又很统一，因此我的辩解也就很频繁，然而总无效，一回，两回，以至十回，十几回，连我自己也觉得无聊而且麻烦起来了。罢了，况且修饰胡须用的胶油在中国也难得，我便从此听其自然了。

听其自然之后，胡子的两端就显出毗心①现象来，于是也就和地面成为九十度的直角。国粹家果然也不再说话，或者中国已经得救了罢。

然而接着就招了改革家的反感，这也是应该的。我于是又分疏，一回，两回，以至许多回，连我自己也觉得无聊而且麻烦起来了。

大约在四五年或七八年前罢，我独坐在会馆里，窃悲我的胡须

---

① 毗心，即趋向中心；毗心现象，是说上唇两边的须尖向下拖垂。

的不幸的境遇,研究他所以得谤的原因,忽而恍然大悟,知道那祸根全在两边的尖端上。于是取出镜子,剪刀,即刻剪成一平,使他既不上翘,也难拖下,如一个隶书的一字。

"阿,你的胡子这样了?"当初也曾有人这样问。

"唔唔,我的胡子这样了。"

他可是没有话。我不知道是否因为寻不着两个尖端,所以失了立论的根据,还是我的胡子"这样"之后,就不负中国存亡的责任了。总之我从此太平无事的一直到现在,所麻烦者,必须时常剪剪而已。

一九二四年十月三十日

本篇最初发表于一九二四年十二月十五日

《语丝》周刊第 5 期

【评析:鲁迅先生在这篇文章中指出,日本人这种向上翘的胡子,才真正是我们汉族祖先的样式,而那种下垂的胡子,恰好是侵略我们的异族——蒙古人留下的产物.鲁迅写道:"可惜我那时还是一个不识世故的少年,所以就愤愤地争辩。""大约在四五年或七八年前罢,我独坐在会馆里,窃悲我的胡须的不幸境遇,研究他所以得谤的原因,忽而恍然大悟,知道那祸根全在两边的尖端上。于是取出镜子,剪刀,即刻剪成一平,使他既不上翘,也难拖下,如一个隶书的一字。"

鲁迅说他的胡子两端上翘的时候,不招"国粹家"喜欢;两端下垂的时候,又不招改革家喜欢。气得他剪去两端只留当间,终于成为隶书的"一"字。鲁迅的胡须很能说明先生的性格。这"一"字胡须,是不是就打着先生耿直的印记呢?】

论照相之类

一、材料之类

我幼小时候,在 S 城①——所谓幼小时候者,是三十年前,但从进步神速的英才看来,就是一世纪;所谓 S 城者,我不说他的真名字,何以不说之故,也不说。总之,是在 S 城,常常旁听大大小小男男女女谈论洋鬼子挖眼睛。曾有一个女人,原在洋鬼子家里佣工,后来出来了,据说她所以出来的原因,就因为亲见一坛盐渍的眼睛,小鲫鱼似的一层一层积叠着,快要和坛沿齐平了。她为远避危险起见,所以赶紧走。

S 城有一种习惯,就是凡是小康之家,到冬天一定用盐来腌一缸白菜,以供一年之需,其用意是否和四川的榨菜相同,我不知道。但洋鬼子之腌眼睛,则用意当然别有所在,惟独方法却大受了 S 城腌白菜法的影响,相传中国对外富于同化力,这也就是一个证据罢。然而状如小鲫鱼者何? 答曰:此确为 S 城人之眼睛也。S 城庙宇中常有一种菩萨,号曰眼光娘娘。有眼病的,可以去求祷;愈,则用布或绸做眼睛一对,挂神龛上或左右,以答神庥。所以只要看所挂眼睛的多少,就知道这菩萨的灵不灵。而所挂的眼睛,则正是两头尖尖,如小鲫鱼,要寻一对和洋鬼子生理图上所画似的圆球形者,决不可得。黄帝岐伯尚矣;王莽诛翟义党,分解肢体,令医生们察看,曾否绘图不可知,纵使绘图,现在已佚,徒令"古已有之"而已。宋的《析骨分经》,相传也据目验,《说郛》中有之,我曾看过它,多是胡说,大约是假的。否则,目验尚且如此胡涂,则 S 城人之将眼睛理想化为小鲫鱼,实也无足深怪了。

---

① S 城,指作者的出生地绍兴。

188

然而洋鬼子是吃腌眼睛来代腌菜的么？是不然，据说是应用的。一，用于电线，这是根据别一个乡下人的话，如何用法，他没有谈，但云用于电线罢了；至于电线的用意，他却说过，就是每年加添铁丝，将来鬼兵到时，使中国人无处逃走。二，用于照相，则道理分明，不必多赘，因为我们只要和别人对立，他的瞳子里一定有我的一个小照相的。

　　而且洋鬼子又挖心肝，那用意，也是应用。我曾旁听过一位念佛的老太太说明理由：他们挖了去，熬成油，点了灯，向地下各处去照去。人心总是贪财的，所以照到埋着宝贝的地方，火头便弯下去了。他们当即掘开来，取了宝贝去，所以洋鬼子都这样的有钱。

　　道学先生之所谓"万物皆备于我"的事，其实是全国，至少是 S 城的"目不识丁"的人们都知道，所以人为"万物之灵"。所以月经精液可以延年，毛发爪甲可以补血，大小便可以医许多病，臂膊上的肉可以养亲。然而这并非本论的范围，现在姑且不说。况且 S 城人极重体面，有许多事不许说；否则，就要用阴谋来惩治的。

二、形式之类

　　要之，照相似乎是妖术。咸丰年间，或一省里；还有因为能照相而家产被乡下人捣毁的事情。但当我幼小的时候——即三十年前，S 城却已有照相馆了，大家也不甚疑惧。虽然当闹"义和拳民"时——即二十五年前，或一省里，还以罐头牛肉当做洋鬼子所杀的中国孩子的肉看。然而这是例外，万事万物，总不免有例外的。

　　要之，S 城早有照相馆了，这是我每一经过，总须流连赏玩的地方，但一年中也不过经过四五回。大小长短不同颜色不同的玻璃瓶，又光滑又有刺的仙人掌，在我都是珍奇的物事；还有挂在壁上的框子里的照片：曾大人，李大人，左中堂，鲍军门。一个族中的好心的长辈，曾经借此来教育我，说这许多都是当今的大官，平"长毛"的功臣，你应该学学他们。我那时也很愿意学，然而想，也须赶快仍复有"长毛"。

但是,S城人却似乎不甚爱照相,因为精神要被照去的,所以运气正好的时候,尤不宜照,而精神则一名"威光":我当时所知道的只有这一点。直到近年来,才又听到世上有因为怕失了元气而永不洗澡的名士,元气大约就是威光罢,那么,我所知道的就更多了:中国人的精神一名威光即元气,是照得去,洗得下的。

然而虽然不多,那时却又确有光顾照相的人们,我也不明白是什么人物,或者运气不好之徒,或者是新党罢。只是半身像是大抵避忌的,因为像腰斩。自然,清朝是已经废去腰斩的了,但我们还能在戏文上看见包爷爷的铡包勉,一刀两断,何等可怕,则即使是国粹乎,而亦不欲人之加诸我也,诚然也以不照为宜。所以他们所照的多是全身,旁边一张大茶几,上有帽架,茶碗,水烟袋,花盆,几下一个痰盂,以表明这人的气管枝中有许多痰,总须陆续吐出。人呢,或立或坐,或者手执书卷,或者大襟上挂一个很大的时表,我们倘用放大镜一照,至今还可以知道他当时拍照的时辰,而且那时还不会用镁光,所以不必疑心是夜里。

然而名士风流,又何代蔑有呢?雅人早不满于这样千篇一律的呆鸟了,于是也有赤身露体装作晋人①的,也有斜领丝绦装作 X 人的,但不多。较为通行的是先将自己照下两张,服饰态度各不同,然后合照为一张,两个自己即或如宾主,或如主仆,名曰"二我图"。但设若一个自己傲然地坐着,一个自己卑劣可怜地,向了坐着的那一个自己跪着的时候,名色便又两样了:"求己图"。这类"图"晒出之后,总须题些诗,或者词如"调寄满庭芳""摸鱼儿"之类,然后在书房里挂起。至于贵人富户,则因为属于呆鸟一类,所

① 　指晋代文人刘伶等。《世说新语·任诞》中说:"刘伶恒纵酒放达,或脱衣裸形在屋中,人见讥之。伶曰:'我以天地为栋宇,屋室为衣,诸君何为入我裤中?'"

以决计想不出如此雅致的花样来，即有特别举动，至多也不过自己坐在中间，膝下排列着他的一百个儿子，一千个孙子和一万个曾孙（下略）照一张"全家福"。

Th. Lipps① 在他那《伦理学的根本问题》中，说过这样意思的话。就是凡是人主，也容易变成奴隶，因为他一面既承认可做主人，一面就当然承认可做奴隶，所以威力一坠，就死心塌地，俯首帖耳于新主人之前了。那书可惜我不在手头，只记得一个大意，好在中国已经有了译本，虽然是节译，这些话应该存的罢。用事实来证明这理论的最显著的例是孙皓，治吴时候，如此骄纵酷虐的暴主，一降晋，却是如此卑劣无耻的奴才。中国常语说，临下骄者事上必谄，也就是看穿了这把戏的话。但表现得最透彻的却莫如"求己图"，将来中国如要印《绘图伦理学的根本问题》，这实在是一张极好的插画，就是世界上最伟大的讽刺画家也万万想不到，画不出的。

但现在我们所看见的，已没有卑劣可怜地跪着的照相了，不是什么会纪念的一群，即是什么人放大的半个，都很凛凛地。我愿意我之常常将这些当做半张"求己图"看，乃是我的杞忧。

三、无题之类

照相馆选定一个或数个阔人的照相，放大了挂在门口，似乎是北京特有，或近来流行的。我在 S 城所见的曾大人之流，都不过六寸或八寸，而且挂着的永远是曾大人之流，也不像北京的时时掉换，年年不同。但革命以后，也许撤去了吧，我知道得不真确。

至于近十年北京的事，可是略有所知了，无非其人阔，则其像放大，其人"下野"，则其像不见，比电光自然永久得多。倘若白昼明烛，要在北京城内寻求一张不像那些阔人似的缩小放大挂起挂

---

① Th. Lipps：李普斯（1851—1914），德国心理学家、哲学家。

倒的照相，则据鄙陋所知，实在只有一位梅兰芳君。而该君的麻姑①一般的"天女散花""黛玉葬花"像，也确乎比那些缩小放大挂起挂倒的东西标致，即此就足以证明中国人实有审美的眼睛，其一面又放大挺胸凸肚的照相者，盖出于不得已。

我在先只读过《红楼梦》，没有看见"黛玉葬花"的照片的时候，是万料不到黛玉的眼睛如此之凸，嘴唇如此之厚的。我以为她该是一副瘦削的痨病脸，现在才知道她有些福相，也像一个麻姑。然而只要一看那些继起的模仿者们的拟天女照相，都像小孩子穿了新衣服，拘束得怪可怜的苦相，也就会立刻悟出梅兰芳君之所以永久之故了，其眼睛和嘴唇，盖出于不得已，即此也就足以证明中国人实有审美的眼睛。

印度的诗圣泰戈尔先生光临中国之际，像一大瓶好香水似地很熏上了几位先生们以文气和玄气，然而够到陪坐祝寿的程度的却只有一位梅兰芳君：两国的艺术家的握手。待到这位老诗人改姓换名，化为"竺震旦"，离开了近于他的理想境的这震旦之后，震旦诗贤头上的印度帽也不大看见了，报章上也很少记他的消息，而装饰这近于理想境的震旦者，也仍旧只有那巍然地挂在照相馆玻璃窗里的一张"天女散花图"或"黛玉葬花图"。

惟有这一位"艺术家"的艺术，在中国是永久的。

我所见的外国名伶美人的照相并不多，男扮女的照相没有见过，别的名人的照相见过几十张。托尔斯泰，伊孛生，罗丹都老了，尼采一脸凶相，勖本华尔一脸苦相，淮尔特②，穿上他那审美的衣装

---

① 麻姑，神话传说中的仙女。据晋代葛洪《神仙传》：东汉时仙人"王方平降蔡经家，召麻姑至，是好女子，年可十八九许，手似鸟爪，顶中有髻，衣有文章而非锦绣。"

② 淮尔特，(O. Wilde，1856—1900)，通译王尔德，英国唯美派作家。著有《莎乐美》《温德米夫人的扇子》等。

的时候,已经有点呆相了,而罗曼罗兰似乎带点怪气,戈尔基①又简直像一个流氓。虽说都可以看出悲哀和苦斗的痕迹来罢,但总不如天女的"好"得明明白白。假使吴昌硕翁的刻印章也算雕刻家,加以作画的润格如是之贵,则在中国确是一位艺术家了,但他的照相我们看不见。林琴南翁负了那么大的文名,而天下也似乎不甚有热心于"识荆"②的人,我虽然曾在一个药房的方单③上见过他的玉照,但那是代表了他的"如夫人"函谢丸药的功效,所以印上的,并不因为他的文章。更就用了"引车卖浆者流"的文字来做文章的诸君而言,南亭亭长我佛山人④往矣,且从略;近来则虽是奋战恳斗,做了这许多作品的如创造社⑤诸君子,也不过印过很小的一张三人的合照,而且是铜板而已。

我们中国的最伟大最永久的艺术是男人扮女人。

异性大抵相爱。太监只能使别人放心,决没有人爱他,因为他是无性了——假使我用了这"无"字还不算什么语病。然而也就可见虽然最难放心,但是最可贵的是男人扮女人了,因为从两性看来,都近于异性,男人看见"扮女人",女人看见"男人扮",所以这就永远挂在照相馆的玻璃窗里,挂在国民的心中。外国没有这样的完全的艺术

① 戈尔基(M. Горький)(1868—1936),通译高尔基,苏联无产阶级作家。

② "识荆",语出唐代李白的《与韩荆州书》:"生不用封万户侯,但愿一识韩荆州。"后来就用"识荆"作为初次识面的敬辞。

③ 仿单,介绍商品的性质、用途和用法的说明书。

④ 南亭亭长,即李宝嘉(1867—1906),字伯元,江苏武进人,小说家。著有长篇小说《官场现形记》《文明小史》等。我佛山人,即吴沃尧(1866—1910),字趼人,广东南海佛山人,小说家。著有长篇小说《二十年目睹之怪现状》《恨海》等。

⑤ 创造社,"五四"新文学运动中的著名文学团体,1920年至1921年间成立。主要成员有郭沫若、郁达夫和成仿吾等。在1923年出版的《创造季刊》第二卷第一期周年纪念号上,曾刊印他们三人合摄的照片。

家,所以只好任凭那些捏锤凿,调采色,弄墨水的人们跋扈。

我们中国的最伟大最永久,而且最普遍的艺术也就是男人扮女人。

一九二四年十一月十一日

本篇最初发表于一九二五年一月十二日

《语丝》周刊第 9 期

【评析:鲁迅的"论照相之类",论述了清末至民初,绍兴和北京照相行业的情景,并详细地介绍了人们从恐惧照相到接触照相的过程。作者亲历那个年代,他对那个年代照相的评论,鲜活真实,入木三分,是中国摄影史第一手资料,而没有亲身经历那个年代的摄影史学家,他们在编纂中国摄影史的时候,只能凭借着史料,再去发挥自己的想象力,两者之间的真实可信度,不言而喻。】

少读中国书,做好事之徒①

——在厦门大学周会上的讲演

今天我的讲题是:"少读中国书,做好事之徒。"我来本校是搞国学院研究工作的,是担任中国文学史讲课的,论理应当劝大家埋头古籍,多读中国的书。但我在北京,就看到有人在主张读经,提倡复古。来这里后,又看到有些人老抱着《古文观止》不放。这使我想到,与其多读中国书,不如少读中国书好。

尊孔,崇儒,读经,复古,可以救中国,这种调子,近来越唱越高了。其实呢,过去凡是主张读经的人,多是别有用心的。他们要人

---

① 本篇录自薛绥之主编的天津人民出版社一九八三年出版的《鲁迅生平史料汇编》第四辑。

们读经，成为孝子顺民，成为烈女节妇，而自己则可以得意恣志，高高骑在人民头上。他们常常以读经自负，以中国古文化自夸。但是，他们可曾用《论语》感化过制造"五卅"惨案的日本兵，可曾用《易经》咒沉了"三一八"惨案前夕炮轰大沽口的八国联军的战舰？

你们青年学生，多是爱国，想救国的。但今日要救中国，并不在多读中国书，相反地，我以为暂时还是少读为好。少读中国书，不过是文章做得差些，这倒无关大事。多读中国书，则其流弊，至少有以下三点：一、中国书越多读，越使人意志不振作；二、中国书越多读，越想走平稳的路，不肯冒险；三、中国书越多读，越使人思想模糊，分不清是非。正是因为这个缘故，我所以指窗下为活人的坟墓，而劝人们不必多读中国之书。

你们青年学生，多是好学的，好读书是好的。但是不要"读死书"，还要灵活运用；不要"死读书"，还要关心社会世事；不要"读书死"，还要注意身体健康。书有好的，也有不好的；有可以相信的，也有不可以相信的。古人说："尽信书，则不如无书。"那是从古史实的可靠性说的。我说的有可以相信，有不可以相信，则是从古书的思想性说的。你们暂时可以少读中国古书，如果要读的话，切不要忘记：明辨，批判，弃其糟粕，取其精华。

其次，我要劝你们"做好事之徒"。世人对于好事之徒，往往感到不满，认为"好事"二字，好像有"遇事生风"的意思，其实不然。我以为今日的中国，这种"好事之徒"却不妨多。因为社会一切事物，就是要有好事的人，然后才可以推陈出新，日渐发达。试看科仑布的探新大陆，南生的探北极，以及各科学家的种种新发明，他们的成绩，哪一件不是从好事得来的。即如本校，本是一片荒芜的地方，建校舍来招收学生，其实也是好事。所以我以为"好事之徒"，实在没有妨碍。

我曾经看到本校的运动场上，常常有人在那里运动；图书馆的中文阅览室,阅报看书的人,也常常满座。这当然是好现象。但西文阅览室中的报纸杂志,看的人却寥寥无几,好像不关重要似的。这就是不知好事,所以才有这种现象。不知西文报纸杂志,虽无重大关系,然于课余偶一翻阅,实在也可以增加许多常识。所以我很希望诸位,对于一切科学,都要随时留心。学甲科的人,对于乙科书籍,也可以略加研究,但自然以不妨碍正课为限。一定要这样,才能够略知一切,毕业以后,才可以更好地在社会上做事。

但是,各人的思想境遇不同,我不敢劝人人都做很大的好事者,只是小小的好事,则不妨尝试一下。比如对于凡可遇见的事物,小小匡正,便是。但虽是这种小事,也非平时常常留意,是做不到的。万一不能做到,则我们对于"好事之徒",应该不可随俗加以笑骂,尤其对于失败的"好事之徒",更不要加以讥笑轻蔑!

一九二六年十月十四日

【评析:关于读中国书的坏处,先生总结了三条:一、中国书越多读,越使人意志不振作;二、中国书越多读,越想走平稳的路,不肯冒险;三、中国书越多读,越使人思想模糊,分不清是非。但是,先生的立论,实则是没有标题那么骇人听闻。先生绝不是说我们就从此不要读中国书,也不要了解本民族的文化,而是说"暂时"不要读,而是说在读的时候,"切不要忘记:明辨,批判,弃其糟粕,取其精华。"

先生的立论,也是取决于当时的社会背景,如果我们今天生搬硬套先生的话,那就得犯错误。先生那时候,整个社会是西洋书读得太少而中国书读得太多,而今天,也许是相反,中国书反而读的少了,宣扬民族虚无主义的多了,宣扬全盘西化的也多了。那么,我们今天倒是要说,中国书要读,西洋书也要读,然后要写下新的中国书。】

196

聪明人不能做事,世界是属于傻子①

——在厦门集美学校的讲演

今天我有机会,到你们这美丽的学校,在这大礼堂里,跟你们谈谈,是非常高兴的。我的话题是:"聪明人不能做事,世界是属于傻子。"你们初听这话,或将觉得奇怪,但却是事实,过去这样,将来也必定是这样的。你们放眼看看,现今世上,聪明人不是很多吗?可是他们不能做事。为什么呢?因为他们想来想去,终于什么也做不成。他们过于思虑个人的利害,过于计较个人的得失。他们想着,想着,有利于自己者才肯做,有利于社会别人者,即使肯做,也常不彻底,不真诚,不负责,以至于败事而无所成就。你们看看,当今的聪明人,是不是这样?他们是专门为自己打算盘的所谓"聪明人",这种"聪明人"是绝对做不出有利于人民的事业的。

你们看看,当今所谓"聪明人",如段祺瑞、贾德耀等北洋军阀,只知勾结帝国主义者,屠杀无辜的爱国工人和学生,他们是双手沾满血腥的刽子手;又如陈西滢、唐有壬等"现代评论"派,只会开驶"新文化运动"的倒车,镇压反帝爱国请愿的群众,他们是反动军阀的乏走狗。他们会用"聪明"作钢刀见血去杀人;他们也会用"聪明"作软刀,杀人不见血。他们想来想去,终于不能做出有利于人民的好事,却能做出有害于国家的坏事。

在这世界上,还有一种人,他们甘愿为群众利益,而放弃了自己的利益;他们甘愿为国家的独立自由,而献出自己的生命。这一种人

---

① 本篇录自薛绥之主编的天津人民出版社一九八三年出版的《鲁迅生平史料汇编》第四辑。题目为编者所加。

是爱国者,是革命者,是人类幸福的创造者。这一种人在所谓"聪明人"的眼里看来,却是傻子。但是,我们要知道,世界是傻子的世界,由傻子去支持,由傻子去推动,由傻子去创造,最后是属于傻子的。这些傻子,就是工农群众,就是孙中山先生"三大政策"中所要扶助的农民和工人。这些工人和农民,在人类社会中,居最大多数。他们有坚强的魄力,有勤劳的德性,世界的一切,都是从他们的劳动中创造出来的。革命青年学生,在群众中最有热血,最能奋斗,最肯牺牲。黑暗的消灭,光明的出现,这种革命青年学生,常起最大作用。但从过去封建社会的统治者剥削者的眼里看来,这些劳动的工农群众,这些热血的革命青年,都是愚民,都是傻子,惟有他们自己,才算是"聪明人"。

可是这些旧社会的所谓"聪明人",是懒惰自私的,是荒淫无耻的,是注定要被消灭的;而那些所谓"傻子"的革命青年和劳动工农,乃正是社会的改造者,是世界的创造者,他们是世界的主人,世界是属于他们所有的。

一九二六年十一月二十七日

【评析:鲁迅先生在厦大任教期间,当时他因前途、婚姻陷入迷茫,写信给许广平先生。许先生回信给他:"……我们是人,天没有叫我们专吃苦的权利,我们没有必吃苦的义务,得一日尽人事求生活,即努力做去。我们是人,天没有硬派我们履险的权力,我们有坦途有正道为什么不走……"许先生这封信让鲁迅拨开云雾,随后不久便在集美学校发表了《聪明人不能做事,世界是属于傻子的》的演讲。演讲鼓舞了当时的青年,也为后世展现了鲁迅当时的精神风采。】

在厦门平民学校成立会上的讲演[①]

今天，你们这学校开成立会，我十分高兴。因为它是平民学校，我就不能不来，而且也就不能不说几句话。首先我要说的是：你们这学校的先生，都是本校的同学，他们这种服务精神，是值得钦佩的。

其次我要讲的是：你们都是工人、农民的子女，你们因为穷苦，所以失学，所以须到这样的学校来读书。但是你们穷的是金钱，而不是聪明与智慧。你们平民的子弟，一样是聪明的；你们穷人的子女，一样是有智慧的。你们能下决心，你们能够奋斗，一定会成功，有光明的前途！

没有什么人有这样的大权力：能够叫你们永远被奴役。没有什么命运会这样注定：要你们一辈子做穷人。你们自己不要小看自己：以为是平民子女，所以才进到这平民学校来。

你们要读书，也要关心国家的事。你们认识了字，才能看书读报纸，才能懂得国家的大事。我们的国家正在进行革命，正在消灭北洋军阀。半个月前，你们听见革命军攻下泉州城没有？（杨阿红答："听见的！"）那好，很好的。军阀消灭，国家才会变强，生活才会转好。你们的贫穷，就是军阀造成的，今后一定会转好的了。

最后一句：祝你们努力学习，多认识了字，也多关心社会国家的大事。

一九二六年十二月十二日

---

①　本篇录自薛绥之主编的天津人民出版社一九八三年出版的《鲁迅生平史料汇编》第四辑。

【评析:1926 年 12 月 12 日,鲁迅受平民学校邀请进行演讲,在短短的演讲中,鲁迅告诉工人、农民子女,他们的贫穷只是在金钱方面,但是在聪明和智慧方面并不贫穷,平民子女也可以通过求知掌握自己的命运,当一个真正意义上的人,没有什么命运注定他们必须做一辈子穷人。鲁迅的发言恳切充满热情,感动了在场的学生。】

在厦门大学送别会上的讲演①

今天你们特地为我开了这个盛大的送别会,使我感激,也使我惭愧。因为我在这里,一学期以来,都没有什么好的贡献,而且懒惰,工作不认真,对同学不够热情,真是抱歉之至。尤其刚才听了主席代表同学对我褒奖的话,更加使我汗颜。我不但没有刚才同学代表说的那种美德,而且过去在北京,那些“正人君子”,早就给我起一些“学棍”、“土匪”、“暴徒”等等的尊号了。今后,我实在也不能担保人们,不会再加我以“小偷”的罪名。

同学们,同事们:要过好的生活,就必须斗争。去年在北京,我过的生活,有女师大风潮的斗争,有五卅惨案的斗争,有段祺瑞惨杀爱国学生的斗争。我在斗争中失败了,逃到厦门来,躲在这里,一学期过去了,我觉得自己的斗争对象没有了,常常感到空虚,无聊,甚至于有莫名其妙的哀愁。我吃了饭就编讲义,编讲义就又吃饭。吃饭编讲义,都是对的,必要的,但是这样生活,也就够无聊了。我想换个地方,到广州去,与那里的创造社,建立联合战线,再

---

① 本篇录自薛绥之主编的天津人民出版社一九八三年出版的《鲁迅生平史料汇编》第四辑。

向旧社会挑战,再与那些"正人君子"们周旋到底。

你们在这平静的厦门,也并非无事可做。旧习惯如不讲究卫生,旧风俗如迷信拜菩萨,旧思想如崇拜金钱,都需要你们去破除,去革命,去建设。革命建设,要看到全面。你们应该记得吧,前些日子,厦门海军的飞机,在演武场的高空,盘旋了好久。那时,我抬头一看,碧蓝的天空有飞机在翱翔,演武场的南面有耸入云际的无线电台,北面有厦门大学的一整排巍峨的花岗石洋楼,构成一幅美丽悦人的图画。但是你们若走到市区水仙宫一带去看,就会看到那污浊惊人的街道,你们若走到镇南关附近一带去看,就会看到蒿目伤心的荒冢,和我们这里演武场天空所看到的正成相反的对照。可知"选集"不能代表全部著作,一小块美丽的天空,不能代表整个地方的整齐清洁。你们要时时关心,看到社会的全面,不要只看它的片面。要提倡公共卫生,提倡整顿市容,对于一切不良现象,要给以匡正,给以改革,尽了国民的天职,做到可以称为有活跃生命的革命人。

你们要注意社会世事,也要关心国家大事。我们的国家,自从辛亥革命推翻满清统治以来,已经十多年,还是百孔千疮,换汤不换药。我亲眼看过辛亥革命,看过二次革命,看过袁世凯称帝,看过张勋复辟,看得厌了,看得悲观消极起来。但是我们幸而有孙中山先生,他站出世间来就是革命,他革命失败了还是革命。他要把革命的工作,进行到完全的成功,实现大同世界的理想。他主张"联俄联共、扶助农工"三大政策。他痛恨辛亥革命的失败,告诉我们:"十月革命是全人类的救星,十月革命的成功为全人类生出了很大的希望。"现在全中国的人民正在实行孙中山先生的教导,为救祖国,救全人类,与北洋军阀作殊死战,进行伟大的革命。革命必定成功,曙光就在眼前。

我们的国家是有古文化的国家,我们中国的人民是勇敢勤劳的人民。我们中国人民,受封建统治的压迫,受"吃人"礼教的毒害,已有几千年。内忧未已,外患又来。帝国主义者,明吞暗剥,侵犯我们的领土主权。它的走狗们,又引狼入室,为虎作伥,残害自己的同胞。灭自己志气,长他人威风,那些凶恶的军阀干得出,那些无耻的"正人君子"做得出,可是他们的末日已经到来了。你们青年学生是爱国的,是有为的,是热血的革命者。你们在拿枪杆子葬送这些凶恶无耻的败类之后,还要拿起斧头和锄头,从事祖国伟大的建设,实现孙中山先生"三大政策"的革命志愿。

一九二七年一月四日

【评析:作为新文化运动的旗手,鲁迅在厦门期间进行了多次演讲。鲁迅的演讲点燃了厦门学生投身"新文化运动"的火焰,却也惹得尊孔派对之恨之入骨。时至今日,鲁迅的演讲稿依旧振奋人心。】

在中山大学学生会欢迎会上的讲演①

我是于十八号到广东来的,前天学生会代表来说要开一个欢迎会,我想这件事是不大好的,因为我还没有到享受开会欢迎的程度。这事真有点困难了,若是不说几句话,那对于诸同学的好意未免辜负了,要来说话,可是又无什么话可说。

对于我的本身,社会上有许多批评和误解,而对于这些误解和批评,我又没有工夫做文章来辩护辩护。譬如有人说,我是对社会的斗争者,或者因为这句话,引起了诸位对于我的好感。可是,我得要申明:我并非一个斗争者,如果我真是一个斗争者,我便不应该来广东了,应该在北京、厦门,与恶势力来斗争,然而我现在已到

---

① 本篇最初发表于一九二七年中山大学《校报》第十一期。

广州来了。

从前我很惹人讨厌,这里也讨厌我,那里也讨厌,到了厦门,厦门也讨厌我,我实在无地可跑了,这时恰好中山大学委员会打电要我来这里。

我为什么要来呢？我听人家说,广东是很可怕的地方,并且赤化了！既然这样奇,这样可怕,我就要来看,看看究竟怎样——这样我便到此地来了。

我到这里不过一礼拜,并没有见什么——没有看见什么奇怪的,可怕的。就是红颜色的东西,也不大看见。

据我二只眼睛所看见的,广东比起旧的社会,没有什么特别的情形,并不见得有两样。我只感觉着广东是旧的。虽则,有许多情形,我还没有看见到的。

但如列宁纪念的电影,这在外省确实看不见的；又如许多工会,在外省也看不见的。但这并不稀奇,并非可怕,这原应该是很平常的现象。

我总觉得广东未见得有新的气象,许多外省人说广东可奇可怕,我想或者他们的眼睛生了什么毛病吧。

或者因为我到广东未久,所观察的不多,浅薄得很,所以没有见出可奇可怕来也说不定。但我可以说,广东民众所受的压迫要少些,比较去了一点。至于社会的现状与从前是相同,许多要做的要建设的还未着手。例如拿文艺一项说吧,实在沉静得很,跑到中央公园,公园中间竟有一个观音像摆着,我并非因为观音是菩萨而反对他,我以为就是观音也要做的好一点。

中山先生是开国的元勋,广东是他建设民国的根据地,又是他的故乡,但我们跑到街上一走,我们只看见有孙先生的照相,但并没有他的画像。

文艺出版物也很少,我只看见《广州文学》一样。

因此，我要问：广州许多青年哪里去了？这或者可以解说，他们忙得很！诚然他们是忙一点，有种种运动，种种工作。但哪有这么多人全是忙着的？广州青年在精神上的表现实在太少了，这是什么缘故？既然不是"忙"一个字，那就是第二个字"懒"了，若不是懒，我实在找不出第二句说话来。

这样一个沉静的社会，于我是很好的。因为许多朋友，从前相好的来会会我，而许多新的朋友对我又表示好感，所以斗争的事还没有。至于旧的和我们斗争的，也没有在后面跟着来——这样，使我懒下去，倒也觉得很是舒服。

在这样沉静的环境下面，要想生出什么文艺的新运动是不容易的。大家这样子懒下去是不行的，我们要得紧张一点，革新一点。

然而广东实在太平静了，因此，刺激和压迫，也不免太少了。诸位青年不知怎样感觉着，我呢，我觉得不大舒服。因为我从前受的刺激和压迫太多了，现在忽然太轻了，我反而不高兴起来。我好比一个老头儿，本来负着很重的担子，他负惯了，现在忽然肩膀上的担子放下来，他必须觉着少了什么似的，大不高兴起来了呢。

这个时候，我以为极像民元革命成功的时候，大家都以为目的没有了，要做的事也做完了，个个觉得很舒服了。

民元已过去了，民国也算成立了，但文艺上有了创造没有？

文艺这个东西大不可少，究竟我们还有意思，有声音，有了这些，我们便要叫出来，我们有灵魂，得让他叫出来使大家知道。虽然有的是旧的意思，有的是新的意思，但不论新旧，也当一齐叫出来。

现在不是客气的时候了，有声的发声，有力的出力，现在是可以动了，是活动的时候了。

然而有许多青年都有一个"怕"字的心里，他们怕幼稚，怕人家骂。幼稚是不要紧的，最初虽然是幼稚，但可以生长起来，发展出去，如一个幼孩，他虽然是一个幼孩，但并不见得幼孩是可羞耻的。所以作品虽然是幼稚，但没有什么可羞耻的地方，这是不要紧的，我们不要怕。

有的以为怕人家骂，这也不要紧，若是没有人骂，反而觉得无聊得很。好比唱戏，台下的拍掌喝彩，固要唱下去，就是喝倒彩，也要唱下去，不管他怎样，我们只要，只尽管唱，唱下去，唱完了，才算。

就是思想旧也不要紧，也可以发表，因为现在是过渡的时期。现在纵有旧的思想，也可以叫出来，给大家看看。

可是旧的对于新的是不是全无意义吗？不是的，是很有意义的，有了旧的，才可以表示出新的来。有了旧的灭亡，才有新的发生，旧的思想灭亡，即是新的思想萌芽了，精神上有了进步了。故不论新的旧的，都可以叫出来，旧的所以能够灭亡，就是因为有新的，但若无新的，则旧的是不亡了。譬如人穿上新的衣服，但身子仍然是旧的，这是不能亡的好例。

我以为文艺这个东西，只要说真话，暂时总可以存在的，至于将来，可也不必管他。这时候是过渡的时代，不过新的运动应该要开始了。

我将来能不能有什么贡献，是不敢说的，但我希望以中山大学为运动的中心，同学们应该开头着手努力了。我觉得我是无力来帮忙的——我已无学问，又没有创作力，况且学问与创作力是不可以并存于同时间的。

我要做教员，我便不能创作；我要创作便不能做教员。编讲义的工作是用理性的，而创作需要感情。如今大编讲义用理性，明天来创作用感情，后天又来编讲义又变为用理性，大后天又来创作，又来用感情，这样放了理性来讲感情，或放了感情，便来讲理性，一高一低,是很使人不舒服的。

或者我将来的讲义编得不好,而创作也弄得不好,所谓一无所成,这是没有法子的事。

将来,广州文艺界有许多创作,这是我希望看见的,我自己也一定不站在旁观地位来说话,其实在社会上是没有旁观地位可说的,除了你不说话。我年纪比较老一点,我站在后面叫几声,我是很愿意的,要我来开路,那实在无这种能力,至于要我帮忙,那或者有力可以做得到。现在我只能帮帮忙,不能把全部责任放在我身上!我把他放下了,虽然他们要骂我,我也不管他。譬如抬一样东西,要把他抬得高高,我可以帮忙抬一抬,但要使他抬得高,必然要大家一起来抬才行的。

最希望的是,中山大学从今年起,要有好的文艺运动出现,这个对于中国,对于广东,对于一切青年的思想都有影响的。诸位青年创造力的发现,这对于我是觉得很有意义的。

我这次到广东,要说带了什么好消息来,事实上并不见得是如此,因此我很抱歉,无什么话可说,我只希望大家努力,至于努力的结果如何,是很难说的。可是大家做做总不会错,做起来总比睡着的好,像死般沉寂下去的好得多。永久的做,你做了更有人接下去,有什么思想,有什么意思,便发表出来,要这样不断地努力的干下去。我能不能这样做下去而有成绩,我自己不知道。诸君能够这样做下去,十年、二十年、三十年,这样不间断地做下去,将来一定有一定的收获了。有的人我很不赞成,他们做文艺的东西,做了二三年便不做了,画也画了几年便停笔了,这都是不好的。

诸位现在都不过二十岁左右,从今天起便努力继续地做,若到六十岁,有了四十年这么长久的时候,一定有一个有价值的结果的,若希望二年后便有成绩,这是很难的,结果必然会失望,但我们在短期内,虽没有好成绩,我们不要失望,我们只管做下去,我在广东一天,我有力可以帮忙诸位来研究与创作。

一九二七年一月二十五日下午

【评析:讲演是鲁迅先生留给我们的重要精神遗产之一,与他的小说、杂文、散文、散文诗、旧体诗、书信、日记一样,有着极为珍贵的价值。他的讲演和他笔下的文字一样,是历史暗夜里的星火,始终是要哽住一个罪恶时代的咽喉。

鲁迅一生最重要的时期先后处于北洋军阀和国民党统治之下,他对现实的不满始终如一,他从不给当权的武人好脸色看,当然当权者也不喜欢他,更多的时候,他处于边缘、民间,与达官贵人没有往来,他演讲时也从不看人颜色,想说什么就说什么,否则他宁愿不讲。当然这并不意味着,他的演讲毫无忌讳,什么都敢碰,他还是有分寸、有节制的,并不"冒险"。

鲁迅的信仰之路并不平坦,但他骨子里终究是一个具有强烈内省气质的人。他对权势始终如一地保持了距离,表示了蔑视,不仅态度决绝,而且身体力行,这是足以为后世知识分子效法的。鲁迅是真挚的,他对本民族的阴暗、灰色的一面看得很透,他洞察人性的幽暗与卑微,但他对这个他与生俱来的民族始终怀着热望,他要担起"黑暗的闸门"、掀翻"吃人的筵席",他发出的第一声呼号就是"救救孩子"。这一切我们也都能在鲁迅的演讲中读出来。】

记"发薪"

下午,在中央公园里和C君做点小工作①,突然得到一位好意的老同事的警报,说,部里今天发给薪水了,计三成;但必须本人亲

---

① C君,即齐寿山。"做点小工作",指翻译《小约翰》。

身去领,而且须在三天以内。

否则?

否则怎样,他却没有说。但这是"洞若观火"的,否则,就不给。

只要有银钱在手里经过,即使并非檀越①的布施,人是也总爱逞逞威风的,要不然,他们也许要觉到自己的无聊,渺小。明明有物品去抵押,当铺却用这样的势利脸和高柜台;明明用银元去换铜元,钱摊却贴着"收买现洋"的纸条,隐然以"买主"自命。钱票当然应该可以到负责的地方去换现钱,而有时却规定了极短的时间,还要领签,排班,等候,受气;军警督压着,手里还有国粹的皮鞭。

不听话么? 不但不得钱,而且要打了!

我曾经说过,中华民国的官,都是平民出身,并非特别种族。虽然高尚的文人学士或新闻记者们将他们看作异类,以为比自己格外奇怪,可鄙可嗤;然而从我这几年的经验看来,却委实不很特别,一切脾气,却与普通的同胞差不多,所以一到经手银钱的时候,也还是照例有一点借此威风一下的嗜好。

"亲领"问题的历史,是起源颇古的,中华民国十一年,就因此引起过方玄绰②的牢骚,我便将这写了一篇《端午节》。但历史虽说如同螺旋,却究竟并非印版,所以今之与昔,也还是小有不同。在昔盛世,主张"亲领"的是"索薪会"——呜呼,这些专门名词,恕我不暇一一解释了,而且纸张也可惜——的骁将,昼夜奔走,向国务院呼号,向财政部坐讨,一旦到手,对于没有一同去索的人的无功受禄,心有不甘,用此给吃一点小苦头的。其意若曰,这钱是我们讨来的,就同我们的一样;你要,必得到这里来领布施。你看施衣施粥,有施主亲自送到受惠者的家里去的么?

----

① 檀越,梵文音译,意为施主。

② 方玄绰,作者 1922 年所作短篇小说《端午节》(后收入《呐喊》)中的人物,并非真有其人;但小说描写的是当时实际情况的一斑。

然而那是盛世的事。现在是无论怎么"索",早已一文也不给了,如果偶然"发薪",那是意外的上头的嘉惠,和什么"索"丝毫无关。不过临时发布"亲领"命令的施主却还有,只是已非善于索薪的骁将,而是天天"画到",未曾另谋生活的"不贰之臣"了。所以,先前的"亲领"是对于没有同去索薪的人们的罚,现在的"亲领"是对于不能空着肚子,天天到部的人们的罚。

　　但这不过是一个大意,此外的事,倘非身临其境,实在有些说不清。譬如一碗酸辣汤,耳闻口讲的,总不如亲自呷一口的明白。近来有几个心怀叵测的名人间接忠告我,说我去年作文,专和几个人闹意见,不再论及文学艺术,天下国家,是可惜的。殊不知我近来倒是明白了,身历其境的小事,尚且参不透,说不清,更何况那些高尚伟大,不甚了然的事业? 我现在只能说说较为切己的私事,至于冠冕堂皇如所谓"公理"之类,就让公理专家去消遣罢。

　　总之,我以为现在的"亲领"主张家,已颇不如先前了,这就是"孤桐先生"之所谓"每况愈下"。而且便是空牢骚如方玄绰者,似乎也经很寥寥了。

　　"去!"我一得警报,便走出公园,跳上车,径奔衙门去。

　　一进门,巡警就给我一个立正举手的敬礼,可见做官要做得较大,虽然阔别多日,他们也还是认识的。到里面,不见什么人,因为办公时间已经改在上午,大概都已亲领了回家了。觅得一位听差,问明了"亲领"的规则,是先到会计科去取得条子,然后拿了这条子,到花厅里去领钱。

　　就到会计科,一个部员看了一看我的脸,便翻出条子来。我知道他是老部员,熟识同人,负着"验明正身"的重大责任的;接过条子之后,我便特别多点了两个头,以表示告别和感谢之至意。

　　其次是花厅了,先经过一个边门,只见上贴纸条道:"丙组",又有一行小注是"不满百元"。我看自己的条子上,写的是九十九元,心里想，这真是"人生不满百，常怀千岁忧……"同时便直撞进去。看见一个和我差不多大的官，说到这"不满百元"是指全俸而言，我的并不在这里，是在里间。

就到里间，那里有两张大桌子，桌旁坐着几个人，一个熟识的老同事就招呼我了；拿出条子去，签了名，换得钱票，总算一帆风顺。这组的旁边还坐着一位很胖的官，大概是监督者，因为他敢于解开了官纱——也许是纺绸，我不大认识这些东西——小衫，露着胖得拥成折叠的胸肚，使汗珠雍容地越过了折叠往下流。

这时我无端有些感慨，心里想，大家现在都说"灾官""灾官"，殊不知"心广体胖"的还不在少呢。便是两三年前教员正嚷索薪的时候，学校的教员预备室里也还有人因为吃得太饱了，咳的一声，胃中的气体从嘴里反叛出来。

走出外间，那一位和我差不多大的官还在，便拉住他发牢骚。

"你们怎么又闹这些玩意儿了？"我说。

"这是他的意思……"他和气地回答，而且笑嘻嘻的。

"生病的怎么办呢？放在门板上抬来么？"

"他说：这些都另法办理……"

我是一听便了然的，只是在"门——衙门之门——外汉"怕不易懂，最好是再加上一点注解。这所谓"他"者，是指总长或次长而言。此时虽然似乎所指颇朦胧，但再掘下去，便可以得到指实，但如果再掘下去，也许又要更朦胧。总而言之，薪水既经到手，这些事便应该"适可而止，毋贪心也"的，否则，怕难免有些危机。即如我的说了这些话，其实就已经不大妥。

于是我退出花厅，却又遇见几个旧同事，闲谈了一回。知道还有"戊组"，是发给已经死了的人的薪水的，这一组大概无须"亲领"。又知道这一回提出"亲领"律者，不但"他"，也有"他们"在内。所谓"他们"者，粗粗一听，很像"索薪会"的头领们，但其实也

210

不然,因为衙门里早就没有什么"索薪会",所以这一回当然是别一批新人物了。

我们这回"亲领"的薪水,是中华民国十三年二月份的。因此,事前就有了两种学说。一,即作为十三年二月的薪水发给。然而还有新来的和新近加俸的呢,可就不免有向隅之感。于是第二种新学说自然起来:不管先前,只作为本年六月份的薪水发给。不过这学说也不大妥,只是"不管先前"这一句,就很有些疵病。

这个办法,先前也早有人苦心经营过。去年章士钊将我免职之后,自以为在地位上已经给了一个打击,连有些文人学士们也喜得手舞足蹈。然而他们究竟是聪明人,看到"满床满桌满地"的德文书的,即刻又悟到我单是抛了官,还不至于一败涂地,因为我还可以得欠薪,在北京生活。于是他们的司长刘百昭便在部务会议席上提出,要不发欠薪,何月领来,便作为何月的薪水。这办法如果实行,我的受打击是颇大的,因为就受着经济的迫压。然而终于也没有通过。那致命伤,就在"不管先前"上;而刘百昭们又不肯自称革命党,主张不管什么,都从新来一回。

所以现在每一领到政费,所发的也还是先前的钱;即使有人今年不在北京了,十三年二月间却在,实在也有些难于说是现今不在,连那时的曾经在此也不算了。但是,既然又有新的学说起来,总得采纳一点,这采纳一点,也就是调和一些。因此,我们这回的收条上,年月是十三年二月的,钱的数目是十五年六月的。

这么一来,既然并非"不管先前",而新近升官或加俸的又可以多得一点钱,可谓比较的周到。于我是无益也无损,只要还在北京,拿得出"正身"来。

翻开我的简单日记一查,我今年已经收了四回俸钱了:第一次三元;第二次六元;第三次八十二元五角,即二成五,端午节的夜里收到的;第四次三成,九十九元,就是这一次。再算欠我的薪水,是大约还有九千二百四十元,七月份还不算。

我觉得已是一个精神上的财主;只可惜这"精神文明"是不很可靠的,刘百昭就来动摇过。将来遇见善于理财的人,怕还要设立一个"欠薪整理会",里面坐着几个人物,外面挂着一块招牌,使凡有欠薪的人们都到那里去接洽。几天或几月之后,人不见了,接着连招牌也不见了;于是精神上的财主就变了物质上的穷人了。

但现在却还的确收了九十九元,对于生活又较为放心,趁闲空来发一点议论再说。

七月二十一日

本篇最初发表于一九二六年八月十日

《莽原》半月刊第 15 期

【评析:鲁迅对金钱的态度是坦荡的,"钱这个字很难听,或者要被高尚的君子们所非笑,但我总觉得人们的议论是不但昨天和今天,即使饭前和饭后,也往往有些差别。凡承认饭需钱买,而以说钱为卑鄙者,倘能按一按他的胃,那里面怕总还有鱼肉没有消化完,须得饿他一天之后,再来听他发议论。"鲁迅认为,为了不挨饿,为了保护自由不为钱而卖掉,为了不做傀儡,只能争取并守住自己的经济权。

当民国教育部因为北洋政府克扣经费拖欠员工工资的时候,鲁迅加入索薪队伍,维护个人劳动权益。1919 年 12 月 28 日出版的《新生活》杂点上,鲁迅在《生活神圣》一文中说,"此次教职员因薪水问题罢业,许多人还是拿冠冕堂皇的话来责备他们。就是他们自己,也有些人觉着因为吃饭问题罢业不好意思似的。我以为倒是光明磊落地要求生活权,是一件很体面很正当的事。不要套些假面具,把生活神圣的光华遮盖了。

鲁迅在《记"发薪"》一文中又写道:"我觉得已是一个精神上

的财主；……将来遇见善于理财的人，怕还要设立一个'欠薪整理会"，里面坐着几个人物，外面挂着块招牌，使凡有欠薪的人们都到那里去接洽。几天或几月之后，人不见了，接着连招牌也不见了；于是精神上的财主就变成物质上的穷人了。

在北京期间，由于家庭理财不当，一度入不敷出，鲁迅也多次从朋友那里借钱维持一家人的温饱生计。鲁迅后来为此感慨，"有人说：'文学是穷苦的时候做的'，其实未必，穷苦的时候必定没有文学作品的；我在北京时，一穷，就到处借钱，不写一个字，到薪俸发放时，才坐下来做文章。"】

从幽默到正经

"幽默"一倾于讽刺，失了它的本领且不说，最可怕的是有些人又要来"讽刺"，来陷害了，倘若堕于"说笑话"，则寿命是可以较为长远，流年也大致顺利的，但愈堕愈近于国货，终将成为洋式徐文长。当提倡国货声中，广告上已有中国的"自造舶来品"，便是一个证据。

而况我实在恐怕法律上不久也就要有规定国民必须哭丧着脸的明文了。笑笑，原也不能算"非法"的。但不幸东省沦陷，举国骚然，爱国之士竭力搜索失地的原因，结果发现了其一是在青年的爱玩乐，学跳舞。当北海上正在嘻嘻哈哈的溜冰的时候，一个大炸弹抛下来，虽然没有伤人，冰却已经炸了一个大窟窿，不能溜之大吉了。

又不幸而榆关失守，热河吃紧了，有名的文人学士，也就更加吃紧起来，做挽歌的也有，做战歌的也有，讲文德的也有，骂人固然可恶，俏皮也不文明，要大家做正经文章，装正经脸孔，以补"不抵抗主义"之不足。

但人类究竟不能这么沉静，当大敌压境之际，手无寸铁，杀不得敌人，而心里却总是愤怒的，于是他就不免寻求敌人的替代。这时候，笑嘻嘻的可就遭殃了，因为他这时便被叫做："陈叔宝全无心肝"。所以知机的人，必须也和大家一样哭丧着脸，以免于难。"聪明人不吃眼前亏"，亦古贤之遗教也，然而这时也就"幽默"归天，"正经"统一了剩下的全中国。

明白这一节，我们就知道先前为什么无论贞女与淫女，见人时都得不笑不言；现在为什么送葬的女人，无论悲哀与否，在路上定要放声大叫。

这就是"正经"。说出来么，那就是"刻毒"。

三月二日

本篇最初发表于一九三三年三月八日

《申报·自由谈》，署名何家干

推

两三月前，报上好像登过一条新闻，说有一个卖报的孩子，踏上电车的踏脚去取报钱，误踹住了一个下来的客人的衣角，那人大怒，用力一推，孩子跌入车下，电车又刚刚走动，一时停不住，把孩子碾死了。

推倒孩子的人，却早已不知所往。但衣角会被踹住，可见穿的是长衫，即使不是"高等华人"，总该是属于上等的。

我们在上海路上走，时常会遇见两种横冲直撞，对于对面或前面的行人，决不稍让的人物。一种是不用两手，却只将直直的长脚，如入无人之境似的踏过来，倘不让开，他就会踏在你的肚子或肩膀上。这是洋大人，都是"高等"的，没有华人那样上下的区别。

一种就是弯上他两条臂膊，手掌向外，像蝎子的两个钳一样，一路推过去，不管被推的人是跌在泥塘或火坑里。这就是我们的同胞，然而"上等"的，他坐电车，要坐二等所改的三等车，他看报，要看专登黑幕的小报，他坐着看得咽唾沫，但一走动，又是推。

上车，进门，买票，寄信，他推；出门，下车，避祸，逃难，他又推。推得女人孩子都踉踉跄跄，跌倒了，他就从活人上踏过，跌死了，他就从死尸上踏过，走出外面，用舌头舔舔自己的厚嘴唇，什么也不觉得。旧历端午，在一家戏场里，因为一句失火的谣言，就又是推，把十多个力量未足的少年踏死了。死尸摆在空地上，据说去看的又有万余人，人山人海，又是推。

推了的结果，是嘻开嘴巴，说道："阿唷，好白相来希好白相来希，上海话，好玩得很的意思。呀！"

住在上海，想不遇到推与踏，是不能的，而且这推与踏也还要廓大开去。要推倒一切下等华人中的幼弱者，要踏倒一切下等华人。这时就只剩了高等华人颂祝着——

"阿唷，真好白相来希呀。为保全文化起见，是虽然牺牲任何物质，也不应该顾惜的——这些物质有什么重要性呢！"

六月八日

本篇最初发表于一九三三年

六月十一日《申报·自由谈》，署名丰之余

【评析：文章从一个卖报孩童被人从电车上推下，被电车轧死，说到当时的"高等华人"或次一级的"上等人"，"上车，进门，买票，寄信，他推；出门，下车，避雨，逃难，他又推。推得女人孩子都踉踉跄跄，跌倒了，他就从活人身上踏过，跌死了，他就从死尸上踏过。"

就拿鲁迅先生的《推》来说，如今社会上在路上行走的人用推的又有多少呢？由"推"而引发的惨案又有多少呢，如果说例如排队时人与人之间多留一点距离，走路时不"横冲直撞，对于对面或前面的行人绝不稍让"，那社会一定会更美好，人与人之间一定会更和谐。

中国本来也有过"推己及人"、"推干就湿"一类词语，但那本来就是少见于实践的道德理想，但如果多一些"多留一点距离"或者说是"别挤"，其现实意义自然不言而喻。】

经　验

古人所传授下来的经验，有些实在是极可宝贵的，因为它曾经费去许多牺牲，而留给后人很大的益处。

偶然翻翻《本草纲目》，不禁想起了这一点。这一部书，是很普通的书，但里面却含有丰富的宝藏。自然，捕风捉影的记载，也是在所难免的，然而大部分的药品的功用，却由历久的经验，这才能够知道到这程度，而尤其惊人的是关于毒药的叙述。我们一向喜欢恭维古圣人，以为药物是由一个神农皇帝独自尝出来的，他曾经一天遇到过七十二毒，但都有解法，没有毒死。这种传说，现在不能主宰人心了。人们大抵已经知道一切文物，都是历来的无名氏所逐渐的造成。建筑，烹饪，渔猎，耕种，无不如此；医药也如此。这么一想，这事情可就大起来了：大约古人一有病，最初只好这样尝一点，那样尝一点，吃了毒的就死，吃了不相干的就无效，有的竟吃到了对证的就好起来，于是知道这是对于某一种病痛的药。这样地累积下去，乃有草创的纪录，后来渐成为庞大的书，如《本草纲目》就是。而且这书中的所记，又不独是中国的，还有阿拉伯人的经验，有印度人的经验，则先前所用的牺牲之大，更可想而知了。

然而也有经过许多人经验之后，倒给了后人坏影响的，如俗语说"各人自扫门前雪,莫管他家瓦上霜"的便是其一。救急扶伤,一不小心,向来就很容易被人所诬陷,而还有一种坏经验的结果的歌诀,是"衙门八字开,有理无钱莫进来",于是人们就只要事不干己,还是远远地站开干净。我想,人们在社会里,当初是并不这样彼此漠不相关的,但因豺狼当道,事实上因此出过许多牺牲,后来就自然的都走到这条道路上去了。所以,在中国,尤其是在都市里,倘使路上有暴病倒地,或翻车摔伤的人,路人围观或甚至于高兴的人尽有,肯伸手来扶助一下的人却是极少的。这便是牺牲所换来的坏处。

总之,经验的所得的结果无论好坏,都要很大的牺牲,虽是小事情,也免不掉要付惊人的代价。例如近来有些看报的人,对于什么宣言,通电,讲演,谈话之类,无论它怎样骈四俪六,崇论宏议,也不去注意了,甚而还至于不但不注意,看了倒不过做做嘻笑的资料。这那里有"始制文字,乃服衣裳"一样重要呢,然而这一点点结果,却是牺牲了一大片地面,和许多人的生命财产换来的。生命,那当然是别人的生命,我是自己,就得不着这经验了。所以一切经验,是只有活人才能有的,我的决不上别人讥刺我怕死,就去自杀或拼命的当,而必须写出这一点来,就为此。而且这也是小小的经验的结果。

六月十二日

本篇最初发表于一九三三年七月十五日《申报月刊》第2卷第7号,署名洛文

"揩　油"

"揩油",是说明着奴才的品行全部的。

这不是"取回扣"或"取佣钱",因为这是一种秘密;但也不是偷窃,因为在原则上,所取的实在是微乎其微。因此也不能说是"分肥";至多,或者可以谓之"舞弊"罢。然而这又是光明正大的"舞弊",因为所取的是豪家,富翁,阔人,洋商的东西,而且所取又不过一点点,恰如从油水汪洋的处所,揩了一下,于人无损,于揩者却有益的,并且也不失为损富济贫的正道。设法向妇女调笑几句,或乘机摸一下,也谓之"揩油",这虽然不及对于金钱的名正言顺,但无大损于被揩者则一也。

表现得最分明的是电车上的卖票人。纯熟之后,他一面留心着可揩的客人,一面留心着突来的查票,眼光都练得像老鼠和老鹰的混合物一样。付钱而不给票,客人本该索取的,然而很难索取,也很少见有人索取,因为他所揩的是洋商的油①,这时候,不但卖票人要报你憎恶的眼光,连同车的客人也往往不免显出以为你不识时务的脸色。

然而彼一时,此一时,如果三等客中有时偶缺一个铜元,你却只好在目的地以前下车,这时他就不肯通融,变成洋商的忠仆了。

在上海,如果同巡捕,门丁,西崽之类闲谈起来,他们大抵是憎恶洋鬼子的,他们多是爱国主义者。然而他们也像洋鬼子一样,看不起中国人,棍棒和拳头和轻蔑的眼光,专注在中国人的身上。

"揩油"的生活有福了。这手段将更加展开,这品格将变成高尚,这行为将认为正当,这将算是国民的本领,和对于帝国主义的复仇。打开天窗说亮话,其实,所谓"高等华人"也者,也何尝逃得出这模子。

但是,也如"吃白相饭"朋友那样,卖票人是还有他的道德的。倘被查票人查出他收钱而不给票来了,他就默然认罚,决不说没有

---

① 揩的是洋商的油,新中国建立前,上海租界内的电车是分别由英商和法商投资的两个电车公司经营的。同是中国人,当然有帮忙的义务,一索取,就变成帮助洋商了。

收过钱,将罪案推到客人身上去。

八月十四日

本篇最初发表于一九三三年

八月十七日《申报·自由谈》,署名苇索

上海的儿童

上海越界筑路的北四川路一带,因为打仗,去年冷落了大半年,今年依然热闹了,店铺从法租界搬回,电影院已经开始,公园左近也常见携手同行的爱侣,这是去年夏天所没有的。

倘若走进住家的弄堂里去,就看见便溺器,吃食担,苍蝇成群的在飞,孩子成队的在闹,有剧烈的捣乱,有发达的骂詈,真是一个乱烘烘的小世界。但一到大路上,映进眼帘来的却只是轩昂活泼地玩着走着的外国孩子,中国的儿童几乎看不见了。但也并非没有,只因为衣裤郎当,精神萎靡,被别人压得象影子一样,不能醒目了。

中国中流的家庭,教孩子大抵只有两种法。其一,是任其跋扈,一点也不管,骂人固可,打人亦无不可,在门内或门前是暴主,是霸王,但到外面,便如失了网的蜘蛛一般,立刻毫无能力。其二,是终日给以冷遇或呵斥,甚而至于打扑,使他畏葸退缩,仿佛一个奴才,一个傀儡,然而父母却美其名曰“听话”,自以为是教育的成功,待到放他到外面来,则如暂出樊笼的小禽,他决不会飞鸣,也不会跳跃。

现在总算中国也有印给儿童看的画本了,其中的主角自然是儿童,然而画中人物,大抵倘不是带着横暴冥顽的气味,甚而至于流氓模样的,过度的恶作剧的顽童,就是钩头耸背,低眉顺眼,一副死板板的脸相的所谓“好孩子”。这虽然由于画家本领的欠缺,但也是取儿童为范本的,而从此又以作供给儿童仿效的范本。我们试一看别国的儿童画罢,英国沉着,德国粗豪,俄国雄厚,法国漂亮,日本聪明,都没有一点中国似的衰惫的气象。观民风是不但可以由诗文,也可以由图画,而且可以由不为人们所重的儿童画的。

顽劣,钝滞,都足以使人没落,灭亡。童年的情形,便是将来的命运。我们的新人物,讲恋爱,讲小家庭,讲自立,讲享乐了,但很少有人为儿女提出家庭教育的问题,学校教育的问题,社会改革的问题。先前的人,只知道"为儿孙作马牛",固然是错误的,但只顾现在,不想将来,"任儿孙作马牛",却不能不说是一个更大的错误。

八月十二日

本篇最初发表于一九三三年九月十五日《申报月刊》第2卷第9号,署名洛文

【评析:由此文可见鲁迅先生的先见,对"少年之中国"的忧患,还有这社会改革下的教育问题,儿童的健康成长。"苍蝇成群的在飞,孩子成队的在闹,有剧烈的捣乱,有发达的骂詈……被别人压的象影子一样,不能醒目了"。这样的描写虽然简单,但真是精彩,也许只有像先生这样文史兼通的大家,方能如此的举重若轻吧。】

喝　茶

某公司又在廉价了,去买了二两好茶叶,每两洋二角。开首泡了一壶,怕它冷得快,用棉袄包起来,却不料郑重其事的来喝的时候,味道竟和我一向喝着的粗茶差不多,颜色也很重浊。

我知道这是自己错误了,喝好茶,是要用盖碗的,于是用盖碗。果然,泡了之后,色清而味甘,微香而小苦,确是好茶叶。但这是须在静坐无为的时候,当我正写着《吃教》的中途,拉来一喝,那好味道竟又不知不觉的滑过去,像喝着粗茶一样了。

有好茶喝，会喝好茶，是一种"清福"。不过要享这"清福"，首先就须有工夫，其次是练习出来的特别的感觉。由这一极琐屑的经验，我想，假使是一个使用筋力的工人，在喉干欲裂的时候，那么，即使给他龙井芽茶，珠兰窖片，恐怕他喝起来也未必觉得和热水有什么大区别罢。所谓"秋思"，其实也是这样的，骚人墨客，会觉得什么"悲哉秋之为气也"，风雨阴晴，都给他一种刺戟，一方面也就是一种"清福"，但在老农，却只知道每年的此际，就要割稻而已。

　　于是有人以为这种细腻锐敏的感觉，当然不属于粗人，这是上等人的牌号。然而我恐怕也正是这牌号就要倒闭的先声。我们有痛觉，一方面是使我们受苦的，而一方面也使我们能够自卫。假如没有，则即使背上被人刺了一尖刀，也将茫无知觉，直到血尽倒地，自己还不明白为什么倒地。但这痛觉如果细腻锐敏起来呢，则不但衣服上有一根小刺就觉得，连衣服上的接缝，线结，布毛都要觉得，倘不穿"无缝天衣"，他便要终日如芒刺在身，活不下去了。但假装锐敏的，自然不在此例。

　　感觉的细腻和敏锐，较之麻木，那当然算是进步的，然而以有助于生命的进化为限。如果不相干，甚而至于有碍，那就是进化中的病态，不久就要收梢。我们试将享清福，抱秋心的雅人，和破衣粗食的粗人一比较，就明白究竟是谁活得下去。喝过茶，望着秋天，我于是想：不识好茶，没有秋思，倒也罢了。

九月三十日

本篇最初发表于一九三三年

十月二日《申报·自由谈》，署名丰之余

　　【评析：本文是 1933 年 10 月，文学家鲁迅创作的一篇散文，本篇最初发表于 1933 年 10 月 2 日《申报》，栏目为"自由谈"。文章描述了作者对品茶的一些心得感受。鲁迅这作品也沿用他向来作风——对人性不留情面地讽刺批判、就这个特点,也在这篇文章体现了。鲁迅对喝茶与人性有独特的见解、善于借"喝茶"来剖析当时病态的社会。这篇文章,恰似一把解剖刀,剖析着当时很多文人墨客无病呻吟的现象,简短几句话,讽刺力度强大、杀伤指数封顶!】

看变戏法

我爱看"变戏法"。

他们是走江湖的,所以各处的戏法都一样。为了敛钱,一定有两种必要的东西:一只黑熊,一个小孩子。

黑熊饿得真瘦,几乎连动弹的力气也快没有了。自然,这是不能使它强壮的,因为一强壮,就不能驾驭。现在是半死不活,却还要用铁圈穿了鼻子,再用索子牵着做戏。有时给吃一点东西,是一小块水泡的馒头皮,但还将勺子擎得高高的,要它站起来,伸头张嘴,许多工夫才得落肚,而变戏法的则因此集了一些钱。

这熊的来源,中国没有人提到过。据西洋人的调查,说是从小时候,由山里捉来的;大的不能用,因为一大,就总改不了野性。但虽是小的,也还须"训练",这"训练"的方法,是"打"和"饿";而后来,则是因虐待而死亡。我以为这话是的确的,我们看它还在活着做戏的时候,就瘦得连点气息也没有了,有些地方,竟称之为"狗熊",其被蔑视至于如此。

孩子在场面上也要吃苦,或者大人踏在他肚子上,或者将他的两手扭过来,他就显出很苦楚,很为难,很吃重的相貌,要看客解救。六个,五个,再四个,三个……而变戏法的就又集了一些钱。

他自然也曾经训练过,这苦痛是装出来的,和大人串通的勾当,

不过也无碍于赚钱。

下午敲锣开场,这样的做到夜,收场,看客走散,有花了钱的,有终于不花钱的。

每当收场,我一面走,一面想:两种生财家伙,一种是要被虐待至死的,再寻幼小的来;一种是大了之后,另寻一个小孩子和一只小熊,仍旧来变照样的戏法。

事情真是简单得很,想一下,就好像令人索然无味。然而我还是常常看。此外叫我看什么呢,诸君?

十月一日

本篇最初发表于一九三三年

十月四日《申报·自由谈》,署名游光

世故三昧

人世间真是难处的地方,说一个人"不通世故",固然不是好话,但说他"深于世故"也不是好话。"世故"似乎也象"革命之不可不革,而亦不可太革"一样,不可不通,而亦不可太通的。

然而据我的经验,得到"深于世故"的恶谥者,却还是因为"不通世故"的缘故。

现在我假设以这样的话,来劝导青年人——

"如果你遇见社会上有不平事,万不可挺身而出,讲公道话,否则,事情倒会移到你头上来,甚至于会被指作反动分子的。如果你遇见有人被冤枉,被诬陷的,即使明知道他是好人,也万不可挺身而出,去给他解释或分辩,否则,你就会被人说是他的亲戚,或得了他的贿赂;倘使那是女人,就要被疑为她的情人的;如果他较有名,那便是党羽。例如我自己罢,给一个毫不相干的女士做了一篇信札集的序①，人们就说她是我的小姨；绍介一点科学的文艺理论，人们就说得了苏联的卢布。亲戚和金钱，在目下的中国，关系也真是大，事实给与了教训，人们看惯了，以为人人都脱不了这关系，原也无足深怪的。

"然而，有些人其实也并不真相信，只是说着玩玩，有趣有趣的。即使有人为了谣言，弄得凌迟碎剐，像明末的郑鄤②那样了，和自己也并不相干，总不如有趣的紧要。这时你如果去辨正，那就是使大家扫兴，结果还是你自己倒霉。我也有一个经验，那是十多年前，我在教育部里做"官僚"，常听得同事说，某女学校的学生，是可以叫出来嫖的。连机关的地址门牌，也说得明明白白。有一回我偶然走过这条街，一个人对于坏事情，是记性好一点的，我记起来了，便留心着那门牌，但这一号，却是一块小空地，有一口大井，一间很破烂的小屋，是几个山东人住着卖水的地方，决计做不了别用。待到他们又在谈着这事的时候，我便说出我的所见来，而不料大家竟笑容尽敛，不欢而散了，此后不和我谈天者两三月。我事后才悟到打断了他们的兴致，是不应该的。

"所以，你最好是莫问是非曲直，一味附和着大家；但更好是不开口；而在更好之上的是连脸上也不显出心里的是非的模样来……"

这是处世法的精义，只要黄河不流到脚下，炸弹不落在身边，可以保管一世没有挫折的。但我恐怕青年人未必以我的话为然；便是中年，老年人，也许要以为我是在教坏了他们的子弟。呜呼，那么，一片苦心，竟是白费了。

然而倘说中国现在正如唐虞盛世，却又未免是"世故"之谈。

---

① 毫不相干的女士，指金淑姿。1932 年程鼎兴为亡妻金淑姿刊行遗信集，托人请鲁迅写序。

② 郑鄤，号阳，江苏武进（今常州市）人，明代天启年间进士。崇祯时温体仁诬告他不孝丈母，被凌迟处死。

耳闻目睹的不算,单是看看报章,也就可以知道社会上有多少不平,人们有多少冤抑。但对于这些事,除了有时或有同业,同乡,同族的人们来说几句呼吁的话之外,利害无关的人的义愤的声音,我们是很少听到的。这很分明,是大家不开口;或者以为和自己不相干;或者连"以为和自己不相干"的意思也全没有。"世故"深到不自觉其"深于世故",这才真是"深于世故"的了。这是中国处世法的精义中的精义。

而且,对于看了我的劝导青年人的话,心以为非的人物,我还有一下反攻在这里。他是以我为狡猾的。但是,我的话里,一面固然显示着我的狡猾,而且无能,但一面也显示着社会的黑暗。他单责个人,正是最稳妥的办法,倘使兼责社会,可就得站出去战斗了。责人的"深于世故"而避开了"世"不谈,这是更"深于世故"的玩意,倘若自己不觉得,那就更深更深了,离三昧①境盖不远矣。

不过凡事一说,即落言筌②,不再能得三昧。说"世故三昧"者,即非"世故三昧"。三昧真谛,在行而不言;我现在一说"行而不言",却又失了真谛,离三昧境盖益远矣。

一切善知识③,心知其意可也,唵!

十月十三日

本篇最初发表于一九三三年十一月十五日

《申报月刊》第 2 卷第 11 号,署名洛文

---

① 三昧,佛家语,佛家修身方法之一,也泛指事物的诀要或精义。

② 言筌,言语的迹象。《庄子·外物》:"荃(筌)者所以在鱼,得鱼而忘荃;言者所以在意,得意而妄言。"

③ 善知识,佛家语,据《法华文句》解释:"闻名为知,见形为识,是人益我菩提(觉悟)之道,名善知识。"

【评析:鲁迅在《世故三昧》中假设以"世故"来劝导青年,先是举几个例子,告诉青年们遇到不平之事不要挺身而出说公道话,否则事情会转到自己身上甚至自己会遭到众人指责。还有就是不要说破众人说着有趣的"谣言",否则就是自讨没趣,打断别人的兴致。"所以,你最好是莫问是非曲直,一味附和着大家;但更好是不开口;而在更好之上的是连脸上也不显出心里的是非的模样来……"鲁迅指出这种世故就是中国处世法的精义。接着,鲁迅又谈到社会上有太多的不公,而利害无关的人的义愤的声音却极少听到,"这很分明,是大家不开口;或者以为和自己不相干;或者连'以为和自己不相干'的意思也全没有"。鲁迅又把"世故"深到不自觉其"深于世故",称为中国处世法精义中的精义。】

火

普洛美修斯偷火给人类,总算是犯了天条,贬入地狱。但是,钻木取火的燧人氏却似乎没有犯盗窃罪,没有破坏神圣的私有财产——那时候,树木还是无主的公物。然而燧人氏也被忘却了,到如今只见中国人供火神菩萨,不见供燧人氏的。

火神菩萨只管放火,不管点灯。凡是火着就有他的份。因此,大家把他供养起来,希望他少作恶。然而如果他不作恶,他还受得着供养么,你想?

点灯太平凡了。从古至今,没有听到过点灯出名的名人,虽然人类从燧人氏那里学会了点火已经有五六千年的时间。放火就不然。秦始皇放了一把火——烧了书没有烧人;项羽入关又放了一把火——烧的是阿房宫不是民房(?——待考)……罗马的一个什么皇帝却放火烧百姓了;中世纪正教的僧侣就会把异教徒当柴火烧,间或还灌上油。这些都是一世之雄。现代的希特拉就是活证人。如何

227

能不供养起来。何况现今是进化时代,火神菩萨也代代跨灶的。

譬如说罢,没有电灯的地方,小百姓不顾什么国货年,人人都要买点洋货的煤油,晚上就点起来:那么幽暗的黄澄澄的光线映在纸窗上,多不大方! 不准,不准这么点灯! 你们如果要光明的话,非得禁止这样"浪费"煤油不可。煤油应当扛到田地里去,灌进喷筒,呼啦呼啦的喷起来……一场大火,几十里路的延烧过去,稻禾,树木,房舍——尤其是草棚——一会儿都变成飞灰了。还不够,就有燃烧弹,硫黄弹,从飞机上面扔下来,像上海一二八的大火似的,够烧几天几晚。那才是伟大的光明呵。

火神菩萨的威风是这样的。可是说起来,他又不承认:火神菩萨据说原是保佑小民的,至于火灾,却要怪小民自不小心,或是为非作歹,纵火抢掠。

谁知道呢? 历代放火的名人总是这样说,却未必总有人信。

我们只看见点灯是平凡的,放火是雄壮的,所以点灯就被禁止,放火就受供养。你不见海京伯马戏团么:宰了耕牛喂老虎,原是这年头的"时代精神"。

十一月二日

本篇最初发表于一九三三年十二月十五日《申报月刊》第 2 卷第 12 号,署名洛文

安贫乐道法

孩子是要别人教的,毛病是要别人医的,即使自己是教员或医生。但做人处世的法子,却恐怕要自己斟酌,许多别人开来的良方,往往不过是废纸。

劝人安贫乐道是古今治国平天下的大经络,开过的方子也很

多,但都没有十全大补的功效。因此新方子也开不完,新近就看见了两种,但我想:恐怕都不大妥当。

一种是教人对于职业要发生兴趣,一有兴趣,就无论什么事,都乐此不倦了。当然,言之成理的,但到底须是轻松一点的职业。且不说掘煤,挑粪那些事,就是上海工厂里做工至少每天十点的工人,到晚快边就一定筋疲力倦,受伤的事情是大抵出在那时候的。"健全的精神,宿于健全的身体之中",连自己的身体也顾不转了,怎么还会有兴趣?——除非他爱兴趣比性命还厉害。倘若问他们自己罢,我想,一定说是减少工作的时间,做梦也想不到发生兴趣法的。

还有一种是极其彻底的:说是大热天气,阔人还忙于应酬,汗流浃背,穷人却挟了一条破席,铺在路上,脱衣服,浴凉风,其乐无穷,这叫做"席卷天下"。这也是一张少见的富有诗趣的药方,不过也有煞风景在后面。快要秋凉了,一早到马路上去走走,看见手捧肚子,口吐黄水的就是那些"席卷天下"的前任活神仙。大约眼前有福,偏不去享的大愚人,世上究竟是不多的,如果精穷真是这么有趣,现在的阔人一定首先躺在马路上,而现在的穷人的席子也没有地方铺开来了。

上海中学会考的优良成绩发表了,有《衣取蔽寒食取充腹论》[①],其中有一段——

"……若德业已立,则虽饔飧不继,捉襟见肘,而其名德足传于后,精神生活,将充分发展,又何患物质生活之不足耶?人生真谛,固在彼而不在此也……"(由《新语林》第三期转录)

这比题旨更进了一步,说是连不能"充腹"也不要紧的。但中学生所开的良方,对于大学生就不适用,同时还是出现了要求职业的一大群。

---

① 《衣取蔽寒食取充腹论》,是 1934 年上海中学会考的作文试题。《新语林》第三期(1934 年 8 月 5 日)载埜容《拥护会考》一文中,曾根据《上海中学会考特刊》引录了试卷中的这段文字。

事实是毫无情面的东西，它能将空言打得粉碎。有这么的彰明较著，其实，据我的愚见，是大可以不必再玩"之乎者也"了——横竖永远是没有用的。

八月十三日

本篇最初发表于一九三四年

八月十六日《申报·自由谈》，署名史贲

从孩子的照相说起

因为长久没有小孩子，曾有人说，这是我做人不好的报应，要绝种的。房东太太讨厌我的时候，就不准她的孩子们到我这里玩，叫做"给他冷清冷清，冷清得他要死！"但是，现在却有了一个孩子，虽然能不能养大也很难说，然而目下总算已经颇能说些话，发表他自己的意见了。不过不会说还好，一会说，就使我觉得他仿佛也是我的敌人。

他有时对于我很不满，有一回，当面对我说："我做起爸爸来，还要好……"甚而至于颇近于"反动"，曾经给我一个严厉的批评道："这种爸爸，什么爸爸！？"

我不相信他的话。做儿子时，以将来的好父亲自命，待到自己有了儿子的时候，先前的宣言早已忘得一干二净了。况且我自以为也不算怎么坏的父亲，虽然有时也要骂，甚至于打，其实是爱他的。所以他健康，活泼，顽皮，毫没有被压迫得瘟头瘟脑。如果真的是一个"什么爸爸"，他还敢当面发这样反动的宣么？

但那健康和活泼，有时却也使他吃亏，九一八事件后，就被同胞误认为日本孩子，骂了好几回，还挨过一次打——自然是并不重的。这里还要加一句说的听的，都不十分舒服的话：近一年多以来,这样的事情可是一次也没有了。

中国和日本的小孩子,穿的如果都是洋服,普通实在是很难分辨的。但我们这里的有些人,却有一种错误的速断法:温文尔雅,不大言笑,不大动弹的,是中国孩子;健壮活泼,不怕生人,大叫大跳的,是日本孩子。

然而奇怪,我曾在日本的照相馆里给他照过一张相,满脸顽皮,也真像日本孩子;后来又在中国的照相馆里照了一张相,相类的衣服,然而面貌很拘谨,驯良,是一个地道的中国孩子了。

为了这事,我曾经想了一想。

这不同的大原因,是在照相师的。他所指示的站或坐的姿势,两国的照相师先就不相同,站定之后,他就瞪了眼睛,觑伺机摄取他以为最好的一刹那的相貌。孩子被摆在照相机的镜头之下,表情是总在变化的,时而活泼,时而顽皮,时而驯良,时而拘谨,时而烦厌,时而疑惧,时而无畏,时而疲劳……。照住了驯良和拘谨的一刹那的,是中国孩子相;照住了活泼或顽皮的一刹那的,就好像日本孩子相。

驯良之类并不是恶德。但发展开去,对一切事无不驯良,却绝不是美德,也许简直倒是没出息。“爸爸”和前辈的话,固然也要听的,但也须说得有道理。假使有一个孩子,自以为事事都不如人,鞠躬倒退;或者满脸笑容,实际上却总是阴谋暗箭,我实在宁可听到当面骂我“什么东西”的爽快,而且希望他自己是一个东西。

但中国一般的趋势,却只在向驯良之类——“静”的一方面发展,低眉顺眼,唯唯诺诺,才算一个好孩子,名之曰“有趣”。活泼,健康,顽强,挺胸仰面……凡是属于“动”的,那就未免有人摇头了,甚至于称之为“洋气”。又因为多年受着侵略,就和这“洋气”为仇;更进一步,则故意和这“洋气”反一调:他们活动,我偏静坐;他们讲科学,我偏扶乩;他们穿短衣,我偏着长衫;他们重卫生,我偏吃苍蝇;他们壮健,我偏生病……这才是保存中国固有文化,这才是爱国,这才不是奴隶性。

其实,由我看来,所谓"洋气"之中,有不少是优点,也是中国人性质中所本有的,但因了历朝的压抑,已经萎缩了下去,现在就连自己也莫名其妙,统统送给洋人了。这是必须拿它回来——恢复过来的——自然还得加一番慎重的选择。

即使并非中国所固有的罢,只要是优点,我们也应该学习。即使那老师是我们的仇敌罢,我们也应该向他学习。我在这里要提出现在大家所不高兴说的日本来,他的会模仿,少创造,是为中国的许多论者所鄙薄的,但是,只要看看他们的出版物和工业品,早非中国所及,就知道"会模仿"绝不是劣点,我们正应该学习这"会模仿"的。"会模仿"又加以有创造,不是更好么? 否则,只不过是一个"恨恨而死"而已。

我在这里还要附加一句像是多余的声明:我相信自己的主张,绝不是"受了帝国主义者的指使",要诱中国人做奴才;而满口爱国,满身国粹,也于实际上的做奴才并无妨碍。

八月七日

本篇最初发表于一九三四年八月二十日
《新语林》半月刊第4期,署名孺牛

【评析:鲁迅先生由时人从中日两国孩子照相是否拘谨驯良来判断国籍说起,议论了中外孩子们的差别,议论了人们判断标准背后的逻辑。他讲人们判断标准是,温文尔雅,不大言笑,不大动弹的,是中国孩子;健壮活泼,不怕生人,大叫大跳的,是日本孩子。并说,自己的孩子曾因为活泼好动而被国人误认为日本孩子而挨打挨骂。

鲁迅先生是不认可这个标准的。驯良不是恶德,但发展下去,对一切事无不驯良,却绝不是美德,也许简直到倒不是没出息。令他揪心的是,中国一般的趋势,却只在向驯良之类——"静"的一方面发展。而活泼,健康,顽强,挺胸仰面……凡是属于"动"的,那就未免有人摇头,甚至称之为"洋气"。

鲁迅先生的态度是开放的。即使并非中国所固有的罢,只要是优点,我们也应该学习,即使老师是敌人,也要学习。即使是模仿,也不打紧。会模仿又加以创造,不是更好吗?否则,只不过是一个"恨恨而死"而已。】

说"面子"

"面子",是我们在谈话里常常听到的,因为好像一听就懂,所以细想的人大约不很多。

但近来从外国人的嘴里,有时也听到这两个音,他们似乎在研究。他们以为这一件事情,很不容易懂,然而是中国精神的纲领,只要抓住这个,就像二十四年前的拔住了辫子一样,全身都跟着走动了。相传前清时候,洋人到总理衙门去要求利益,一通威吓,吓得大官们满口答应,但临走时,却被从边门送出去。不给他走正门,就是他没有面子;他既然没有了面子,自然就是中国有了面子,也就是占了上风了。这是不是事实,我断不定,但这故事,"中外人士"中是颇有些人知道的。

因此,我颇疑心他们想专将"面子"给我们。

但"面子"究竟是怎么一回事呢?不想还好,一想可就觉得胡涂。它像是很有好几种的,每一种身份,就有一种"面子",也就是所谓"脸"。这"脸"有一条界线,如果落到这线的下面去了,即失了面子,也叫做"丢脸"。不怕"丢脸",便是"不要脸"。但倘使做了超出这线以上的事,就"有面子",或曰"露脸"。而"丢脸"之道,则因人而不同,例如车夫坐在路边赤膊捉虱子,并不算什么,富家姑爷坐在路边赤膊捉虱子,才成为"丢脸"。但车夫也并非没有"脸",不过这时不算"丢",要给老婆踢了一脚,就躺倒哭起来,这才成为他的"丢脸"。这一条"丢脸"律,是也适用于上等人的。这样看来,"丢脸"的机会,似乎上等人比较得多,但也不一定,例如车夫偷一个钱袋,被人发现,是失了面子的,而上等人大捞一批金珠珍玩,却仿佛也不见得怎样"丢脸",况且还有"出洋考察",是改头换面的良方。

谁都要"面子",当然也可以说是好事情,但"面子"这东西,却实在有些怪。九月三十日的《申报》就告诉我们一条新闻:沪西有业木匠大包作头之罗立鸿,为其母出殡,邀开"贳器店之王树宝夫妇帮忙,因来宾众多,所备白衣,不敷分配,其时适有名王道才,绰号三喜子,亦到来送殡,争穿白衣不遂,以为有失体面,心中怀恨……邀集徒党数十人,各执铁棍,据说尚有持手枪者多人,将王树宝家人乱打,一时双方有剧烈之战争,头破血流,多人受有重伤……"白衣是亲族有服者所穿的,现在必须"争穿"而又"不遂",足见并非亲族,但竟以为"有失体面",演成这样的大战了。这时候,好像只要和普通有些不同便是"有面子",而自己成了什么,却可以完全不管。这类脾气,是"绅商"也不免发露的:袁世凯将要称帝的时候,有人以列名于劝进表中为"有面子";有一国从青岛撤兵①的时候,有人以列名于万民伞上为"有面子"。

所以,要"面子"也可以说并不一定是好事情——但我并非说,人应该"不要脸"。现在说话难,如果主张"非孝",就有人会说你在煽动打父母,主张男女平等,就有人会说你在提倡乱交——这声明是万不可少的。

况且,"要面子"和"不要脸"实在也可以有很难分辨的时候。

---

① 有一国从青岛撤兵,指 1922 年 12 月日本撤走侵占青岛的军队。

不是有一个笑话么？一个绅士有钱有势，我假定他叫四大人罢，人们都以能够和他扳谈为荣。有一个专爱夸耀的小瘪三，一天高兴地告诉别人道："四大人和我讲过话了！"人问他"说什么呢？"答道："我站在他门口，四大人出来了，对我说：滚开去！"当然，这是笑话，是形容这人的"不要脸"，但在他本人，是以为"有面子"的，如此的人一多，也就真成为"有面子"了。别的许多人，不是四大人连"滚开去"也不对他说么？

在上海，"吃外国火腿"①虽然还不是"有面子"，却也不算怎么"丢脸"了，然而比起被一个本国的下等人所踢来，又仿佛近于"有面子"。

中国人要"面子"，是好的，可惜的是这"面子"是"圆机活法""圆机活法"随机应变的方法。善于变化，于是就和"不要脸"混起来了。长谷川②如是闲说"盗泉"云："古之君子，恶其名而不饮，今之君子，改其名而饮之。"也说穿了"今之君子"的"面子"的秘密。

十月四日

本篇最初发表于一九三四年十月上海
《漫画生活》月刊第2期

【评析：鲁迅在《说面子》的杂文中指出，每一种身份，就有一种"面子"，也就是所谓的"脸"。这"脸"有一条界限，如果落到这线的下面去了，即失了面子，也叫做"丢脸"。这句话常被人引用，只是引用时往往忽略了，即使同一种身份的人，"丢脸"也有两种不同的丢法：一种是自己不要脸，一种是人家不给脸。

当然，面子有大小、厚薄之分，有"位子"可以易"面子"，有"条子"可以给"面子"，从面子开始向深层次研究，官官相护，面面相

---

① "吃外国火腿"，旧时上海俗语，意指被外国人所踢。
② 长谷川如是闲(1875-1969,)日本评论家。著有《现代社会批判》、《日本的性格》等。

"需"，从古至今屡见不鲜，够威够力。于是有人争得了面子，也有人失去了面子，得者骄，失者馁，彼此都心态扭曲，面子成了一种相互折磨的刑具。】

我要骗人

疲劳到没有法子的时候，也偶然佩服了超出现世的作家，要模仿一下来试试。然而不成功。超然的心，是得象贝类一样，外面非有壳不可的。而且还得有清水。浅间山①边，倘是客店，那一定是有的罢，但我想，却未必有去造"象牙之塔"的人的。

为了希求心的暂时的平安，作为穷余之一策，我近来发明了别样的方法了，这就是骗人。

去年的秋天或是冬天，日本的一个水兵，在闸北被暗杀了。忽然有了许多搬家的人，汽车租钱之类，都贵了好几倍。搬家的自然是中国人，外国人是很有趣似的站在马路旁边看。我也常常去看的。一到夜里，非常之冷静，再没有卖食物的小商人了，只听得有时从远处传来着犬吠。然而过了两三天，搬家好象被禁止了。警察拼死命的在殴打那些拉着行李的大车夫和洋车夫，日本的报章，中国的报章，都异口同声的对于搬了家的人们给了一个"愚民"的徽号。这意思就是说，其实是天下太平的，只因为有这样的"愚民"，所以把颇好的天下，弄得乱七八糟了。

我自始至终没有动，并未加入"愚民"这一伙里。但这并非为了聪明，却只因为懒惰。也曾陷在五年前的正月的上海战争——日本那一面，好象是喜欢称为"事变"似的——的火线下，而且自由

---

① 浅间山，日本的火山，过去常有人去投火山口自杀；它也是游览地区，山下设有旅馆等。

早被剥夺①,夺了我的自由的权力者,又拿着这飞上空中了,所以无论跑到那里去,都是一个样。中国的人民是多疑的。无论哪一国人,都指这为可笑的缺点。然而怀疑并不是缺点。总是疑,而并不下断语,这才是缺点。我是中国人,所以深知道这秘密。其实,是在下着断语的,而这断语,乃是:到底还是不可信。但后来的事实,却大抵证明了这断语的的确。中国人不疑自己的多疑。所以我的没有搬家,也并不是因为怀着天下太平的确信,说到底,仍不过为了无论那里都一样的危险的缘故。五年以前翻阅报章,看见过所记的孩子的死尸的数目之多,和从不见有记着交换俘虏的事,至今想起来,也还是非常悲痛的。

虐待搬家人,殴打车夫,还是极小的事情。中国的人民,是常用自己的血,去洗权力者的手,使他又变成洁净的人物的,现在单是这模样就完事,总算好得很。

但当大家正在搬家的时候,我也没有整天站在路旁看热闹,或者坐在家里读世界文学史之类的心思。走远一点,到电影院里散闷去。一到那里,可真是天下太平了。这就是大家搬家去住的处所②,我刚要跨进大门,被一个十二三岁的女孩子捉住了。是小学生,在募集水灾的捐款,因为冷,连鼻子尖也冻得通红。我说没有零钱,她就用眼睛表示了非常的失望。我觉得对不起人,就带她进了电影院,买过门票之后,付给她一块钱。她这回是非常高兴了,称赞我道,"你是好人",还写给我一张收条。只要拿着这收条,就无论到那里,都没有再出捐款的必要。于是我,就是所谓"好人",也轻松地走进里面了。

看了什么电影呢?现在已经丝毫也记不起。总之,大约不外乎一个英国人,为着祖国,征服了印度的残酷的酋长,或者一个美

①　自由早被剥夺,指作者被通缉的事。1930年2月作者参加发起中国自由运动大同盟,国民党浙江省党部即呈请国民党中央通缉"堕落文人鲁迅"。
②　指当时上海的"租界"地区。

国人,到亚非利加去,发了大财,和绝世的美人结婚之类罢。这样的消遣了一些时光,傍晚回家,又走进了静悄悄的环境。听到远地里的犬吠声。女孩子的满足的表情的相貌,又在眼前出现,自己觉得做了好事情了,但心情又立刻不舒服起来,好象嚼了肥皂或者什么一样。

诚然,两三年前,是有过非常的水灾的,这大水和日本的不同,几个月或半年都不退。但我又知道,中国有着叫做"水利局"的机关,每年从人民收着税钱,在办事。但反而出了这样的大水了。我又知道,有一个团体演了戏来筹钱,因为后来只有二十几元,衙门就发怒不肯要。连被水灾所害的难民成群地跑到安全之处来,说是有害治安,就用机关枪去扫射的话也都听到过。恐怕早已统统死掉了罢。然而孩子们不知道,还在拼命的替死人募集生活费,募不到,就失望,募到手,就喜欢。而其实,一块来钱,是连给水利局的老爷买一天的烟卷也不够的。我明明知道着,却好像也相信款子真会到灾民的手里似的,付了一块钱。实则不过买了这天真烂漫的孩子的欢喜罢了。我不爱看人们的失望的样子。

倘使我那八十岁的母亲,问我天国是否真有,我大约是会毫不踌躇,答道真有的罢。

然而这一天的后来的心情却不舒服。好像是又以为孩子和老人不同,骗她是不应该似的,想写一封公开信,说明自己的本心,去消释误解,但又想到横竖没有发表之处,于是中止了,时候已是夜里十二点钟。到门外去看了一下。

已经连人影子也看不见。只在一家的檐下,有一个卖馄饨的,在和两个警察谈闲天。这是一个平时不大看见的特别穷苦的肩贩,存着的材料多得很,可见他并无生意。用两角钱买了两碗,和我的女人两个人分吃了。算是给他赚一点钱。

庄子曾经说过:"干下去的(曾经积水的)车辙里的鲋鱼,彼此用唾沫相湿,用湿气相嘘,"——然而他又说,"倒不如在江湖里,大家互相忘却的好。"

可悲的是我们不能互相忘却。而我,却愈加恣意的骗起人来了。如果这骗人的学问不毕业,或者不中止,恐怕是写不出圆满的文章来的。

但不幸而在既未卒业,又未中止之际,遇到山本社长①了。因为要我写一点什么,就在礼仪上,答道"可以的"。因为说过"可以",就应该写出来,不要使他失望,然而,到底也还是写了骗人的文章。

写着这样的文章,也不是怎么舒服的心地。要说的话多得很,但得等候"中日亲善"更加增进的时光。不久之后,恐怕那"亲善"的程度,竟会到在我们中国,认为排日即国贼——因为说是共产党利用了排日的口号,使中国灭亡的缘故,——而到处的断头台上,都闪烁着太阳的圆圈的罢,但即使到了这样子,也还不是披沥真实的心的时光。

单是自己一个人的过虑也说不定:要彼此看见和了解真实的心,倘能用了笔,舌,或者如宗教家之所谓眼泪洗明了眼睛那样的便当的方法,那固然是非常之好的,然而这样便宜事,恐怕世界上也很少有。这是可以悲哀的。一面写着漫无条理的文章,一面又觉得对不起热心的读者了。

临末,用血写添几句个人的预感,算是一个答礼罢。

二月二十三日

本篇最初发表于一九三六年四月号日本《改造》月刊。

原稿为日文,后由作者译成中文,

发表于一九三六年六月上海《文学丛报》月刊第 3 期

---

① 山本社长,即山本实彦(1885—1952),当时日本《改造》杂志社社长。

【评析：一个人要说真话固然很难，但是，能够像鲁迅这样正视自己时时刻刻不得不说假话的困境，这需要更大的勇气。我们每一个人时时刻刻都面临着这样一个两难的选择，事实上我们每个人都曾说过假话。但是有谁像鲁迅这样敢于正视自己，渴望着说真话，但是又不能不说假话、不能不骗人的这样一种深层的困境，有几个人敢于正视这一点？所以鲁迅说，我是不能把我心里想的话全部说出来，我只能说一部分。】

我的第一个师父

不记得是那一部旧书上看来的了，大意说是有一位道学先生，自然是名人，一生拼命辟佛，却名自己的小儿子为"和尚"。有一天，有人拿这件事来质问他。他回答道："这正是表示轻贱呀！"那人无话可说而退云。

其实，这位道学先生是诡辩。名孩子为"和尚"，其中是含有迷信的。中国有许多妖魔鬼怪，专喜欢杀害有出息的人，尤其是孩子；要下贱，他们才放手，安心。和尚这一种人，从和尚的立场看来，会成佛——但也不一定，——固然高超得很，而从读书人的立场一看，他们无家无室，不会做官，却是下贱之流。读书人意中的鬼怪，那意见当然和读书人相同，所以也就不来搅扰了。这和名孩子为阿猫阿狗，完全是一样的意思：容易养大。

还有一个避鬼的法子，是拜和尚为师，也就是舍给寺院了的意思，然而并不放在寺院里。我生在周氏是长男，"物以稀为贵"，父亲怕我有出息，因此养不大，不到一岁，便领到长庆寺里去，拜了一个和尚为师了。拜师是否要贽见礼，或者布施什么的呢，我完全不知道。只知道我却由此得到一个法名叫做"长庚"，后来我也偶尔用作笔名，并且在《在酒楼上》这篇小说里，赠给了恐吓自己的侄女

240

的无赖;还有一件百家衣,就是"衲衣",论理,是应该用各种破布拼成的,但我的却是橄榄形的各色小绸片所缝就,非喜庆大事不给穿;还有一条称为"牛绳"的东西,上挂零星小件,如历本,镜子,银筛之类,据说是可以避邪的。

这种布置,好像也真有些力量:我至今没有死。

不过,现在法名还在,那两件法宝却早已失去了。前几年回北平去,母亲还给了我婴儿时代的银筛,是那时的唯一的纪念。仔细一看,原来那筛子圆径不过寸余,中央一个太极图,上面一本书,下面一卷画,左右缀着极小的尺,剪刀,算盘,天平之类。我于是恍然大悟,中国的邪鬼,是怕斩钉截铁,不能含糊的东西的。因为探究和好奇,去年曾经去问上海的银楼,终于买了两面来,和我的几乎一式一样,不过缀着的小东西有些增减。奇怪得很,半世纪有余了,邪鬼还是这样的性情,避邪还是这样的法宝。然而我又想,这法宝成人却用不得,反而非常危险的。

但因此又使我记起了半世纪以前的最初的先生。我至今不知道他的法名,无论谁,都称他为"龙师父",瘦长的身子,瘦长的脸,高颧细眼,和尚是不应该留须的,他却有两绺下垂的小胡子。对人很和气,对我也很和气,不教我念一句经,也不教我一点佛门规矩;他自己呢,穿起袈裟来做大和尚,或者戴上毗卢帽放焰口,"无祀孤魂,来受甘露味"的时候,是庄严透顶的,平常可也不念经,因为是住持,只管着寺里的琐屑事,其实——自然是由我看起来——他不过是一个剃光了头发的俗人。

因此我又有一位师母,就是他的老婆。论理,和尚是不应该有老婆的,然而他有。我家的正屋的中央,供着一块牌位,用金字写着必须绝对尊敬和服从的五位:"天地君亲师"。我是徒弟,他是师,决不能抗议,而在那时,也决不想到抗议,不过觉得似乎有点古怪。但我是很爱我的师母的,在我的记忆上,见面的时候,她已经

241

大约有四十岁了，是一位胖胖的师母，穿着玄色纱衫裤，在自己家里的院子里纳凉，她的孩子们就来和我玩耍。有时还有水果和点心吃，——自然，这也是我所以爱她的一个大原因；用高洁的陈源教授的话来说，便是所谓"有奶便是娘"，在人格上是很不足道的。

不过我的师母在恋爱故事上，却有些不平常。"恋爱"，这是现在的术语，那时我们这偏僻之区只叫做"相好"。《诗经》云："式相好矣，毋相尤矣"，起源是算得很古，离文武周公的时候不怎么久就有了的，然而后来好像并不算十分冠冕堂皇的好话。这且不管它罢。总之，听说龙师父年轻时，是一个很漂亮而能干的和尚，交际很广，认识各种人。有一天，乡下做社戏了，他和戏子相识，便上台替他们去敲锣，精光的头皮，簇新的海青，真是风头十足。乡下人大抵有些顽固，以为和尚是只应该念经拜忏的，台下有人骂了起来。师父不甘示弱，也给他们一个回骂。于是战争开幕，甘蔗梢头雨点似的飞上来，有些勇士，还有进攻之势，"彼众我寡"，他只好退走，一面退，一面一定追，逼得他又只好慌张的躲进一家人家去。而这人家，又只有一位年青的寡妇。以后的故事，我也不甚了然了，总而言之，她后来就是我的师母。

自从《宇宙风》出世以来，一向没有拜读的机缘，近几天才看见了"春季特大号"。其中有一篇铢堂先生的《不以成败论英雄》，使我觉得很有趣，他以为中国人的"不以成败论英雄""理想是不能不算崇高"的，"然而在人群的组织上实在要不得。抑强扶弱，便是永远不愿意有强。崇拜失败英雄，便是不承认成功的英雄"。"近人有一句流行话，说中国民族富于同化力，所以辽金元清都并不曾征服中国。其实无非是一种惰性，对于新制度不容易接收罢了"。我们怎样来改悔这"惰性"呢，现在姑且不谈，而且正在替我们想法的人们也多得很。我只要说那位寡妇之所以变了我的师母，其弊病也就在"不以成败论英雄"。乡下没有活的岳飞或文天祥，所以一个漂亮的和尚在如雨而下的甘蔗梢头中，从戏台逃下，也就是一个货真价实的失败的英雄。她不免发现了祖传的"惰性"，崇拜起来，对于追兵，也像我们的祖先的对于辽金元清的大军似的，"不承认成功的英雄"了。在历史上，这结果是正如铢堂先生所说："乃是中国的社会不树威是难得帖服的"，所以活该有"扬州十日"和"嘉定三屠"。但那时的乡下人，却好像并没有"树威"，走散了，自然，也许是他们料不到躲在家里。

　　因此我有了三个师兄，两个师弟。大师兄是穷人的孩子，舍在寺里，或是卖在寺里的；其余的四个，都是师父的儿子，大和尚的儿子做小和尚，我那时倒并不觉得怎么稀奇。大师兄只有单身；二师兄也有家小，但他对我守着秘密，这一点，就可见他的道行远不及我的师父，他的父亲了。而且年龄都和我相差太远，我们几乎没有交往。

　　三师兄比我恐怕要大十岁，然而我们后来的感情是很好的，我常常替他担心。还记得有一回，他要受大戒了，他不大看经，想来未必深通什么大乘教理，在剃得精光的囟门上，放上两排艾绒，同时烧起来，我看是总不免要叫痛的，这时善男信女，多数参加，实在不大雅观，也失了我做师弟的体面。这怎么好呢？每一想到，十分心焦，仿佛受戒的是我自己一样。然而我的师父究竟道力高深，他不说戒律，不谈教理，只在当天大清早，叫了我的三师兄去，厉声吩咐道："拼命熬住，不许哭，不许叫，要不然，脑袋就炸开，死了！"这一种大喝，实在比什么《妙法莲花经》或《大乘起信论》还有力，谁高兴死呢，于是仪式很庄严的进行，虽然两眼比平时水汪汪，但到两排艾绒在头顶上烧完，的确一声也不出。我嘘一口气，真所谓"如释重负"，善男信女们也个个"合十赞叹，欢喜布施，顶礼而散"了。

　　出家人受了大戒，从沙弥升为和尚，正和我们在家人行过冠礼,由童子而为成人相同。成人愿意"有室",和尚自然也不能不想到女人。以为和尚只记得释迦牟尼或弥勒菩萨,乃是未曾拜和尚为师,或与和尚为友的世俗的谬见。寺里也有确在修行,没有女人,也不吃荤的和尚,例如我的大师兄即是其一,然而他们孤僻,冷酷,看不起人,好像总是郁郁不乐,他们的一把扇或一本书,你一动他就不高兴,令人不敢亲近他。所以我所熟识的,都是有女人,或声明想女人,吃荤,或声明想吃荤的和尚。

我那时并不诧异三师兄在想女人,而且知道他所理想的是怎样的女人。人也许以为他想的是尼姑罢,并不是的,和尚和尼姑"相好",加倍的不便当。他想的乃是千金小姐或少奶奶;而作这"相思"或"单相思"——即今之所谓"单恋"也——的媒介的是"结"。我们那里的阔人家,一有丧事,每七日总要做一些法事,有一个七日,是要举行"解结"的仪式的,因为死人在未死之前,总不免开罪于人,存着冤结,所以死后要替他解散。方法是在这天拜完经忏的傍晚,灵前陈列着几盘东西,是食物和花,而其中有一盘,是用麻线或白头绳,穿上十来文钱,两头相合而打成蝴蝶式,八结式之类的复杂的,颇不容易解开的结子。一群和尚便环坐桌旁,且唱且解,解开之后,钱归和尚,而死人的一切冤结也从此完全消失了。这道理似乎有些古怪,但谁都这样办,并不为奇,大约也是一种"惰性"。不过解结是并不如世俗人的所推测,个个解开的,倘有和尚以为打得精致,因而生爱,或者故意打得结实,很难解散,因而生恨的,便能暗暗的整个落到僧袍的大袖里去,一任死者留下冤结,到地狱里去吃苦。这种宝结带回寺里,便保存起来,也时时鉴赏,恰如我们的或亦不免偏爱看看女作家的作品一样。当鉴赏的时候,当然也不免想到作家,打结子的是谁呢,男人不会,奴婢不会,有这种本领的,不消说是小姐或少奶奶了。和尚没有文学界人物的清高,所以他就不免睹物思人,所谓

"时涉遐想"起来，至于心理状态，则我虽曾拜和尚为师，但究竟是在家人，不大明白底细。只记得三师兄曾经不得已而分给我几个，有些实在打得精奇，有些则打好之后，浸过水，还用剪刀柄之类砸实，使和尚无法解散。解结，是替死人设法的，现在却和和尚为难，我真不知道小姐或少奶奶是什么意思。这疑问直到二十年后，学了一点医学，才明白原来是给和尚吃苦，颇有一点虐待异性的病态的。深闺的怨恨，会无线电似的报在佛寺的和尚身上，我看道学先生可还没有料到这一层。

后来，三师兄也有了老婆，出身是小姐，是尼姑，还是"小家碧玉"呢，我不明白，他也严守秘密，道行远不及他的父亲了。这时我也长大起来，不知道从那里，听到了和尚应守清规之类的古老话，还用这话来嘲笑他，本意是在要他受窘。不料他竟一点不窘，立刻用"金刚怒目"式，向我大喝一声道：

"和尚没有老婆，小菩萨那里来！?"

这真是所谓"狮吼"，使我明白了真理，哑口无言，我的确早看见寺里有丈余的大佛，有数尺或数寸的小菩萨，却从未想到他们为什么有大小。经此一喝，我才彻底地省悟了和尚有老婆的必要，以及一切小菩萨的来源，不再发生疑问。但要找寻三师兄，从此却艰难了一点，因为这位出家人，这时就有了三个家了：一是寺院，二是他的父母的家，三是他自己和女人的家。

我的师父，在约略四十年前已经去世；师兄弟们大半做了一寺的住持；我们的交情是依然存在的，却久已彼此不通消息。但我想，他们一定早已各有一大批小菩萨，而且有些小菩萨又有小菩萨了。

四月一日

本篇最初发表于一九三六年四月

《作家》月刊第 1 卷第 1 期

【评析:《我的第一个师父》于 1936 年 4 月发表在《作家》第一卷第一期,以散文体小说的形式向读者展示了一个世俗和尚的龙师傅形象。鲁迅的小说总体来说有两个突出的特点,即表现的深切和格式的特别。这篇文章里,读者可以清晰地感受到鲁迅讽刺艺术的魅力——在引人发笑的同时又发人深思。】

清明时节

清明时节,是扫墓的时节,有的要进关内来祭祖(进关内来祭祖,一九三四年四月四日《大晚报》载:伪满洲国皇帝溥仪要求在清明节入关祭扫清代皇帝的坟墓。此事在当时曾引起人们的愤慨。)有的是到陕西去上坟到①或则激论沸天,或则欢声动地,真好像上坟可以亡国,也可以救国似的。

坟有这么大关系,那么,掘坟当然是要不得的了。

元朝的国师八合思巴罢,他就深相信掘坟的利害。他掘开宋陵,要把人骨和猪狗骨同埋在一起,以使宋室倒霉。后来幸而给一位义士盗走了,没有达到目的,然而宋朝还是亡。曹操设了"摸金校尉"之类的职员,专门盗墓,他的儿子却做了皇帝,自己竟被谥为"武帝",好不威风。这样看来,死人的安危,和生人的祸福,又仿佛没有关系似的。

相传曹操怕死后被人掘坟,造了七十二疑冢,令人无从下手。于是后之诗人曰:"遍掘七十二疑冢,必有一冢葬君尸。"于是后之论者又曰:阿瞒老奸巨猾,安知其尸实不在此七十二冢之内乎。真

---

① 陕西去上坟,一九三四年四月七日《申报》载:清明节时,国民政府考试院院长戴季陶等同西安军政要人及各界代表前往陕西咸阳、兴平祭扫周文王、汉武帝等陵墓,"民众参观者人山人海,道为之塞……诚可说是民族扫墓也。"

是没有法子想。

阿瞒虽是老奸巨猾，我想，疑冢之流倒未必安排的，不过古来的冢墓，却大抵被发掘者居多，冢中人的主名，的确者也很少，洛阳邙山，清末掘墓者极多，虽在名公巨卿的墓中，所得也大抵是一块志石。志石，古代放在墓中镌有死者事略的石刻。下底上盖，底石刻有关于死者生平的铭文，盖石刻有"某某之墓"字样，以便后来山丘变化时得以辨识死者。和凌乱的陶器，大约并非原没有贵重的殉葬品，乃是早经有人掘过，拿走了，什么时候呢，无从知道。总之是葬后以至清末的偷掘那一天之间罢。

至于墓中人究竟是什么人，非掘后往往不知道。即使有相传的主名的，也大抵靠不住。中国人一向喜欢造些和大人物相关的名胜，石门有"子路止宿处"，泰山上有"孔子小天下处"；一个小山洞，是埋着大禹，几堆大土堆，便葬着文武和周公。

如果扫墓的确可以救国，那么，扫就要扫得真确，要扫文武周公的陵，不要扫着别人的土包子，还得查考自己是否周朝的子孙。于是乎要有考古的工作，就是掘开坟来，看看有无葬着文王武王周公旦的证据，如果有遗骨，还可照《洗冤录》的方法来滴血。但是，这又和扫墓救国说相反，很伤孝子顺孙的心了。不得已，就只好闭了眼睛，硬着头皮，乱拜一阵。

"非其鬼而祭之，谄也！"单是扫墓救国术没有灵验，还不过是一个小笑话而已。

四月二十六日

本篇最初发表于一九三四年五月二十四日
《中华日报·动向》，署名孟弧

【评析：1934 年 4 月，鲁迅以《清明时节》为题写了一篇杂文。文中嘲讽了中国过清明节的一些封建迷信的现象和"扫墓救国"的荒谬。

文章开门见山地写道："清明时节，是扫墓的时节"，伪满洲国皇帝溥仪要求在清明节入关祭扫清代皇帝的坟墓，引起人们的极大愤慨。而与此同时，国民党大员戴季陶等同西安军政等各界要人在陕祭扫周文王、汉武帝等陵墓，"民众参观者人山人海，道为之塞"……鲁迅揭露了国民党政府打着"民族扫墓"的幌子玩弄民意的骗局，在国家命运危难之际，采取愚民手段粉饰太平，这不过是为了遮住马脚而披上一层麒麟皮而已。】

读书与革命①

——在中山大学开学典礼会上的讲演

现在我因为职务上的关系，不能不说几句话，可是有许多好的话，以前几位先生已经讲完了，我再没有什么话可讲了。

我想中山大学，并不是今天开学的日子才起始的，三十年前已经有了。中山先生一生致力革命，宣传，运动，失败了又起来，失败了又起来，这就是他的讲义。他用这样的讲义教给学生，后来大家发表的成绩，即是现在的中华民国。中山先生给后人的遗嘱上说："革命尚未成功，同志仍须努力。"这中山大学就是"努力"的一部分。为要贯彻他的精神，在大学里，就得如那标语所说，"读书不忘革命，革命不忘读书"。因为大学是叫青年来读书的。

本来青年原应该都是革命的。因为在科学上已经证明：人类是进步的。以前有猿人，或者在五十万年以前吧——这是地质学

---

① 本篇最初发表于一九二七年《广东青年第三期》。

上的事,我不大清楚,好在我们有地质学家(指朱家骅先生)在这里,问一问便知道,——后来才有了原人。虽然慢得很,但可见人本来是进化的前进的。前进即革命,故青年人原来尤应该是革命的。但后来变做不革命了,这是反乎本性的堕落,倘用了宗教家的话来说,就是:受了魔鬼的诱惑!因此,要回复他的本性,便又另要教育,训练,学习的工夫了。

中山大学不但要把不革命反革命的脾气去掉,还要想法子,引导人回复本性,向前进行到革命的地方。

说,革命是要有经验的,所以要读书。但这可很难说了。念书固可以念得革命,使他有清晰的,二十世纪的新见解。但,也可以念成不革命,念成反革命,因为所念的多属于这一类的东西,尤其是在中国念古书的特别多。

中山大学在广东革命政府之下,广东是革命青年最好的修养的地方,这不用多说了,至于中山大学同人应共同负的使命,我想,是在中山大学的名目之下,本着同一的目标,引导许多青年往前进,格外努力。

然而有一层,又很困难。这实在是中国青年最吃力的地方了,就是:一方要读书,一方又要革命。

有许多早应该做的,古人没有动手做,便放下了,于是都压在后人的肩膀上,后人要负担几千年积下来的责任。这重大的事,一时做不成,或者要分几代来做。

因此青年们要读书不忘革命,的确是很吃苦,很吃力的了,但,在现在社会状况之下又不能不这样。

青年应该放责任在自己身上,向前走,把革命的伟力扩大!

要改革的地方很多:现在地方上的一切还是旧的,人们的思想还是旧的。这些都尚没有动手改革。我们看,对于军阀,已有黄埔军官学校同学去攻击他,打倒他了。但对于一切旧制度,宗法社会的旧习惯,封建社会的旧思想,还没有人向他们开火!

中山大学的青年学生,应该以从读书得来的东西为武器,向他们进攻——这是中大青年的责任。我希望大家一同担负起这个责任来。

一九二七年三月一日

【评析:中国现代的文化名人中,鲁迅既是伟大的文学家,又是出色的演讲家。

据统计,鲁迅战斗的一生,一共作了67次长短不等的演讲,对大、中学校师生讲的,就有45次之多。这67次演讲,经鲁迅亲自审订留有准确演讲词,成为鲁迅的著名文章,并收入《鲁迅全集》的,只有17篇。《读书与革命》这一篇,短小精悍是其显著特色。篇幅这样短小的演讲词,在中国现代演讲史上,是极为罕见的。更难能可贵的是,鲁迅在这篇开学演讲词中,言辞诚恳,情深意长而又深入浅出、生动形象地论述了在革命后方读书与革命前线的关系,亦即中山大学青年学生与革命的关系。在要言不烦的论述中,体现着鲁迅思想的深邃和见解的独到新颖;简短的演讲,也闪耀着辩证法的光芒。】